↑九冊からなる記録。上段右より、「漂浪する椰子の実」「密林の彷徨」「虜人日記」「横土寝記」。下段四冊は「画楽多帳」「画楽多日記」など。

←ガードの明りで麻雀をするPW。

大和盆地より御嶽山へ登り口の断崖
この岩が登れず 此處で何百人かが
のたれ死す。念仏をとなへつつ死ぬ者
水を求める者、食を求める者
お互に誰一人として助け合ふ者は無
かった。地獄絵其のままの風景なり
この河原は死累々たるものであった
夜は霊火燃へセイ惨の極だった。

皆が裸で居ても暑いと云ふのに
ジャングル服を着込んでも少しも
暑くないと云ふ渡辺氏
私の親父は造花作りが商売で
博覧会に出品して
二等賞でした。
色々の花をキラクに作る村田氏
岡根名人
蓮の花びらはこうして作る
張提作りの名人
杉山氏

↑大和盆地より御嶽山登り口の絶壁。この岩が登れず、ここで何百人かがのたれ死す。
→戦友の合同慰霊祭が行なわれることになり、我々の幕舎でも休業を幸いに、一同で花環を作ることになった。
←同じ捕われの身でも、猿の食事はたいしたものだ。PW の口には絶対に入らぬ生野菜などをたべている。ひがむな PW。

↑７月７日の夜、「招魂の夕」として演芸会が盛大に催された。何といっても女形が出ないと人気がわかぬ。
→今年もまた桜を見そこなったので、せめてこの絵で気分を出すか？ 昭和14年以来７年間桜を見ず。

ちくま学芸文庫

虜人日記

小松真一

筑摩書房

目次

虜人日記

序

昭和二十年九月一日、ネグロス島サンカルロスに投降してPWの生活を始めて以来、経験した敗戦の記憶がぼけないうちに何か書き止めておきたい気持を持っていたが、サンカルロス時代は心の落ちつきもなく、給与も殺人的であったので、物を書いたりする元気はなかった。レイテの収容所に移されてからは、将校キャンプで話相手があまりに沢山あり過ぎて落ちついた日がなく、書こう書こうと思いながらついに果さなかった。

幸か不幸かレイテの仲間から唯一人引き抜かれて、ルソン島に連れて来られ、誰一人知った人のいないオードネルの労働キャンプに投げ込まれた。

話相手がないので、毎日の仕事から帰って日が暮れるまでの短い時間を利用して、記憶を呼び起こして書き連ねたものである。

漂浪する椰子の実

出発――マニラの生活。ネグロス、セブ、レイテの生活。再びマニラに帰る。ネグロス航空決戦場へ。敵上陸まで。

昭和19年2月12日　東京発
3月2日　マニラ着
8月24日　バコロド着
8月25日　マナプラ着
8月26日　ロペス着
8月27日　マナプラ着
8月28日　バコロド着
8月30日　セブ着
9月9日　オルモック着
9月11日　タクロバン空襲
9月24日　セブ着。空襲
9月30日　イロイロ着
夜、バコロド着
10月3日　マニラ着
10月17日　レイテ湾に敵大部隊来寇
10月20日　タクロバンに敵上陸
11月3日　シライ着
昭和20年3月28日　米軍上陸
3月30日　ビクトリヤス発、入山

比島行

台東製糖株式会社の酒精工場で蔗汁（さとうきびの汁）からブタノールを製造する工業的試験に成功。酒精工場をブタノール工場に切り換え改造中のある日（昭和十八年七月）台湾軍兵器部から出頭するよう電話があったので、何事かと台北まで急行した。兵器部で今井大尉に会う。「身体は健康ですか」と問われたので、「健康だ」と答えれば、「ご苦労ですが比島までちょっと行って下さいませんか」という。比島のブタノール問題のあった時だったので、資源調査にでも行くのだと思い、「行っても良い」と答えた。すると今井大尉は机の引出しから書類を出し、「実は君、名誉の話で、陸軍省整備局長から檜口台湾軍参謀長宛の公電で〝台東製糖会社酒精工場長・小松真一を比島の軍直営ブタノール試験工場設立要員として斡旋を乞う〟こう来ているんだが是非行ってくれ」「一存ではご返事出来ません。重役の意向もあると思いますから」と今井大尉と別れて帰った。幸い出北中の重森重役の家に行き相談した。「会社も九月一日付で明治製糖と合併になるから比島に行くのも良いだろう」との意見で、重森重役から明治製糖の重役に話をしてもらい、比島行きを決定した。

明糖と合併

昭和十八年九月一日、明糖に合併され全社員もそのまま明糖に引き継がれた。家族は内地へ引揚ぐべきか、生活の楽な台湾に置くべきか、色々迷ってみたが、目下の戦況では台湾危しと直感し、内台航路の危険をおかして内地に引揚げる事に決心し、明糖小塚常務に交渉、明糖川崎研究所勤務と一応発令してもらった。内地転勤というかたちで台東を九月七日に出発した。昭和十四年台東に着任以来酒精工場の建設に運営に精根を打ち込んできただけに、育てあげた工場員と別れるのは感無量のものがあった。

内地帰還

当時の内台航路は、高千穂丸を始め、次々と雷撃を受けて沈んでいき、残るは富士丸、欧緑丸、鴎丸だけとなっていたので、なかなか乗船は困難だった。自分一人分だけは、軍の人間として優先的に富士丸に席が取れたが、家族の分はなかなか取れず閉口した。やっとの事で欧緑丸の船室が取れたが、海上危険の時、夫婦子供が別の船に乗る手はない。死なば諸共と心臓的交渉をした。当時、富士丸は最優秀船で速力があるので一番安全の船とされ、この船の切符には「プレミアム」がつく位だったので、欧緑丸に席を持っていた陸軍少将の人に交渉して交換してもらい、家族一同どうやら同じ船で内地へ行くことになった。引越し荷物は当時一般には取り扱わなかったが、兵器部の威力で無理に積んでもらった。（乗船船待の間、北投の専売局養気倶楽部に宿す）

海難

十月二十五日、富士丸、欧緑丸、鴎丸の三艘は駆逐艦一と飛行機二に護衛されながら堂々と基隆港を出港、十三ノットの優秀船団で二十五、二十六日を無事航海した。二十七日の夜半突然の砲声に一同飛び起きる。船は全速でジグザグに逃げまどう。急カーブのたびごとに船体は撓り、メリメリと気色の悪い音をたてる。そして爆雷の音がしきりに響いてくる。生きた心地なく子供等の身仕度をしているうち、どうやら危機を脱したようだ。

夜明、船が止まったので甲板に出てみれば前方に鴎丸が沈没しかかっていた。遭難者が、ボート、筏で流れて来るのを、富士丸と共に救助した。救助といっても潮流の下手で、これら遭難者の、しかもちょうど二艘の船の処へ運よく流れついたボートや筏を救助するだけで、少し離れたところを流れて行くボートや筏は、「オーイ」「オーイ」というだけで遠くへ流されて行ってしまう。ボートの水兵が腰にロープをつけて我々の船まで泳いできて、ボートをたぐり寄せる等、元気者もいた。血だらけの者もあり、女子供は狂気した様だった。

それでも八時頃までかかってやっと救助作業を終った。この間、護衛の駆逐艦は敵潜の上とおぼしきあたりに止まっていた。突然、すぐ目の前にいた富士丸の胴体から水煙があがった。やられたと船室に飛び込み子供等に用意をさせる。窓から見れば富士丸はもう四十五度に傾き、次いで棒立となって沈んでしまった。雷撃後三分三十秒であっけなく姿を消した。我々の船は全速で逃げ、四時間後に再び富士丸遭難地点に戻り、救助にかかる。又、やられはせぬかと気が気でない。

沖縄からきた飛行機が二機、潜水艦を探している。富士丸の遭難者の大半を救助した頃、我々の船めがけて三本の雷跡。あわてて室に帰る。船は急旋回。そのとき、ドスンと大きな音がした。もうだめだ。が、幸い魚雷は不発で助かった。船からは大砲を乱射する、爆雷は落す、全速で逃げまわる。生きた心地はない。門司までの一昼夜は実に長い、嫌な、命の縮まるような思いをした。歩き始めた紘行（次男）も、この船旅にすっかり弱って歩けなくなってしまった。

三十日無事神戸港に入港した。港には米人捕虜が働いていた。ニコニコしながら、「今に見ろ、お前達を使ってやるから」と豪語しながら。

朝鮮行

ブタノール試験工場建設の大任を果たす為、最新知識を求めて、新義州の朝鮮無水酒精会社のショウラー法による木材酸糖化と流動醱酵を見学しようと、十二月四日東京を発った。関釜連絡船は昆倫丸遭難の後なので、かなり危険だった。内台航路で命拾いをしたばかりなのに、物好きなと言う人も多かったがショウラー法だけはどうしても見たかったので。

釜山上陸第一歩の印象は、台湾に比べて朝鮮人の内地人に対する感情は冷やかなものがあると直感した。後に、京城・平壌の博物館を見、李朝の文化、殊に焼物等を見ると日本のそれより遥かに進んで立派なものだった。これでは、日本人がもっと高度の文化を持たねば朝鮮人が心服せぬのも無理はないと思った。

十二月八日、新義州の目的工場に行く。ショウラー博士設計になるだけに堂々たるものがある。日本人の設計とはまるで異なっている。計器を沢山に用いているのには驚かされた。一つのタンクをつくるにも日本人の考え方とはまるで逆だったが、良き資料とヒントを得て帰る。満州も見たかったが、工場の屋上から鴨緑江と大陸を遥かに見ただけで我慢した。時に零下十五度。

樺太行

朝鮮のショウラー法の工場を見、次に樺太の王子製紙の亜硫酸パルプの廃液利用、大岩源吾氏の流動醱酵を見れば、最新式の日本の醱酵工業を全部見ることになるので、寒さと海上の危険を冒して十二月十六日、再び東京を発って豊原と知取の工場見学に向かった。この工場は設計者の着想のおもしろさ、ショウラー法のごとくやたらに金をかけずにやっているのは、さすが日本人の設計だ。朝鮮無水も亜硫酸パルプの技術を入れたら、木材糖化にあんなに金をかけんでも済んだのではないかと思われ、技術交流と見学の重大性を今更の如く感じた。ここの流動醱酵を改良すればあらゆる醱酵に使えると思った。王子製紙の倶楽部に泊めてもらったが、実によく行き届いていて、台湾の製糖会社のそれとは雲泥の差があった。さすが茶人、藤原銀次郎の影響があると思った。

樺太の物資は豊かで、駅でバターや柿を売っているのには驚かされた。昭和六年に樺太へ行った時の印象は、樺太とは焼野原だという感じだったが、この大山火事の跡はいつの間にかすっかり植林されていた。稚内、大泊間の航海は、濃霧のため汽笛をたびたび鳴らした。内台航路では汽笛が鳴れば潜水艦が出た印なので、そのたびに肝を冷した。

軍属拝命

昭和十九年一月二十二日付をもって陸軍専任嘱託を命ぜられ、第十四軍司令部付となったので明糖に辞表を提出、出発を待つ身となった。

軍属の制服を配給され、軍刀を買って墓参りに行き、兵隊に敬礼されて冷汗をかくやら、電車の乗り降りに何かと刀が邪魔になり不自由をする。

出発

二月十五日の飛行機で各務原を出発せよと通知があった。二月十一日、紀元節に東條に行き、家族一同で記念写真を撮り、夜は家で壮行会を開き、旧友が集まってくれた。

内海先生、斎藤弘吉氏、村上繁文氏、横地虔三氏、小河重保氏、河野常盛氏、川口武豊氏、谷達雄氏、藤本氏、吉田夫妻、小松六也氏、安間兄等で、酒は醸造試験所から、魚は父が大洗と小田原から集めてくれたので、物資不足の東京の生活としては大した盛宴だった。

河野氏の太陽丸遭難談、ビルマ生活一年の話、小河氏のバタン実戦記に花が咲く。大東亜戦の前途は暗くなるばかりだ。比島へ行くならバタンの山へ立て籠もる用意をして行けとの忠告は有難かった。登山用具を一揃携行することにした。夜十二時まで話は尽きず久々に快談した。

軍属の制服を着た著者。

十二日、由紀子（妻）、輝行（長男）、紘行を連れ、東京から疎開させるため沼津に行く。見送り禁止だったが東京駅まで父と安間兄がきてくれた。十二日沼津の両親の家に一泊、十三日皆に送られて沼津駅を出発、輝行の夢中で振る日の丸、真面目な顔をして「さよなら」をする紘行の顔が特に印象に残る。

各務原で飛行機の都合を問い合わせると、サイパン戦最中で飛行機は当分出ぬというので、伊勢参宮を思いたち、外宮、二見浦内宮と参拝、大阪の榊原宅に一泊、各務原に帰る。まだ出発の見込みなしというので西尾の叔母の家に行き、再び各務原に帰るも未だ見込みなし。岐阜の宿屋に帰ると由紀子、輝行、紘行が来ていた。当分、会えぬと思っていたので嬉しかった。下呂温泉に行き三日程静養し飛行場に問い合わせたが、未だに出発の見込みがないので一応沼津に帰ることにした。東京から母も会いに来てくれるし、子供たちに毎日絵本等を書いてやり、楽しい日を送った。二月二十七日夜、電報で出発見込みがたったからというので直ちに出発した。子供たちは良く寝ており、先日のにぎにぎしい出発に比べると淋しい気がした。由紀子は思い胸に迫るか涙を浮かべていた。

出発は二十九日というので、二十八日は犬山城桃太郎神社に行く。待ちに待った出発だ。乗機は南京爆撃の花形機キ-12、機長はクラークフィールド飛行場隊長山本少佐、便乗者はラバールに行く鼠入軍医大尉他二名だった。

午前十時、各務原を出発、十二時新田原着、弁当を食い、零時三十分新田原発、日本の山々に別れをつげ十五時三十分那覇着。那覇の街を見物、一泊した。翌日、整備に時間がかかり、十二時那覇を出発、雲海の上を飛行し新高山山頂を見た。十五時三十分屏東着、一泊。台湾製糖の三好常務、宗藤大陸氏、亀倉氏等と会食。台湾は内地、樺太、朝鮮に比べて一番緊張しているようだ。夜、台東の西川氏と電話でお別れをした。

翌三月二日、十一時三十分屏東発、十四時三十分クラーク飛行場着、十五時呑龍に乗りかえマニラ東飛行場に向かう。空から見たマニラは森と寺院と赤トタン屋根のあるケバケバしい色の町だった。

マニラ印象

呑龍から降りたマニラ飛行場の暑さは、ひどいものだった。同行の鼠入大尉と自動車で大東亜ホテルに行く。ホテルでは兵站《へいたん》へ行って宿泊券をもらって来るようにというので、自転車の先に腰掛けのついた便利車に乗り、城内の兵站に行き、やっと大東亜ホテルの七階の室に泊まる。城内は不潔なところという感じだ。

ホテルの前はダンスホールで、内地では聞けぬジャズをやっている。散歩する男も女もケバケバした服装だ。内地や台湾を見た目でマニラを見ると、戦争とは全く関係のない国

昭和19年6月頃のマニラ。

へ来たようだ。総てが享楽的だ。「ビルマ地獄、ジャバ極楽、マニラ享楽」大東亜共栄圏三幅対といわれただけのことはある。安っぽい亜米利加《アメリカ》文化の化粧をした変ちきりんな、嫌なところだと感じた。

店舗には東京では見ることもできない靴、鞄、綿布、菓子、服等々、女房連が見たら正によだれを流しそうな物ばかりだ。品物の豊かさは昭和十年頃の銀座の感じだ。夜はネオン・サインが明るく、ジャズの騒音に満ちている。悩ましくなってベッドへもぐり込む。蒸し暑い嫌な晩だ。

軍管理事業部

二月三日、十四軍司令部に行き和知閣下、宇都宮参謀、田口参謀に申告を済ます。管理事業部鉱土部に行けというので行ってみれば、醸造試験所で一緒に研修員をやっていた辰井技師、台湾で馴染の近藤技師、末松技師、燃料局から来た福西技師等知人ばかりだ。至極のんびりしたところで、仕事などしている様子は見られない。「明日からどんな仕事をするのか？」と聞けば、「張り切るな」と笑われる。決戦に少しでもお役に立てばと真面目に考えていただけに、腹立たしかった。

宿舎を決めてもらう。ルビオスアパートとのこと。辰井技師と共に行く。リサアール球場の近くで、極東大会の時に各国選手の泊ったアパートだという。地階に自動車車庫、一階に食堂と炊事場、二階に寝室とシャワーのあるコンクリートの、なかなかシャレた建物だ。

和知閣下の印象

台湾軍兵器部長や児玉中佐の紹介状を持って和知閣下のところへ行く、十四軍司令部の奥の間に大きな机を置いて、どかりと座っているところは正に武将型の軍人という感じだ。外出するとかで話しながら服を着替えだした。当番兵にズボンをはかさせる、エムボタンを掛けさせる、靴を履かさせる。まるで昔の殿様然たるものだ。ご自分は扇風機に吹かれている。軍人も閣下になると大したものだ。

閣下だって唯の軍人だ。軍人は自分のことは自分ですべきだ。公私混同。国家の干城として召集された兵にエムボタンまではめさすとは、はやあきれ返ったものだ。

文官

軍政下、いや武家政治下の文官の存在は、哀れというよりほか表現のしようがない。文官にも閣下級、佐官級、尉官級、下士官級、兵級とあり、各々相当官を以って待遇され、剣帯を赤にしたり青にしたり階級章をつけたりしている。そして文官には、「同等以上の階級の軍人には敬礼すべし」と命じ、軍人には、「同等以上の文官には敬礼しても差しつかえなし」と許している。武官と文官は万事この調子で区別されている。

文官の方は将校と見れば、自分の方が社会的地位も、官等も俸給も上だと考え、軍人等は何も知らぬと馬鹿にする。武官は、「軍属か？」と慰安所の女より下らぬ、何の役にも立たない者だと、てんで問題にしない。それは軍人同士でも本科将校が特科将校を馬鹿にして、優越感を一人で持っているのより、一段と甚しいものがある。

こんな具合だから両者がうまく連絡とれる道理はない。それでも状況の良い時はお互に仕事の分野も定まっていたから良かったが、少し状況が悪くなれば何をするにも兵力がなければ何もできなくなり、文官はいよいよ無用の長物となった。国家総力戦というのに、文官は毎日する仕事もなくただ仕事をしている振りをしたり、堂々と遊んだり、各々の人柄により勝手な事をしていた。そして皆、不平ばかり言って酒を飲むこと、女と遊ぶことに専念していた。これが民間会社なら忽ち破産する様相を呈していた。

武官

サイパンは陥落し、まさに日本の危機であり、比島こそこの敗勢挽回の決戦場と何人も考えているのに、当時（十九年四月、五月）のマニラには防空壕一つ、陣地一つあるでなく、軍人は飲んだり食ったり淫売を冷やかす事に専念していたようだ。ただ口では大きな事を言い、「七月攻勢だ」「八月攻勢だ」とか空念仏をとなえている。平家没落の頃を思わせるものがある。

南方総軍来る

五月に南方総軍司令部が昭南から何の為か移転してきた。我々十四軍司令部付き文官は、大部分南方総軍司令部付に転属になった。

寺内閣下はオープンの高級車にヘルメットをかぶり、元気な赤ら顔をしてマニラ市内を乗り回している。総軍がきてからはマニラの敬礼が馬鹿に喧しくなり、我々敬礼しつけぬ者が、自動車で通る閣下を指さしてあれが寺内だ等言っていると、憲兵になぜ敬礼せぬかと散々油をしぼられる。十四軍時代と違ってマニラは閣下の氾濫だ。

総軍がきて比島も決戦場らしくなるかと思ったら、物価は急に騰貴し、三月頃ウエストポイントの半ソデ、半パンツが一組百円前後だったのが千円近くになってしまった。それにテロ事件は続出し、寺内閣下の官邸の前には、毎朝日本人に使われている比人の惨殺屍が裸にされ放り出されたり、真昼間城内の大通りで憲兵とゲリラが撃ちあったり、又地方でもゲリラの活動は活況を呈してきた。

そのうち南方総軍はマニラを捨てて仏印に移転するということになった。「一体、何をしに寺内さんは来たのか？」「物価をあげにさ」という者もいた。朝令暮改心暗くなってきた。

大航空ペエージェント

南方総軍の来る少し前、マニラ東飛行場（ニコラス）で大航空ペエージェントがあるというので見物に行く。大いに期待していたのに何んと出場機の少ないこと。出てきた機種はノモンハンの花形戦闘機だの南京爆撃のキ－21等、時代遅れの飛行機ばかり。こんなことで七月攻勢ができるのか心細くなった。それでも「米機来らば片っぱしから撃墜する」と豪語していた。比人要人は何と思ったことか？

ベビューホテルの生活

昭和十九年四月二十九日、天長節の休日を利用してパサイのルビオスアパートの高等官連中がベビューホテルに移転することになった。自分は経理監督部の司政官、石村重蔵氏と七階の七五五号室に住むことになった。石村氏は和歌山市の産、京大法科出身、名古屋

山下大将着任前のマニラ。サイパンは陥落したというのに。

銀行員から司政官になった人で度の強い近眼鏡と太い脚が特徴だった。陶器への造詣が深く、碁は二級、ベビュー名人の称があった。独身青年だった。デブとヤセの名コンビよろしく、一緒になった日から楽しく暮らした。夜明けまで色々の話をする事がよくあった。

石村氏は精力絶倫なので女の話となると途中から淫売買いに出かけ、あとでシャワーをジャージャー浴びていることがよくあった。初めはしきりに誘われたが、冷やかしには行くが買物はせんのでしまいには誘わなくなった。「小松さん、出る時奥さんと何か約束したか?」等とよく冷やかされた。淫売は冷やかすばかりなので彼女らも顔を覚えてか、ベビューの近くのイサックペラーの辻君達はあまりひっぱらなくなった。

ベビューホテルは高等官だけのホテルだが、その住人はほとんど「打つ、買う、飲む」が専門だった。謡曲をやったり、尺八を吹いたり、本を読んだりする人は変人の部類だ。日本の知識階級の集まっているこのホテルの品性は余り上等とは言えぬ。日本人の生活に趣味というか、情操というものが少なすぎるので、一歩家を出るとこの様な荒んだ生活になる。こんな生活で本当の仕事ができるわけがない。「一億一心」と内地では酒もなく、先祖伝来の老舗を棒に振って工場に徴用されている時、マニラだけがこんなデタラメな生活をしていてよいのか? それより日本人の品性が情なくなった。日本人は教育はあるが、教養がないと或る米人が批評したというが本当だ。

変人会

南方へ仕事をする積りで来て現状にあきれ返ってしまった者、着任後何日たっても仕事のない人、軍人が分らぬことを主張するので仕事のできぬ人、その他部長や課長と合わぬ人、これらの中には本質的にかなり変わった人が多かった。

この変人どもがいつの間にか自分達の部屋に集まってきては、気焰をあげるようになってきた。人よんで変人会事務所という。

会長級の人物に陸軍司政官、佐々木喬氏がいる。東大経済出の英才、ラモンナバロに似たいい男。父親は坊主、田舎寺の住職。喬氏、幼にして英俊、これを見込まれて檀家が寄ってこの英才を大学の宗教科に入れて勉強させ未来の大僧正に仕上げんとした。

しかし彼は坊主になるのが嫌で、宗教科に入ると称して経済学科に入ってしまった。それがばれて檀家から金が来なくなった。彼の弟が宗教科に本当にはいってこの問題もけりがついたという。

卒業後、台湾銀行に入ったがけんかをしてやめ、内閣企画院に入り、次に司政官となって比島にきた。着任直後、低物価政策を進言したが、軍人には理解できず彼の説はいれられなかった。「俺は日本に帰って仕事がしたい。今の日本は俺のような人物が必要なのだ」

としきりに説いていた。この間、奇言奇行で有名だった。

後に胆嚢炎を病み入院したが、その頃マニラの初空襲があり、「俺は爆弾で死ぬ」と言って文官礼装をして爆撃最中の港を歩きまわったが、ついに死ねず、その後許可もなく病院船に乗って内地に帰ってしまったという。

副会長、鉱工部鉱山課の山口元嗣技師は一流人物だ。薬専を出て阪大工学部冶金科に入り、鉱山監督局から比島に来た男。身なりいっさいかまわず、雑巾かと思えばそれが顔をふく手拭だったりして人を驚かした。地理と歴史の研究を毎日遅くまで自室に籠ってやっていた。この男は何をさせても常人と変わったことをやらかすし、社会事象に対する観察もかなり変わっていた。部長や課長にお上手を言わないので皆に嫌われていた。我々の部屋には一日一回必ず現われ、夜が更けようが、こちらが眠かろうが、一向平気でいられるのには閉口した。自分とはよい碁敵だった。よく勉強をしていたが辻君の乳房をいきなりいじったりするので、淫売連中呼んで、「アブナイさん」という。

近藤親興技師。東大理学部地質学科出身、地質調査所から来た大佐相当官の人。あたりかまわず大声で猥談をやり、主張は相手かまわず通し、部長を叱りつけるぐらいのことは平気でやる。奇行家で昼休みに机を片付けてローラースケートの練習をやったりした。学生時代ボートの選手とかで体力絶倫だった。

辰井技師。東大農芸化学科出身、醸造試験所の研修員を自分と一年一緒にやった。燃料局の九州局長から比島に来た人で、自分では常人のつもりでいるが可成りの変人だった。

女絶ち

マニラの町は淫売の洪水だ。夕方一人歩きの女は全部この種の女と見てよいくらいだ。ことにベビューホテルを中心にイサックペラー海岸通り等は、まっすぐには歩けない位だ。木陰から、「カモンカモン」「ソクソクな」等と言い寄ってくるのはまだ程度のいい方だった。

マニラの生活は遊ぶことと決めている連中の中で、女絶ちはなかなか抵抗が多かった。別に女房に義理をたてたわけではないが、いつとはなしに国に帰るまでは精進すると決心した。淫売は冷やかすものと決めていた。

山下大将比島に来る

南方総軍が去って山下大将が来た。今迄何もせず遊んでいた連中も心の中では、「これでは戦争に負ける」と他人事の如く心配していたが、山下大将が着任するというので何か安心というか心強さを得た。兵隊達は、「親分が来たから大丈夫」と意気大いにあがった。

その頃海岸へは上海特別陸戦隊で勇名を馳せた大河内閣下も来られ、ますます意を強くした。

山下閣下は、「俺は比島に戦争をしに来たのだから、軍政方面は宜しく頼む」と言われ、比島防衛に専念された。比島の軍人は物質文明に毒されているというので、市内の立派な建物に入っていた司令部関係を一切郊外のマッキンレイに移してしまった。そして人心刷新にも努めておられた。マニラ港には軍需品を満載した船がどんどん入港し、砲、戦車、兵員などがマニラ市に充満し、城外のゴルフリンク、リサアール広場、海岸など戦車や火器で一杯となり、城外のトックリ椰子の並木には馬が何百と繋がれ、高射砲が配置され、海岸通りの並木は切り取られ臨時飛行場となった。

比島の酒精工業

毎日遊んでいてもしかたがないので、米人やスペイン人の設計した酒精工場を調査してみた。カンルーバン、バンバン、タルラック、パニキ、デルカルメンなどルソン地区の代表工場を廻ってみた。台湾で我々がやっていた酒精工場の設計、独乙《ドイツ》人の設計になるショウラー法などと、米人の設計を比較してみるとかなりの違いがある。

彼等のやり方は麦酒会社で造った麦酒酵母（麦酒醸造の副産物でバターの如くパラフィ

ン紙に包装してある)を冷蔵倉に入れておき、これを水に溶かして糖蜜を溶かした醱酵槽に種として入れるだけで、酒精醱酵を簡単に終らせている。

台湾のように純粋培養をした酵母を工場で更に純粋培養し、酒母をつくって加えていくというような手数のかかることや、独乙人の考えたように多くの機械を要するやり方とは全く異なっており、酵母は出来合いの物で間に合わせるので、酒精工場としては酵母関係の技術者を全く必要としない。素人で充分にやっていける。

次に蒸溜器も日本では、醪塔、精溜塔、フーゼル油分離塔等のあるギョーム式を採用し、酒精の品質を最上のものとしているのに対し、仏国製のルムス一点張りで醪塔の上に精溜塔をつけ、アルデヒドもフーゼル油もぬかずに酒精の品質を悪くしている。どうせ自動車用だというので平気でいる。したがって蒸溜操作は極めて簡単である。神経が太いというか実用向きというか。もっとも、日本人は不必要に神経質で、化学的に純粋でないと何だか気が済まず、自動車なんぞに用いるのに、不必要なまで手をかけて品質の良い物を造っている。

酵母を多量に加えて安全な醱酵をさせるあたりは、まさに物量主義のあらわれだ。要するに米人の設計した酒精工場は素人だけでも運転できるようになっている。

椰子林の調査

世界のコプラの七割は比島に産し、その又七割は南部ルソンのタイバス、タガイタイルセナ地方から取れることを知り、タイバス、ルセナ地方の椰子林を調査してみた（十九年七月）。

その目的は比島で砂糖からブタノールを製造するとすれば、莫大な石炭と副原料としての蛋白質が必要となるが、比島の石炭は微々たるもので、蛋白源としてはコプラ粕があるのみだった。そこでコプラに対する概念を深めるためと、椰子林から燃料が採れはせぬかと調査してみたかったのである。

マニラから乗用車を飛ばしてロスバニオスを過ぎ、タイバスの山手にかかると道路の両側はもちろん、山全体が椰子林でどこまで続いているか分らない。スペイン時代の植林とのこと。その計画の偉大さに驚かされた。この椰子林は何十里と続き、幅も何十里もあるという。その林の中に町あり村あり工場あり水田ありで、山賊、ゲリラまでが沢山巣くっている。これらは皆、椰子によって生活しているのである。空を覆うような椰子樹が道路にかぶさり、熱帯の強い日ざしを遮っている中を自動車で飛ばすのは何とも気持の良いものである。

椰子の常識として次の様な事を記憶している。

椰子は実生後七、八年で実がなりはじめ、二十五〜七十年の間のものが一番収量が多い。開花後二、三ヶ月で収穫し、一本の椰子から年平均四十〜四十二の椰子が採れる。一ヘクタールに百五十本の椰子が植わる。椰子の実五千〜六千個からコプラ一トン（油六十％、コプラミル三五％）採れる。

椰子の実一ヶ一、〇〇〇〜一、四〇〇グラム。外皮四六〇グラム、外殻二二五グラム、コプラ二五九グラム、水一五〇グラム。枯葉一ヘクタール当り年一トン。

二、八〇〇町歩の椰子山に（カンルーバンの例）実のなる木一九二、〇〇〇本、若木四〇、〇〇〇本。一二一家族で二、〇〇〇人が住み一人当り二十五町歩。

タイバスの山中では二〇〇町歩、三十二家族、椰子樹四万本に八ヶ所のコプラカマドがある。生椰子一、五〇〇本で石炭一トンの火力あり。

コプラをつくるには、椰子の実の外皮をはぎ実を二つ割りにし、これを火力（椰子ガラを燃料とする）で乾燥し、殻を剝ぎ更に乾燥する。これがコプラで町の搾油工場に出て油の原料となる。

椰子殻から活性炭をつくることも、ゲリラの多い山中でやっていた。邦人商社（伴野物産）の人のほうが献身的な奉仕を国家にしている（歩合二十五〜三十％）。

椰子林の調査は得るところが多かった。

椰子王

タイバス山中きっての大地主で椰子林の王者と言われ、比島政府の農林大臣顧問をしている人の家に案内された。国道の椰子林の中に大きな門があり、門から自動車で十分程走ったところに彼の本宅がある。入口には石のライオンが一対、そばに兜をかぶり、槍を持った古風な服装の番兵が立っていた。

我々が行くと門の戸をおごそかに開けてくれた。なかには立派な家がある。バルコニーにはブラスバンドがいて愛国行進曲が我々を迎えてくれた。これは大変なことになったと、来たわけを告げる。

今日は息子の誕生日とかで村の青年が集まってこれから音楽会をやるところだという。日本の歌をさかんにやってくれる（荒城の月、愛馬行進曲、暁に祈るなど）。庭を見れば、鳥居あり、太鼓橋ありの、日本式庭園ができている。日本の庭師を十年程前に呼んで造ったという。庭の川には日本人技師の設計による水力発電機がある。昔からの親日家という。この家には美しき娘が沢山いたが、昼飯の時、手づかみでもしゃもしゃやり出したのは艶消しだった。

ブタノール工業中止

ブタノール華やかなりし頃の計画では、デルカルメン製糖工場を昭和農産に、カンルーバンを南洋興発に、メデリンを鐘ケ淵実業に、マナプラを台湾製糖に、その他三菱、日窒などもそれぞれ製糖工場を改造してブタノールをつくる予定でいたが、資材難のため、第一期工事としてはデルカルメンだけを完成させることとなった。十九年七月頃には工場は八分通りできていたが、工場はできても石炭が運べんので運転見通しがたたず、やむなく工事を打ち切り工場資材を他に転用することになった。比島のブタノールは当分だめということに決まった。こんな具合なので試験工場の方も自然消滅ということになった。

試験工場設立要員として来た辰井技師と自分は比島には用のない身となったので、早々人事係のところに行き内地や台湾では醱酵技術者が不足して困っている時故、ご用済みの我々を直ちに帰国させるように交渉した。すると、「軍属は用があっても無くても一年は南方におらねばならない。第一、一年もたたないうちに民間から採用した者を帰しては軍の威信にも関わる。あなた方の勲章にも関係がありますからしばらく我慢してくれ。皆そうなのだから」と言う。戦争に勝つために是非必要だというから、会社を辞めて来てみれば何のことはない。憤慨してもどうにもならない。「それなら毎日遊ばせておかずに仕事を与えよ」と交渉すれば、「そのうちに何とかします」という。煮え切らん話。「勲章は不要故、帰るチャンスがあったら取り計らってくれるように」と頼んで帰る。

日本人と現地人との混血児

比島占領当時から日本人と現地人との結婚問題、いや混血児の問題が取り上げられていた。比島人は米人、スペイン人、支那人等、自分達より優れた者と混血することを喜び、混血児はミステーサアー、ミステーソー等といって一般比人の上位に位していた。事実、混血児達は美しく、教育もあり土人より優れていた。

こんな国柄のところへ大東亜共栄圏理念をかざして戦勝国民が来たのだから、当然この問題が起こってくるわけだ。当時は混血奨励とまではいかぬが、成り行きまかせ、いやむしろ賛成者も多かったが、段々に混血不可論が多くなってきた。南方総軍の、その方面の係の人にこの問題につき、一晩話を聞いた事を書いてみる。

「比島に根をおろしてここに生活する人が比人と結婚して子供をつくるのは何も問題はないが、軍人、軍属、会社員等のように、一時的に比島にいる者が落す種も馬鹿にならぬ程の数量だという。混血児をつくることの好きな比人との間のこと故、放っておいてもよいようなものだが、一歩深く考えてみると、スペイン人、米人の混血児が比島で優位を占めているのは、その本質も優れているが、彼らは植民地にいる間は莫大な月給が支払われている。それで一時的慰みの種でも、帰国時は相当額の手切れ金というか、子供の養育費を置いていく。それで彼女等は中流の生活をし、子供達にも中等以上の教育を受けさせるので、この混血児は社会的にも相当の地位を得ることができた。

しかるに日本人の場合はどうか？ 一年か二年の任期が済み、帰国の時彼女等に残す金はいか程のものであるか？ 俸給全部を与えたとしても知れた額。スペイン人、米人が彼女らに与えた千分の一の事もしてやれぬことは明白だ。

その結果は彼女らの生活は少しも保証されず、感情は悪くなる一方であり、生まれた子供達は何の教育もされず貧民窟を彷徨う人種となるのが落ちだ。あれは日本人の種だと言われて恥ずかしくない者が何人できるか？ 現状では良い結果を得られる見込みは全くないから、種はまいても子供をつくる事だけはやめてもらいたい」との論だった。（ベビューホテル七階にて）

レイテ島へ

八月の中頃、レイテ島垣兵団から、「自動車燃料の酒精の製造指導のため技師を派遣せられたし」というので、島崎技手を同行してレイテへ行くことにした。途中ネグロス、セブの酒精製造も指導するように、ということで八月二十三日マニラ東飛行場へ行く。便乗機故障とかで修理を待っていたが、なかなか埒があかない。戦闘機が空中戦闘の訓練を盛んにやっている。整備員曰く、「戦闘機の野郎、敵が来ればすぐ逃げるくせに敵がいなければ独り芝居か」とあざ笑っている。偉いことを言う兵隊だとあきれる。この日はとうとう出発できず、翌二十四日八時「キ－12」に便乗してバコロドに向かう。途中タイバスの大椰子林の上を通過、地上から見た時も椰子林の広大さに驚かされたのに空中から見下すと、又々その広大さに驚いた。

バコロド

十時、バコロド飛行場着。美しい町だ。気候もマニラ程暑くはない。台湾製糖小今井氏に自動車で来てもらう。

ネグロス島の酒精工場はビナルバカン、タリサイ、マナプラ、ロペスの四工場が運転しているだけだ。ネグロスは砂糖が豊富なので酒精の増産は相当可能性がある。ルソン地区ではカンルーバン以外には砂糖がなく、酒精製造も行き詰っていたので、ネグロスの酒精製造は全比島の自動車を動かすか止めるかという重大な責任を持っていた。ビナルバカン、タリサイ工場、ロペス工場は比島人の経営であったがなかなかよく協力していた。戦前はマニラの麦酒会社から酵母を飛行機で運び、これで醱酵をやっていたが、これが来なくなったのでタリサイ工場の貴来公氏発案の、サトウキビの茎から取った野生酵母を利用してアルコールを作っていた。

セブ行き

ネグロス島の用務も終り、八月三十日海軍のダグラスに便乗、セブに向かう。途中、ネグロス最高峯カンラオン山（二、〇〇〇メートル）の中腹を通過。この山中にマイス（トウモロコシ）の畑が一面にあるのに驚く。米比軍の自活農場という。他は大森林で、東洋一の製材所があるのも無理はないと思う。

ネグロス上空からセブ島はすぐ近くに見える。間もなくセブ飛行場着。セブの町は大きな街路樹が茂り、マニラのイサックペラーのような感じの町だ。下町は全部戦火にあっているが、山の手にはまだ美しい森の中に洋館がたくさん建っていた。

軍民連絡官浅間司政長官に会う。要領を得ぬ人だ。セブの酒精工場はメデリンで鐘実がやっているが船便がないので行けず、代表者神屋氏にマニラより持参の酵母を渡す。港近くにはマゼランの記念碑あり。街には兵隊が充満し、どこに行ってもよく日本語が通じた。喫茶店の娘などに、「イカオ、マガンダン、ダラガナ（貴女は美人だ）」等と言えば、流暢な日本語で、「おだてないで下さい。本気にしますよ」等とやり返される。

ここで「さらばセブ島よ」の歌を教わり、レイテ島行の便船を待つ。
ビサヤ娘の歌う調べの悲しきに月夜の窓にひた寄りて聞く（中川）
肌につく髪かきあぐる暑さかな（四家）

レイテ島

セブからレイテには飛行機は行かぬというので、機帆船で行くことにした。幸い九月八日にレイテタクロバンに弾薬、糧秣の輸送をする機帆船の船団が出るというので、これに便乗させてもらう。船は五千屯ばかりの船で、椰子の葉で擬装し、木製の砲を載せた物々しいものだった。荷役を終ってセブを出港したのは九日の午前一時、僚船は八艘。この船団の指揮官は若い少尉で、我々が申告に行かぬといってカンカンになって怒ってきた。実に生意気な奴だ。気分を害す。船長は良き人物にて色々とめんどうを見てくれた。

海は静かで波一つない。夜明けにはセブとレイテの中間まで来ていた。椰子の実が静かな海面を漂っている。藤村の「椰子の実」の歌が浮かんでくる。イルカの群れに会う。

船はタクロバン直行の予定だったが、サアマアル海峡にゲリラが出るというので、海峡を夜間通過する為、予定を変えてオルモックに臨時に寄港した。九日、十四時タクロバンの垣兵団司令部に連絡することになっていたが、酒精工場はオルモックにあるのと、生意気な奴と一緒の船の中にいるのは一日でも少ない方が良いので、オルモックで下船してしまった。オルモック警備隊長木村大尉の所に行き、来意を告げ軍民連絡所に宿をとる。この日の夕方、我々の乗ってきた船団はタクロバンに向け出港したが、タクロバン入港直前グラマンの第一回空襲に会い、全員行方不明となった。生意気な少尉殿のお陰で我々は命が助かった。「冥せよ少尉殿」

オルモック

小さな田舎町で辻々に清水が湧き出している。女共が日がな一日洗濯をしており、朝夕は子供達が竹筒をかついで水汲みに来るのんびりとしたところだ。宿舎の前には町に不釣り合いな位大きな教会があり、教会直営の小学校もあった。毎日教室から、イロハニホヘトを歌にしたのや、「春が来た来た山から山へ」というような歌が聞こえてくる。休み時間には子供達が大勢軍民連絡所に遊びに来て、ダイヤモンドゲームをやったり日本の絵本を見て遊んでいた。他では見たこともない情景だ。

街の隣組の事務所では小学校へ行かぬ子供のためにビサヤ婦人が日本語の教授をやっていた。「これは石です」「これは何ですか?」等と朝からやっていた。マニラ等では想像もつかぬことだ。警備隊長が教育熱心なところは、実によく日本語が普及している。英語の上手な日本人のいるところでは日本語はさっぱり普及せんようだ。

この街だけを見るとレイテとは治安の良いところのように思えるが、町を一歩出れば首はたちまち飛ぶという物騒な所だ。町から一里程しか離れていないイピイルの酒精工場へ毎日行くのにも、装甲自動車に機関銃を積んで護衛してくれた。食物は筍と貝とマイスだけで、栄養不良になりそうだ。夕方になると鳶程の大きさの大コウモリが、沢山町の上空を飛んで行く。

イピイル酒精工場

七百屯の製糖工場附属の酒精工場なので、小さなものだが蒸溜器はルムスの新型機械で能力は相当出そうだ。戦前はマニラから麦酒酵母を飛行機で取り寄せていたが、最近は夕リサイの貴来公の方法で野生酵母を採ってやっていた。

その方法は糖蜜をブリックス二十度位にして、これに少量の硫酸を入れ、これに蔗茎をそのまたたきつぶしたものを五束程吊るしておくと自然に醗酵してくる。これを酒母として用いていた。実に合理的な方法で、我々指導に来たのか教わりに来たのか分らんぐらいだ。現在は砂糖が無いので製造を中止しているという。

後に垣兵団の主計将校に、「砂糖が無くては酒精は出来ません」と言えば驚いて、感心したのか、困ったのか分からんような顔をしているのにはあきれて物が言えなかった。工場だけあれば酒精はできると思っていたらしい。

ここのマネージャーは米系比人、細君はバコロドで美人投票で一位になったとかいう女。鼻にかかった甘ったるい声を出して昼飯によく呼んでくれた。

タクロバンの垣の司令部からは一度タクロバンに来るように電報を打ってよこしたが、原料無しというのではどうにもならんし、オルモック、タクロバン間はゲリラの襲撃が盛んで連絡のたびに犠牲者を出すのでは、行く気にもなれない。

大編隊

九月十二日、大編隊がオルモック上空を通過した。友軍機か米軍機か見当がつかない。日の丸が見えた。いや星だと大騒ぎ。とうとうキングの附録にある米軍機の絵まで持ち出してきた。この日、オルモックの近くの島に海軍部隊が舟艇でゲリラ討伐をやっていた。するとどう間違ったかゲリラが沢山いるあたりにこの編隊の一部が投弾したので、やっぱりあれは友軍機だったということになった。然るに、この大編隊はこの日、セブ、バコロド、タクロバンを空襲した米海上機動部隊だったことがその日の夕方分った。

十三日、自分の誕生日なので尾頭付きで一人祝ってやれと、イピイル工場の桟橋で比人の服装をして魚釣をしていた。すると海上すれすれに二機の戦闘機が飛んでくる。友軍機と思い手を振れば自分の五十米程前で急旋回した胴体と翼に明らかに星がついている。これはいけないと思ったが逃げればやられると思ったのでそのままじっとしていた。毎日、こう敵機が来たのでは帰れなくなると思い、早く帰る用意をする。この日、ミンダナオに米軍上陸のデマが飛ぶ。

比島沖海空戦

連日飛来した米機動部隊に比島東方海上で大打撃を与えたという快ニュースにすっかり喜んでしまった。

タクロバンからは、「米機動部隊は全滅せりと宣伝すべし」という命令がきたので町で戦勝祝賀会をやり、比人のブラスバンドが行進したり、ダンス会をやったり、拳闘、闘鶏をやるやら、活動、演芸大会をやるやら盆と正月が一度に来たような騒ぎだった。

垣兵団主力オルモックに上陸

この頃垣兵団主力がオルモックに完全武装をして上陸してきた。現役兵ばかりなので実に頼もしかった。久々に、馬に乗った連隊長や軍旗を見た。堂々とタクロバン方面に行軍して行った。比人は何万の日本軍が上陸したかとしきりに聞きたがっていた。

この頃、コンスタベラリーがゲリラに通じているというので、これの武装解除を夜中に突然にやったり、殺気立った事件もあった。

セブに帰る・第二回セブ空襲

九月二十三日、現地召集の人々の輸送指揮官を頼まれてポンポン船日吉丸に乗りセブに向かう。夜明け、船が止まったので、「もうセブに着いたか」と船長に問えば、「多分セブだと思うだがね」と言って猿の如く帆柱にかけ上がり、「間違いはないようです」と言う。頼りない限りだ。聞けば最近愛知県から徴用されて海図も無しに島づたいに来たばかりだという。

すっかり明るくなったのでセブだということが確実にわかり入港、直ちに召集者を係の人に渡した。その時爆音がする。見れば友軍の下駄履機二機が飛んで来る。これなら今日は大丈夫だと思っていると、雲間からグラマンが三機急降下して来て一連射。忽ち友軍機は火を吐いて海中に消えてしまった。「空襲だ。空襲だ」と大騒ぎ。第一回の空襲の時、あいた穴に逃げ込む。生まれて初めて間近に受ける空襲だ。

グラマンの数は益々増えてくる。ドカンドカン、と爆撃音がものすごく、生きた心地がしない。鞄を頭に載せ、耳をおさえて、くわばら、くわばら。グラマンが立ち去ったので穴から出てみると今下船した日吉丸は一撃で沈んでいる。上陸が三十分遅れていたら死んでしまうところだった。

防空壕があるので入っていると水兵が来て、「この裏に魚雷が沢山置いてあるから危ないですよ」と注意してくれたので、港の近くは危ないとばかりに島崎君とかけ足で街の方へ逃げ出した。破片で腰を砕かれた猿が一匹、イザリになって逃げて行くのを見て先が暗くなるような思いをした。マゼラン上陸碑のあたりまで来た時、又空襲された。大破した石の建物の陰に隠れた。高射砲は盛んに打ち上げられるが、さっぱり当らんのは残念だ。

空襲の間隙を縫って山手の兵站事務所へ行く。ここの連中はもう逃げて誰もいない。係員を探しているうちにまたグラマンの機銃掃射を受けた。危くやられるところだった。

太田旅館に泊まる。毎日空襲される。疲れて昼寝をしていると、銀座通りでグラマンにバリバリやられている夢をみた。ふと気がつくと本当に身近でバリバリやられている。ほうほうの体で壕へもぐり込んだ事もあった。

友軍機は朝早くセブの飛行場を出て行き夕方帰ってくる。一向に戦闘をやってくれる様子は見受けられなかった。出発の時、マニラ飛行場で聞いた話が成程とうなずけた。

セブの街、灰となる

九月十二日の第一回爆撃でセブの町の大半は燃えてしまった。兵站宿舎では何百という兵員が入ったまま、防空演習と間違って退避しなかったので爆死してしまった。屍臭がぷんぷんとして近寄ることもできない。それでも墨痕鮮やかに忠霊碑が建ててあった。

第一回の空襲で、友軍機は飛行場で大半焼かれてしまったので、マニラに帰る飛行機もなく、船は又危険この上ないのでマニラにはもう帰れないかと観念した（パラオ島から引き揚げてきた邦人婦女子が沢山いたが、防諜上とかいう理由で一般人と隔離されていた）。

イロイロ行きの船に便乗

飛行機も船もやられたのでもう帰れないかと思っていたら、大石海上機動部隊がイロイロへ弾薬を輸送するために行くというので便乗する。七十屯程の機帆船。もう命は半分捨てたようなものだ。

九月二十九日、セブを出発。この頃は毎日空襲があり潜水艦も出没するので、警戒を厳にして航行した。いたる所に友軍の船が座礁して焼かれている。空襲にあわてて陸に乗り上げれば、ゲリラに皆殺しにされるというのが当時の実状だった。

大石隊長（中尉）はこの敵討にゲリラ討伐をやりながらイロイロへ行くという快男児。

とんだ船に乗り込んだものだ。セブの北端に友軍の船が座礁している。その近くに民家が見えたので、いきなりこの部落を砲撃した。土民子が蜘蛛の子を散らす如く逃げまどう様が手に取るように見えた。次に土民の舟をつかまえて魚を買い上げたりした（バンカー一杯の魚が二ペソと煙草二本）。討伐船も案外面白かった。

幸いこの日は敵機に発見されなかった。夜半、助けを呼ぶ声に気付き、見ると一人の水兵だ。最近、呉を出港してセブに向かう途中空襲され、船は沈みやっと岸に泳ぎ着けばゲリラに散々な目に会わされ、戦友は皆やられたが自分一人は海の中に隠れて泳ぎ続けていたという。三十日、イロイロに入港。ここも空襲ですっかり焼けている。港に比人が後手に縛り上げられ血だらけになって電柱にくくられているのを見て、嫌な気持がした。同夜バコロド行きの船に便乗、夜半バコロド桟橋に着く。この桟橋も空襲で大破していた。

マニラへ帰る

ネグロスの飛行場は散々にたたかれていたが、街は無事だった。十月三日、サラビヤ飛行場からダグラスに便乗してマニラ東飛行場に帰る。ここも空襲でメチャメチャになり、出発の日の面影は全く無くなっていた。友軍機の無残な姿を見ると情けなくなってくる。

サラビヤ飛行場空襲直後に着陸。四式戦闘機の無残な焼け残り。

我々のいた鉱工部は空襲で疎開していたが、やっと帰り着いてみれば生きて帰って来たのが不思議だと言わんばかりの顔で迎えてくれた。本当に、このたびのレイテ行きは敵機動部隊の出撃の間を、最も危険地帯を船や飛行機でフラフラと標的のようになって歩いたのだから、生きて帰ったのが不思議だったのかもしれない。

マニラ空襲

この頃、マニラは毎日の様に空襲があり仕事などはまるで手につかなかった。さすがマニラだけに高射砲の数も多く、弾幕もあり、ソサイ気球も上がり、友軍機も飛んで空中戦もやり、空襲時はなかなか見物だった。港には軍艦も入っていたが、グラマンと駆逐艦の一騎打ちなど活動でも見ているようだ。

グラマンが何百機も低空で押し寄せてくる様は実に壮観だった。空襲目標は飛行場と船舶なので安心して見物ができる。空襲のたびに物価は騰貴する。バナナ一本が十円もするようになった。

林中尉と面会

宿舎で遊んでいると、事務所の方にどこかで見た事のあるような将校がいるので行ってみると、小学校、中学校の同窓生林慶次郎君だ。久々の会見を喜ぶ。デルカルメンの飛行場中隊長とか言っていた。同窓の佐藤茂君が船舶司令部にいるというので、二人で会いに行き麦酒で祝杯をあげた。林君には内地の家族への飛行便を頼む。

内地からの便り

福井鉱工部長が九月の初旬に帰任したので、その時内地からの手紙を持って来てくれた。皆元気で、家内はお産の準備万端整ったという様な事が書いてあった。

台湾沖海空戦

比島沖海空戦に次ぎ、台湾沖で基地空軍と敵機動部隊との戦争があった。久々に海軍マーチが盛んに放送された。一方、デリー放送では日本海空軍を全滅させたという。いずれが本当か判断に苦しむ。

文官の仕事は全く無くなり対戦車攻撃の演習などをやらされる。

レイテに敵上陸

十月十七日、レイテ湾に敵大部隊が来寇。「連合艦隊出撃し、レイテ湾に敵艦船を袋の鼠とす」「戦艦を拿捕《だほ》す」等と快ニュースがあり。一方デリー放送は、「日本海軍に殲滅的打撃を与え、残存艦隊は目下遁走中」という。比島決戦の火蓋は切られた。

十月二十日、タクロバンに敵が上陸した。十四軍司令部ではレイテの敵を全滅さすまでは禁酒を申し合わす等、相当の緊張をみせた。第四航空軍はネグロス航空要塞によって決戦をすると、富永中将以下ネグロスに出張って行った。「ネグロス要塞ついえれば日本危うし」と。

ネグロス行き

ネグロス航空要塞強化に伴って、酒精が絶対的に必要となった。ネグロスの酒精大増産と全ビサヤ地区の酒精製造指導の大命を帯びて、ネグロスに行くことになった。

当時、ルソン地区は毎日の様にグラマンの攻撃はあったが、まだ大型機は姿を見せなかったのに、ネグロスは毎日コンソリの大編隊が爆撃をやっていた。

そんなところで目標の大きな酒精工場で酒精の増産をやれというのだから、死地に行くようなものだったが、国家の危機だ。働き甲斐を大いに感じ十一月三日、マニラ北飛行場から第六航空通信のキ-21機に便乗。目下バコロド地区空襲中との報に夕方まで待機。日没のころネグロス島シライ飛行場に着いた。ロッキードに急襲された直後で、飛行場には内地から来たばかりの四式戦闘機が五機程燃えていた。飛行場の隅の方には九月十二、十三日のグラマンの急襲に会い、地上で焼かれた戦闘機の残骸が見苦しいまでに散らばっている。内地での血の出るような思いで作った飛行機を空中戦もせずに地上で焼かれるとは何とした事か？ と義憤を感じた。然しマニラに比べると決戦場という感じが深い。

バコロドの連絡官事務所へ行こうとしたが、シライ、バコロド間にゲリラが出没し夜間は危険というので、シライの第六航空通信連隊本部に一泊と決めた。

夕食の用意がないとかで芋のご馳走になる。夜十時頃、連隊長中谷中佐にお目にかかる。体軀は岩の様なるも温顔の士だ。夕食はと問われたので、先程芋のご馳走になったというと、早速当番を呼びつけ、「ここは戦場だ。客人に芋など食べさせて今夜もしもの事があったら申し訳ない」とすぐ飯を炊くよう命ぜられた。第一線の部隊長はさすが偉いものだと感心した。

この晩は月明りだったので、コンソリが一機来てブンブン飛び回りあちこちに投弾していった。昔話の「巨人が空を駆け廻る話」を思い出す。かなり近くにも弾が落ちたが誰も退避する人もないようなので、運を天にまかせ身体を縮めて寝てしまった。

コンソリの大空襲

十一月五日、ネグロス島最高指揮官河野少将のところへ着任の申告に行く。事務室に入ると、「空襲」という。爆音が聞こえてくる。うなるように、南の空にバッタの群れの如くコンソリの編隊が押し寄せて来た。一二〇機はいる。小憎らしい程、堂々としている。防空壕へ逃げ込む。閣下は一足先に一番立派な壕へ逃げ込む。近くのバコロド飛行場を大爆撃して帰って行った。飛行場の空は真黒になっている。こんなことが毎日同じ時間(十一時半〜十二時半)に繰り返されているという。

河野少将

防空壕から出て来た閣下に申告を済ます。閣下曰く、「ネグロスの酒精製造の隘路は燃料の薪の収集にあるのだから、今時分技術者が来てもどうにもならん」。危険を冒し命をかけて来たのに!! この馬鹿野郎何を抜かすかと、腹立たしくなってきた。「そんな貴重な薪だからこそ、それを節約するにもどうするにも技術が必要です」とやり返してやったら、もぐもぐ文句の言いたそうな顔をしていた。長居は無用と引き揚げる。

ネグロス空の要塞の正体

ネグロス空の要塞というから、どんな物かと思ったらビナルバカン、ラカロタ、バコロド、タリサイ、シライ、タンザ、ビクトリヤス、マナプラ、カゲス、ファブリカなど毎日の爆撃で穴だらけになった飛行場群に焼け残りの飛行機が若干藪かげに隠されているだけだ。対空火機は高射砲が三門だけという淋しいものだ。

コンソリが毎日一定の時間に一定の方向から戦闘機わずかに護衛されて来るのに対し、十一月五日以来、五、六回四式戦がこの編隊に挑みかかっただけで大規模な迎撃戦など一度もやらず終いだった。これが日本の運命をかけたネグロス空の要塞の正体である。時にレイテ作戦の最中。

それでも毎夕、レイテ攻撃に少数の特攻隊が出て行った、帰る者は稀だった。

ひたぶるに終の勝利を疑わず静けくも戦友は死に赴きし (四郎)

コンソリの夜間爆撃

月明りの夜は毎晩のようにコンソリが一機ブンブンとネグロスの上空を飛び回っては、時々投弾して行く。防空壕に寝る人もあるが、大体町はやらんという見当がついているので自分は家に寝ていた。それでも頭の上を飛ばれる時は身体が思わず縮み上がる。

或る夜、何を間違えたか、町に一発落された時は思わず蚊帳ごと寝台の下に這い込んでいた。人間の手ではどうする事もできない巨人が夜な夜な暴れ回る伝説の国に生活している様な気にさえなる。救いの神は現われんものか？

レイテ総攻撃

十二月六日だったか、夕方マナプラ工場へ行ってみると、この日は珍しく友軍機の戦爆連合の大編隊がマナプラ上空に集結してレイテ方面へ飛び去った。これがレイテ総攻撃だ。続いて輸送機に落下傘部隊が乗って行った。これを機会に攻勢転位を祈った。

しかし友軍機の編隊攻撃はこれが最後で、その後は三機、四機、一機というような特攻機攻撃だけとなった。

第四航空軍参謀長寺田中将

第四航空軍の軍医部長福留大佐から依頼を受け、ビタミンB剤の製造にいろいろ骨をおっていた時、閣下が晩餐に呼んで下さった。なかなかのご馳走で久々の日本酒を戴く。談たまたまレイテ作戦におよんだ。当時もたらされた情報によると友軍は切り込み戦法を専ら用いていた様子なので、自分が、「日本陸軍の総力を挙げて、しかも敵の上陸を待っていた地点での戦闘にどうして切り込み作戦などというケチな戦争をするのか？どうして堂々と戦わんのか？」と質問したら、嫌な顔して話題を変えてしまった。

会食中友軍機が飛行場を求めて頭上をブンブン低空旋回していた。すると閣下自ら飛行場に電話して、着陸に間違いのないよう細かい点まで注意しておられた。さすが航空科出身、自ら飛行機を乗り回された人だけに思いやりも深かった。

ミンドロ島に上陸

レイテ作戦も不利のまま、押し詰められ情報もさっぱり入らなくなった。ある日、ファブリカの酒精工場に泊まっていたら、大船団がネグロス周辺にあり、上陸の算ありという。いよいよ戦闘かと緊張する。砲声が聞えてくる。いよいよ上陸かと気が気でない。落ち着いて聞けば遠雷だった。この船団はネグロス、パナイの沿岸を通ってミンドロ島に上陸した。

邦人・現地召集される

十二月二十日、日々情勢は行き詰まり、四十五歳以下の邦人は全員召集され各部隊へ入隊した。酒精関係の人だけは兵籍のまま酒精工場勤務となった。これで酒精も兵隊だけで造ることになった。

ルソン島に敵上陸

ネグロスの連日連夜の空襲は続けられていた。ある日、又々敵大船団ネグロス南方海上にあり、ネグロスに上陸の算ありというので、特攻隊は出撃するなど緊張しきっていた。しかしこの船団もネグロスを素通りしてルソン島リンガエンに上陸した。いよいよ本格的な比島戦だ。

ルソンの戦況も日々不利となってきた。山下大将は敵が我が腹中にありと言っているが頼りなかった。目下、マニラで市街戦中などというニュースが入ってきた。次に上陸するのはどこか？　というのが我々の話題だった。日本軍も比島で、ネグロスには最後の方に上陸したから米軍もそうするだろうということに決めていた。

ネグロス島の酒精の生産

当時ルソン島は酒精の製造どころではなく、ビサヤ地区ではセブのメデリン工場も火災で焼失。ネグロス島だけが原料糖も豊富にあり酒精の製造のできるところだった。

ネグロスの酒精工場は、ロペス工場（ファブリカ木材会社経営）、マナプラ工場（台湾精糖）、タリサイ工場（貴来公比人と支那人の混血後、鐘績が経営）、ビナルバカン（比人）の四工場で自分が着任するまでは、各酒精工場の代表者がその地区の警備隊長にお願いしたり、理解のある部隊長の好意にすがって工場の警備、薪の収集などをやっていた。情況の良いときは、それもどうやら生産を続けていたが、九月十二日の空襲以来生産は低下する一方だった。それに加えて糖蜜が不足してきて、砂糖を原料とするようになってからは製造量は急激に低下した。それに空襲を恐れて土民の職工は工場には来ず、いよいよ行きづまってきた。

こんな情況のところに着任したので仕事は山積していた。先ず、各工場に泊り込み工場の成績があがるまで指導することにした。

ロペス酒精工場

この工場は比人経営だったのを、ファブリカ製材所の野村所長が後を引き継ぎやることになった。技術者はハモラーというロスバニオス農科大学出身のケミストがいたが、今までは原料は糖蜜でマニラから酵母を取ってやっていたので問題はなかったが、ちょうど糖蜜は無くなるし、酵母は来なくなるしするので、製造方法がわからず一日平均ドラム缶五本か十本しか製造していなかった。

この工場は飛行場設定隊が肩を入れ、坪井大尉を派遣して製造督励をやっていた。それでポンテペトラから糖蜜を取り寄せ、酵母の栄養料として硫安を加えて砂糖を原料として醱酵させたところ、一週間後には一日ドラム缶七十本平均生産するようになった。坪井大尉、野村所長の熱心さには敬服した。この工場は小理屈を言う技術者が居らんので、自分の言う事を全部そのまま実行してくれるので楽だった。この工場が爆撃されるまではネグロス第一の成績を続けていた。

マナプラ酒精工場

台湾製糖の経営で東大農芸化学出身、台湾でアルコール製造をやっていた小今井氏が代表者だ。

第六航空通信が肩をいれていた工場だったが、糖蜜がないのと薪が集まらないのと、工場員が比人なので出勤が悪く、又社員が偉い人ばかりで実際に働く人が少なく、しかもチームワークがうまくとれてないので、大きな工場の割には、さっぱりと能率が上がらなかった。

この工場の能率を上げる方法としては、比人職工に頼らず兵員を使って製造をやる以外はなく、第六航空通信と岡本部隊から兵力を出してもらい、薪取りと酒精製造をやってもらうことにした。

兵員にアルコール製造を教え込むまでの一週間は相当に苦労したが、兵隊たちは部隊にいるより給与も良く仕事も楽なので喜んで一生懸命にやってくれたので、早く仕事も覚え、この工場も安定してきた。後にこの工場の一部を使って第四航空軍依頼のビタミン剤を作ることにした。

タリサイ工場

この工場は比支混血の貴来公が熱心に経営し比人職工を良く掌握していた。大の親日家なのでゲリラから常に狙われていた。山口大佐は特にこの男のため下士官の護衛兵を一人つきっきりにしていた。それに軍燃料配給部の西浜所長以下が応援し、又地区隊の近藤大尉も熱心に薪の収集などをやっていた。

工場がバコロドに近いので自分も毎日行って見てやり、相当成績が上がってきた。

後にセブのメデリン酒精工場鐘実が火災になったので、酒精工場員一同が神屋氏に連れられてネグロスに来られたのを機会に、かねてからの貴来公氏の希望により（貴来公氏の細君が彼が毎日工場へ行くのを好まんので）手を引いてもらい、鐘実に代わって経営をしてもらうことにした。仕事熱心な神屋氏、佃技師等が揃っていたので一番手のかからん工場となった。

ビナルバガン酒精工場

この工場は比人経営で、阪大醸造科出身の熊本氏が顧問としていたので別に手はかからなかったが、余りに遠隔の地にあったので途中にゲリラが出る為、アルコールはできても取りに行けない。この工場はあてにしなかった。

生産増強策

各工場の情況は右の通りであったが、毎日の空襲は益々激しくなりレイテ作戦も大体峠を越したので、小型機（グラマン、シコロスキー、ノースアメリカン、ロッキード等）がコンソリの定期爆撃の合間にひっきりなしに来るようになり日中は全く製造ができなくなった。

それにゲリラ（米比軍）も盛んに活動しだしたので薪は集まらず、比人の協力も少なくなったのでアルコール生産も多難となってきた。そして今までの様に軍が援助するという程度ではとても酒精の生産確保はおぼつかなくなった。

このとき、地区司令官河本大佐が現われ、「今日以後は自分がアルコール生産を一手に統轄してやることになった。今は決戦だ。所管が違おうと今までの行きがかりがどうあろうとそんなことを言っている時ではない。俺が全責任を負うから俺を信頼して協力してくれ」との話。どうせ強力な部隊が本腰にならねばやっていけない事態だったので喜んで協力することにした。時に、「技術者としての君の意見は？」と問われたので、

1 比人職工に頼らず兵力を以って酒精の製造をすること、そのための兵の教育を早急にすること。

2 製造歩合を良くするために糖蜜の使用量を増すこと。そのためには各工場とも糖蜜がないからポンテペトラの糖蜜を兵力で運搬し各工場に配布すること。

3 薪を兵力で集めること。

以上を進言したら全部了とし即日実行に移してくれた。横車をおすが面白き軍人なり。

岡本部隊長

河本大佐が酒精を一括統制し仕事が軌道に乗りかけた時、河本大佐は内地に転勤になり、その後をマニラ航空廠第二修理廠長の岡本熊吉中佐が引き継がれることになった。岡本部隊長は河本大佐の様にやんちゃではなく、顔は古武士の如くいかめしく、近寄り難いが話の解る人情味豊かな人だった。自分は十一月二十五日付で、この岡本部隊の区所下に入った。そして新たに燃料班を編成して酒精の増産をやることになった。

燃料班

岡本部隊燃料班の編成は、

班長　坪井大尉、技師長　小松嘱託、本部付　西浜所長、船越少尉、島田軍曹他、兵二名

タリサイ工場　工場長、神屋嘱託、佃技師、河野少尉、兵員五十名

マナプラ工場　工場長、小今井中尉、社員十五名、六航通古賀少尉、兵員五十名

ロペス工場　工場長、野村嘱託、ハモラー技師、徳永中尉、兵員三十名

糖蜜輸送隊　高野中尉以下三十名（自動貨車二十輛）

ポンテペトラ糖蜜タンク、ゲリラに襲わる

十一月二日、ポンテペトラの糖蜜タンクがゲリラに襲われ糖蜜を全部川に流されたという報がはいった。直ちに高野中尉以下、高野隊の主力が一戦を覚悟でトラック三台に分乗してポンテペトラに駆けつけた。

自分も西浜所長と共に同行した。糖蜜タンクから三百メートル程の所に車を止め全員戦闘配備につき、自分も拳銃片手に鉄帽真深く窪地に待機した。

機銃を据え、先制射撃をし、次いで支那事変歴戦の勇士、伊賀軍曹以下七名が尖兵とな

り前進した。高野中尉、窪地から、「伊賀軍曹、姿勢が高い高い。匍匐で行け」と怒鳴っているが、ご本人まるっきし平気で、「一発きてからで十分。敵がいるかいないかわからん所へあほらしくて匍匐で行けようかよ」と言いながら着剣した銃を片手に、すたこら行ってしまった。

敵もいそうもないので自分と西浜氏が続いて行った。高野中尉は相変わらず、「姿勢が高い高い」をくり返している。しかたがないので中腰で駆けだした。先頭はもうタンクの所に着いた。土民が逃げて行くのが見える。敵はおらんようだ。一安心だ。

タンクの十インチのコックは満開され糖蜜はほとんど川に流れ込んでしまった。川辺も川底も糖蜜でベトベトだ。魚やえびが沢山白い腹を出して浮かんでいる。マンホールをあけてみると、まだ底に二十五センチ程残っていた。このタンクは直径が大きいので糖蜜の残量はここ一ヶ月分位はあることが分った。

昼飯を食べ終った頃、周囲が何んとなくざわめいてきた。ゲリラに包囲されんうちにと警備兵力を残して帰る。

糖蜜対策

ポンテペトラの糖蜜流出事件の対策として他に糖蜜を求むべく探すことにした（糖蜜が

ないと砂糖だけでは醱酵がうまくいかぬ）。その翌日から坪井大尉、河野少尉等と共にルマゴームをはじめ所々の製糖工場を探したが見つからなかった。それで糖蜜の代用として米糖コプラミールを集める事にした。

ロペス酒精工場、コンソリの爆撃に大破

ロペス酒精工場は、ファブリカ飛行場がすぐ近くにあるので毎日のようにロッキードの機銃掃射を受けていた。

十二月十五日、コプラミールを使用する仕込みをやっているといきなりロッキードの攻撃を受けた。防空壕へころげ込むと後から、「チクショウ、チクショウ、ヤラレタ、ヤラレタ」と言いながらロペスの社員がころげ込んできた。見れば足をやられている。この男、支那事変で左脚に負傷してビッコをひいていたのに今度は右脚だ。「俺は脚に縁がねえ」と嘆息していた。こんな情況だったので、この工場も近日中にやられると思っていた。

十二月二十一日十一時、コンソリデートB24七機の爆撃に会い、大破との報に二十二日早朝、岡本部隊長、坪井大尉、小杉大尉（小杉勇の弟）、西浜所長等と共に被害調査に行く。部隊長の乗用車に便乗、目と耳に自信のある兵と西浜氏が自動車の外側にぶら下がり

常に対空警戒をやり、船越少尉は一コ部隊の兵を連れトラックでゲリラに対する警戒にあたった。

我々がシライ飛行場に差しかかった頃、いきなり、「敵機上空」と怒鳴る声に自動車を急停車し一同道の両側の溝に飛び込む。左側に部隊長、坪井大尉、兵二。右側には小杉大尉、西浜氏と自分だ。上空にはグラマン六機が獲物をあさっている。まだつっ込んでくるまでには一、二分はあると思ったので、自分等三人は溝から上がり、近くの防空壕に飛び込む。それと同時に今までの自分達のいた溝めがけてグラマンが急降下しながら機銃掃射を浴びせた。壕の窓から硝煙が流れ込んでくるくらい、間近な弾だった。

三十分位の間、この飛行機に繰り返し繰り返し射たれた。小杉大尉は手榴弾を一箱持ち込んで来たので、これにもし弾が当たったら皆死んでしまうと心配しだし、壕の内でこの箱をあっちにやったり、こっちにやったりしていたがどうにもやり場がないのでとうとう大きな身体の下に敷いて安心したような顔をしていた。

自動車が無事だったので一同ファブリカに向かう。カジス辺まで行った時、ファブリカ方面をB24が盛んに爆撃し黒煙が高く上がっていた。

十二時、ロペス工場着。砂糖倉庫はまだ盛んに燃えており、熱くて近寄れない。これでここの砂糖原料は零だ。工場の被害はボイラー全部が大破し、蒸溜器は破片で小破してい

ロペス酒精工場爆撃でボイラー全壊につき、機関車を総動員す。

るが修理可能。醱酵槽は異常なしだ。部隊長から対策を問われたので、「ボイラーは復旧見込みなきも、機関車を三台持って来てボイラーの代わりに据えれば運転可」と答えた。部隊長、自分の名案をほめて下さる。野村所長にすぐそうするよう命ぜられた。

帰途、三回ロッキードに会うも大したことはなかった。ロペス工場は一、二ヶ月は使用不能なので、マナプラ、タリサイの生産を嫌でも増強せねばならなくなった。

タリサイ工場でウイスキーの製造

ロペス工場はやられたが、マナプラ、タリサイ両工場の能率が良かったので、タリサイ工場の酒精でウイスキーを作り、ネグロスの全軍の正月用の酒にする計画をたてた。カラメルを作り腕をふるって即製ウイスキーを作り、ドラム缶で各部隊に配給。大いに喜ばれた。

昭和二十年一月元日

ネグロスに来てからは、寸暇もない位夜も昼も区別なく働き続け、慈父の如き部隊長のもとで自分の本職の酒精製造の技術を思う存分発揮して、決戦の毎日をご奉公できるのが実に楽しかった。これならいつ死んでも良いとさえ思えた。マニラ時代の様では死んでも死に切れなかったが。

元旦早朝、岡本部隊長の年頭の訓辞があり、将校以上部隊本部で会食した。我々の造ったウイスキーに日本酒、雑煮、魚等なかなかのご馳走だった。レイテ、マニラでは死闘をしているというのに、島が違う良さだ。会食中にノースアメリカンが来て近くの飛行場に投弾していった。「これが本当のお年玉」と一同大笑いした。夜はタリサイ工場で工場員一同と宴会をやる。夜中に第六航空通信の将校に招かれて航空荘で気炎をあげた。

昼間の自動車運行禁止

レイテから間断なく小型機が来襲し、藪陰に隠した飛行機や自動車、兵員を探し出しては焼き払って行く。自動車等、見付けられたら最後である。薪運搬、糖蜜運搬の自動車が片端からやられるので、昼間の運行を禁止した。夜間だけで、限られた自動車で工場に使用する薪を運搬する事は不可能になってきた。

タリサイ酒精工場大爆撃

タリサイ工場の製糖部の方は、岡本部隊が飛行機の修理工場として使っていた。

二十年一月十七日、工場も順調に運転されているので河野少尉と二人で昼飯でも食べようと宿舎に入った。するとコンソリが一機、工場の上空を旋回し出した。コンソリ一機位で壕に入っていたのでは一日中何もできないので、平気で炊事をはじめ、生卵を割ろうとした瞬間、吹き飛ばされるような感とガタピシャとつぶされるような感とを受けた。本能的に机の下に入り、次の瞬間には屋外の壕に生卵を握ったまま入っていた。

工場の正門前の土民の家と道路と椰子林工場内の広場とに爆弾が落とされた。飛行機は飛び去っていた。工場に損害の無かったことを部隊長に報告に走った(工場から三百米)。

報告が終った頃B24の大編隊が現われた。部隊長と共に壕に入る。工場の方から盛んに爆発音が聞えてくる。出て見れば製糖工場、砂糖倉庫、修理工場から黒煙が上がっている。坪井大尉と共に工場消火に勤むべく、部隊長に消火兵力を出して戴くようお願いして駆けだした。タリサイの街はずれまで来たとき、又B24の第二編隊が来襲した。近くの土民の造った壕へ逃げ込む。中は土民で一杯だった。それでも、「兵隊さん、兵隊さん」と言ってくれたので、その家のおかみさんと娘との間にもぐり込んだ。第二回目も全弾工場に投弾された。まだ酒精工場だけは建っている。

土民の壕から出て橋のところまで行くと、第三編隊が襲いかかってきた。橋のたもとの坪井大尉専用の壕に入る。今度はタリサイの町の中に投弾された。今出てきた土民の壕は直撃を受けて皆死んでしまった。工場の方は黒煙が増すばかり。

第四回は来ぬかと耳をそばだてていると、工場から河野少尉と堀田君が土砂を浴びて真黒になって走ってきた。「酒精工場はまだ大丈夫、砂糖倉庫に火が回った。今のうちならまだ消えそうだ。早く兵力を出してくれ」と言う。

第四回目が来た。壕に入る。比人の女が一人、土色の顔をして震えている。「ソースマリヤ、ソースマリヤ」と言いながら。投弾された。シャシャシャと手負いの野猪が笹原を真っしぐらに駆けて来るような音だ。皆、耳と目をおさえ壕の奥の方へにじり寄って行く。壕がつぶれるかと思う程、土が落ち大地震のように揺れた。生きた心地はない。女は「ソースマリヤ、ソースマリヤ」と泣き出す。どうやら第四回目も無事だった。

外に出て見れば砂糖倉庫は火の海だ。ただ酒精工場の蒸溜塔だけが建っている。煙突は二つに折れた。第五回が来た。シャシャシャと強い爆風を感ずる。今度はだめかと思う。

六回、七回と波状攻撃は工場を中心に続けられた。もう消火どころではない。壕にうずくまっているだけでやっとだ。十二時二十分、第一回の爆撃から二時四十分までの二時間二十分の間に十四回のB24の攻撃を受けた。一編隊の機数は六〜二十四機だ。よくも助かったものだ。

爆音が消えたので工場に行って見れば、無惨にも我々の住んでいた家はペシャンコに押しつぶされ、製糖工場は被弾してない機械は一つもないまでにたたかれ、可燃性の建物は全部燃えている。砂糖の燃える臭気がむせるように流れてくる。工場用水の暗渠は吹き飛ばされ、そこらは水びたしになっていた。引込線の貨車はほとんど吹き飛ばされてしまった。

幸い酒精工場だけはコンクリー製の醱酵槽がこわれたのと蒸溜器が弾片を受けただけだった。蒸溜室には不気味にも五〇〇キロ爆弾が二つ、どうしたことか不発でころがっていた。

工場を中心に七〇〇発の二〇〇〜五〇〇キロ弾が投下され中心地区は十坪に一発位の割で穴があいていた。

爆撃機に永く乗っていた将校が現場を見て、「これだけ一ヶ所に爆弾を集中することのできる爆撃手は一流だ。これではまるで要塞攻撃のようですね」と語っていた。何度考えてもよく助かったと思う。この爆撃で修理廠の大部分はだめになったが、人員の被害は皆無。犬が一匹爆死しただけだった。何と運の良い人達ばかり揃っていたものだろう。

用水路と蒸溜器とを直せば能力は三分の一位に落ちるが、どうやら酒精ができる見込みがついたので、その日から復旧工事にかかった。復旧まで約一ヶ月、佃技師、河野少尉の活躍は特筆すべきものがあった。

爆撃後日談

爆撃の後、色々のものが散乱しているので毎日比人の盗人が絶えない。河野少尉が五人捕えてきて、後手に柱に繋いで昼飯を食べているうちに全部逃げられたこともある。又、河野少尉と二人で一人捕えたとき、ロッキードが急に現われたので盗人と三人で壕の中に逃げ込んだ。河野少尉、面白半分に、「イカオパッチョン」と言うと、本気になって命乞いをする。だめだと言うと、鶏を二羽持ってくるから助けてくれと言う。「たった鶏二羽の命か。安い命だ」と言うと、土人の奴、鶏ということが解らんと思ったのか真暗の壕の中で、いきなり、「コケコッコー」と鶏の真似をしだした。こちらは冗談だが、奴さんは命にかかわるので一生懸命だ。ついおかしくなって二人で吹き出す。我々の表情がほどけるのを奴さん得たりとばかり鶏を五羽持ってくるから許してくれと言う。あてにはならんが逃してやったが、とうとう鶏は持って来なかった。

タリサイ工場爆撃と前後してビナルバカン工場もB24に爆撃された。

空襲対策

ロペス、タリサイ、ビナルバカンと四つある工場のうち三つまでやられた。これでマナプラまでやられたら酒精は一滴もできなくなるので、新酒精工場を建設することを岡本部隊長に進言した。

案として

一、マナプラ酒精工場の蒸溜器三のうち一つをビクトリヤス製糖工場に移すこと。

二、ビナルバカンは爆撃されたが無傷の蒸溜器がまだ一つあるのでこれをバコロド製糖工場へ持ってくること。

三、タリサイ工場の蒸溜器三のうち一つをラカロタ製糖工場に移すこと。

以上、三つをあげた。

部隊長は三案とも了とし、第一案を岡本部隊自身の兵力でやり、第二案は海軍軍需部にやらせ、第三案は河野兵団で行なうこととなった。この為、各工場間を飛び回り設計をするのに大忙しとなった。

兵団、丸山参謀は熱心に仕事を推進してくれた。

コンソリの盲爆

バコロドの町は今までほとんど爆撃されなかったので、町は安全と、飛行機が来ても壕に入らん者が相当いた。

或る日（十二月末）、バコロド飛行場上空で毎日来るB24の編隊が二つに分れた。変だと思っていたら、その一隊がいきなりバコロド街に投弾した。市民の慌て方は大変なものだった。自分の家の周囲にも六、七発落ちた。自室の窓、天井、戸等に大穴をあけられた。近くの比人の家は吹き飛ばされ、比人が十人程と水牛、犬、鶏が死んだ。水牛が目を開いたまま、椰子の木に寄り掛かったまま死んでいるのは、嫌な気がした。

近頃は物価が馬鹿に高くなったので棺桶一つが一万円もし、貧乏人は死んでも棺桶にも入れなくなった。この時の爆死者のなかにも二、三人は棺に入れん者がいた。

ロッキード盛んにビラを撒く

近頃はしきりにビラを撒くようになった。米軍も手を変え品を変え色々なことをやる。手にしたビラには次のようなものがあった。

一、「かど松や冥土《めいど》の旅の一里塚」

二、「山川草木転荒涼十里風腥新戦場……」の乃木将軍の金州城の漢詩あり。その裏に乃木大将はあれだけの武勲をたてたが部下を殺したことを大いに恥じていたのに、山下大将は負け戦をして沢山の兵員を犬死させておきながら、今なお傲然としている。両者の人格の差はどうか？ とアジっている。

三、日本の軍閥は勅命なしに兵力を動かした。満州事変は日本軍閥の企んだ侵略戦争だ。

こんなビラを、ロッキードが撒いたがたいした効果はなかったようだ。

四、日本は今、桜の花盛りだというのに皆さんは何時帰れるかも分らずに孤島にいる。
五、皆さんの待っている日本の飛行機はもう決して来ません。
六、日本の内閣情報部で出している報告は皆嘘です。あれが本当なら米国がいくら大工業力があっても、軍艦は無くなっている筈です。

どれを見ても、「何を言ってやがる」と別に気にも止めなかった。

インフレーション

比島地区のインフレーションは比島独立の日から始まったという。独立前は物資もあったし、日本軍の勢力も強かったし、軍政の弾圧もあったのでどうやら治まっていたが、独立後は物資は無くなる、日本からは兵員だけで物資は何も来ない、戦勢は不利と、あらゆる条件が備ったので物価は十日で倍々となっていった。空襲後は空襲のたびに騰貴した。

十九年の三月、マニラに着いた時は物価は既に大分上がっていたが、それでも靴が一足百ペソ、ウエストポイントの服上下で百二十ペソ(内地の闇相場位)、バナナ一本二十セント、カラマンシイ一ケ一セント、淫売は五ペソ位だったが六月頃には靴は二千ペソ、服も二千ペソ、バナナ一本一ペソ、淫売は割安で五十ペソ位だった。

このインフレはどこまでいくか見当がつかなかった。ちょっと飯を食べても二、三百ペソ、頭を刈れば二十ペソ。これでも安月給（月七十〜三百ペソ）の軍人、軍属は生活していた。それは偕行社*で安く売ってくれる物や配給の煙草を金に換えたり、物々交換をしてである。民間人は随分とこれらの人に貢いだり、たかられたりしたものだ。
軍はこれに対する策は全くなく、唯五百円、千円というような札を出して通貨をいやが上にも膨脹させた。この頃は乞食でも一ペソ位の札では受け取らなくなった。当時の日本の経済力、いや実力の偽らざる指数だったのだ。

バコロドに来て山に入る準備の為、二月の末に長袖のウエストポイントの上衣一着を一万五千円で買った。そしてそれが少し大き過ぎたので、仕立直しをやったら三千円取られた。もっともこの支払いは製糖会社で使う木綿糸四巻で決済された。

この頃は月給など誰も相手にも、問題にもしていなかった。町で二等兵殿が千円札を切っているのをよく見かけた。シャツ一枚売れば七千円程になるので、もう金のことを言う人はいなくなった。札を持って買物に行くより布切れか煙草を持って行った方が手軽とまでなった。


*軍服や軍刀から靴下まで、軍人、軍属用の日用品一切を売る店のことで、今でいう生協のようなもの。ただし兵隊は使えなかった。

タリサイ街道

一月になってからは昼間は自動車が通わんので、毎夕バコロドからタリサイへ通勤していた。

急な用事でタリサイの坪井隊へ行くことになり、燃料配給部の西浜氏を誘って徒歩でタリサイまで行くことにした(約一里半)。バコロドの町はずれで、色っぽいあやしげな女にウィンクされ御機嫌で行く。第一の椰子林を出て開闊地に出たときシコロスキーに急に狙われ、木陰にかろうじて難を避けた。徒歩で行くのも楽でない。

第二の椰子林で土人に椰子を取らせ渇きを癒したりして行くうちに、タリサイから米の買収に神屋氏と岩井氏がやって来るのに出会った。「今日はシコロスキーの奴、個人攻撃をやるから気をつけぬと危いですよ」等と冗談を交しながら別れた。

その日の夕方、神屋氏に出会うと、「今日小松さん達と別れて五分程歩いた頃(我々が土人に椰子を取らせて水を飲んだ所)、自分達の五米程前を歩いていた海軍の軍属の前にゲリラがいきなり現われ自動小銃で彼を射殺したので、慌てて溝の中へ逃げ込んだところ、警備隊の兵隊が五人程、銃声に驚いて駆けつけてくれたので助かりました。もうタリサイ街道も危いですよ」と言われた。我々が椰子の水を飲んでいた時近くにいた比人等も危いものだった。「我々は強そうに見えたから奴等手を出さなかったんでしょう」と大笑いした。

近頃ゲリラは日本兵を殺せば、すぐ服や靴を剝いで持って行ってしまう。

ゲリラの親分と交渉成立

タリサイ酒精工場の復旧も終り製造を始めたが、原料糖がほとんど焼けてしまったのでバコロドの砂糖工場から砂糖を運ばなければならなくなってきた。自動車ではいくらも運べんので鉄道を使うことにした。幸いバコロドとタリサイ工場とを繋ぐ線があったので、これを利用することとした。

この運搬を行なう兵力、鉄道保線、警備の兵力は馬鹿にならない程多く必要なので、神屋氏の発案で、この地区のゲリラの親分に交渉して砂糖の運搬を請負わせるようにしたらというので、早速神屋氏が交渉委員で交渉し三月から実施することになった。報酬は運搬砂糖の三割ということで。

機関車をゲリラに横取りされる

タリサイの方は、対ゲリラ関係はうまくいくようになったが、マナプラ工場の方は、常に悩まされていた。

二月の初めの或る日、薪を満載した機関車が工場へ帰る途中（この時は警戒兵が乗っていなかった）、ゲリラに襲われ、薪を積んだままゲリラ地区に持ち去られた事件があった。密偵を出してみると、カジスのゲリラの本拠の前にこの戦利品を並べて、彼等が酒盛りをやっているという。その兵力は五百人近くというので、うかつに手も出せず、山口部隊にお願いして討伐をやってもらい、やっと取り返した事もあった。

コンスタベラリー解散か

バコロドの警察隊（コンスタベラリー）では、隊員に配給する米が無いので、解散しなければならない破目に立ち至った。

警察隊顧問の藤野氏が来て、今まで手塩にかけた者を、米が無いから解散させるのでは余りに情ないが、何か名案はないかという。当時、酒精製造用（薪の買収用）の裏付け物資として、また敵上陸の日に備え、山の陣地に貯える米の買収を神屋氏がやっていたので、直ちに、「警察隊員を総動員して米の買収をやらせ、その内何割かを彼等に与えたら米が集まりはせぬか」と自分が案を出したところ、名案名案と早速実行することになり、友軍が山に入るまで警察隊は解散せずに済んだ。

レイテ島よりの漂流兵

レイテ作戦の報道は、全く入らなくなった。戦火はルソンに移り、レイテ等忘れかけていた。

その頃、ネグロス島のカジスの海岸で、四十五名の漂流者が救助された。いずれも、レイテからバンカーに乗って脱出してきた東北の兵隊たちだった。身体はすっかり衰弱しきって、骨に眼玉が付いているような姿だった。

彼等の話によると、レイテ作戦は敵の圧倒的な物量作戦に、ひとたまりもなく打ち破られ、部隊は全滅、或は解散となり、軍規も何も無くなり、強い者勝ちとなり、飢えで大部分は死んでしまった。その中から、彼等はバンカーに乗り、漂流中幸い助かったという。

レイテ戦の真相を知り、いよいよ大変な事になったものと山に入る準備を急いだ。

山岳戦の用意

ネグロスの兵団では、レイテの戦例にこりて、火器もないので水際戦闘を不可と思い、海岸防禦はやらず山中に立て籠り、切り込み戦術を行なう方針となった。食糧、弾薬、兵器の集積所、兵器工場等をギンバラオの高原地帯に設け、敵上陸の日を待っていた。

六航通ファブリカで椰子油を搾る

重油が無いので椰子油で発電機を動かし、通信を確保するため、椰子油の製造を六航通（第六航空通信）が始めた。岩見准尉が主任となって、空襲下に熱心にやっていたが、機械が悪いので思うよう能率が出なかった。工場の悪い所を見てくれというので、いつでも迎えにくるよう話した。二月の或る晩十二時頃彼に起こされ、乗用車一台でバコロドからファブリカまで行く事になった。

当時、マナプラ、ファブリカ間はゲリラの出没多く、三、四日前にはトラックが襲撃され、十名近く戦死した。それで警乗兵無しでは、この間の交通はせん事になっていた。それを夜の十二時過ぎにバコロドを出て行ったのでは、三時か四時でなければ目的地に着かず、途中故障でもしたらそれまでなので、かなりの冒険だ。勇敢な岩見准尉の事だから、そんなことには頓着無しだ。運転台には伍長、客席に自分と岩見准尉が乗り、軽機を自動車の窓に据え、岩見准尉が射手となり、自分は三八を窓に据え、いつでも応戦できる体勢で出発した。

ゲリラの出そうな凹地、椰子林等は、先制威嚇射撃をバリバリやりながら、とうとうファブリカまで無事に行ってしまった。

工場の能率の悪い所を改良させて、夜明前にまた、バコロドに帰った。

ビクトリヤスに新酒精工場建設

ビクトリヤス製糖工場は、精製糖工場として有名な工場だ。台湾製糖が経営していた。それを、戸矢嘱託、刀根少尉、山田嘱託、松井嘱託、岡本部隊の兵員三十名、鳶職の経験のある工兵隊の兵十名で、一月下旬からマナプラ工場の蒸溜器を解体、ビクトリヤスに運搬、組み立てを行なった。

三月十日、試運転の予定で大馬力で建設にかかった。ビクトリヤスは今まで何の仕事もしていないので、敵の目標外だったと見え、上空にロッキードやシコロスキーはよく来るが、九月十三日一回爆撃されただけで、その後は全く爆撃されなかった。それでも、工事中に工場の近くを低空で飛び回られるのは、決して心地よいものではなかった。

或る日、兵隊が不用意に五、六名出歩いているところを、シコロスキーに発見されたら、たちまち機銃掃射され、着火弾が砂糖倉庫に二、三発当ったと思ったら火災を起こし、一倉燃した事件もあった。

刀根少尉の活躍で、三月十日には運転するまでには至らなかったが、大体の工事を終ったので、岡本部隊長、今井少佐、その他酒精関係者一同を招待して盛大な開所式をやった。この日は久々に皆で酒を飲んだ。空爆下によくこれだけの設備をしてくれたと、部隊長大満悦だった。帰りに、「小松君、酒精は君一人が頼りだ、頼むぞ」と強く手を握られた。

十五日から試運転に掛る。三年間も全く使わなかった工場なので、いざ使ってみると所々故障が続出した。殊に発電機、ポンプに。醱酵槽（結晶槽）の漏れ、蒸溜器の弾痕の漏れ等にも悩まされたが、三月二十六日頃からはどんどん酒精が出はじめ、一日（一晩）ドラム缶四十五本は楽に取れた。

試運転中に、ずぶの素人の兵隊に酒精製造の技術を教え込むのだから、容易でない。それでも皆熱心にやってくれるので、張合があった。

工場がうまく行きだした日、岡本部隊長からネグロスの酒精生産に功績があったというので、賞詞を戴いた。

岡本部隊長転勤

ネグロスには、飛行場設定隊や、修理廠関係の非戦闘部隊が多かったので、兵器が少なかった。それで、岡本部隊では現地物資を利用して、手榴弾、擲弾筒、飛行機の機銃を改造した機関銃、爆弾等の兵器を盛んに作り、部隊感状をもらうくらい、功績があった。

急に部隊長は、南方総軍兵器部高級部員として仏印に転勤される事となり、三月二十七日、飛行機でネグロスを出発された。

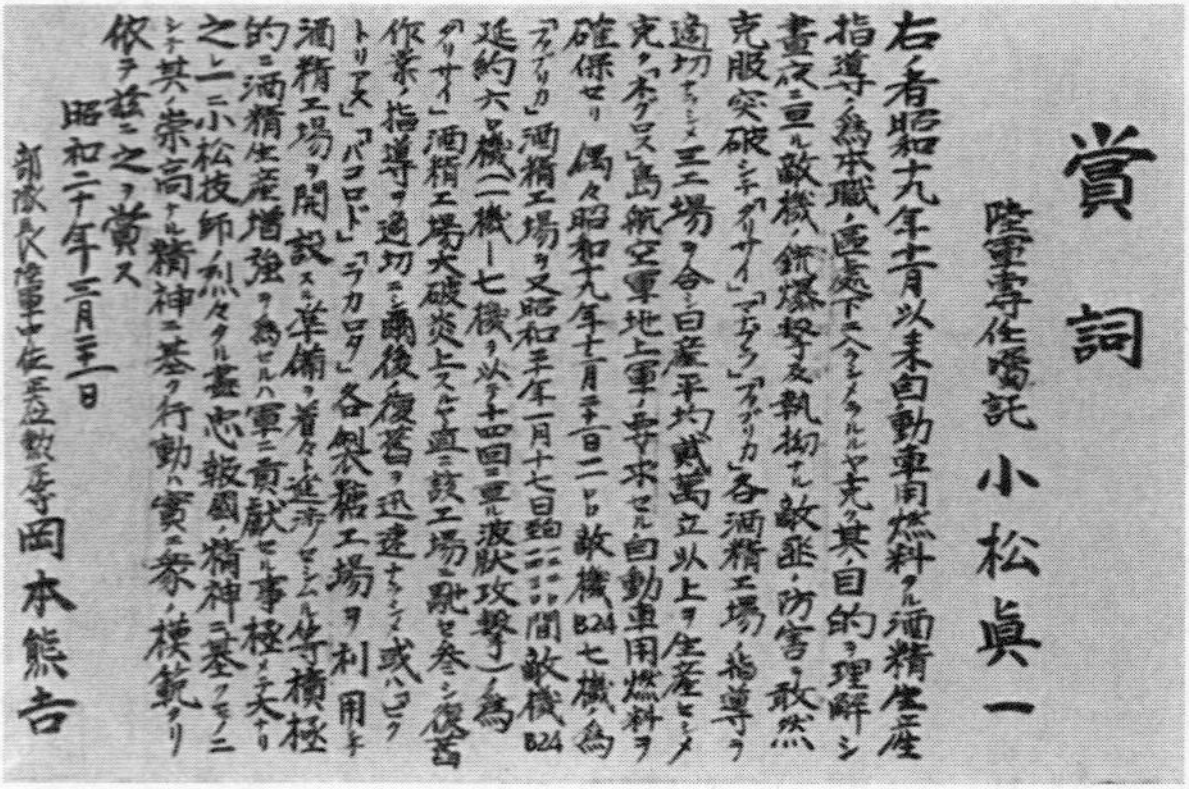

賞詞

陸軍専任嘱託　小松眞一

右ノ者昭和十九年十二月以来自動車用燃料タル酒精生産指導ノ為本職ノ區處下ニ入ヘシメラルルヤ克ク其目的ヲ理解シ晝夜ニ亘ル敵機ノ銃爆撃ヲ受ケ執拗ナル敵匪ノ防害ヲ敢然克服突破シテ「ポリサイ」「マナプラ」「ファブリカ」各酒精工場ノ指導ヲ適切ナラシメ三工場ヲ合シ日産平均貳萬立以上ヲ生産セシメ克ク「ネグロス」島航空軍地上軍ノ要求セル自動車用燃料ヲ確保セリ　偶々昭和十九年十二月二十二日ニ於ケル敵機B24七機ノ為「ファブリカ」酒精工場ヲ又昭和二十年一月十七日前后ニ亘ル間敵機B24延約六十機（一機ー七機ヲ以テ十四回ニ亘ル波状攻撃ナリ）ノ為「ポリサイ」酒精工場大破炎上スルヤ直ニ該工場ニ馳セ参シ復舊作業ノ指導ヲ適切ニシ爾後ノ復舊ヲ迅速ナラシメ或ハ「ビクトリア」「バコロド」「ラカロタ」各製糖工場ヲ利用セル酒精工場ヲ開設スル準備ヲ着々ト進捗セシムル等積極的ニ酒精生産増強ヲ為セルハ軍ニ貢献セル事極メテ大ナリ之レニ小松技師ノ烈々タル盡忠報國ノ精神ニ基クモノニシテ其ノ崇高ナル精神ニ基ク行動ハ實ニ衆ノ模範タリ

依テ茲ニ之ヲ賞ス

昭和二十年三月三十一日

部隊長陸軍中佐兵站勤務　岡本熊吉

慈父の如き部隊長を失った部隊員一同は、気抜けしたようだった。

慰安所の女を飛行機で運ぶ

ネグロスには航空荘といって、航空隊将校専用の慰安所（日本人女）兼料理屋があった。米軍が上陸する寸前、安全地帯へこの女達を飛行機で運んでしまった。特攻隊の操縦士等、まだ大勢運び切れずにいるのに。

戦闘第一主義は、いつの間にか変わってしまった。これがネグロス航空要塞の最後の姿だ。

米軍パナイ島に上陸

ネグロスの向いの島、パナイ島にも敵は上陸し、イロイロ市は米軍の手に帰し、目下山岳戦をやっているという情報が入ってきた。（三月十九日）

米軍ネグロス島に上陸

三月二十七日の夜、駆逐艦がバコロド沖に来たり、タリサイ辺を艦砲射撃した。いよいよ上がるなと思う。自分はビクトリヤス工場で、酒精の製造を盛んにやっていた。この日から、兵隊だけで蒸溜機の運転をするところまでこぎつけていた。酒精製造のかたわら、入山の準備もせねばならない。燃料班としては、ネグロス山中の羽黒台に山の陣地を割り当てられていたので、そこへ糧秣を運搬していた。自分は内地を出る時から山入りの用意をしていたので、リュックサック一つ担げば、そのままいつでも、入れるようになっていた。二十七日はとうとう米軍は上陸しなかった。

二十八日はどうしても上陸しそうなので、ビクトリヤス最後の晩餐を七面鳥をつぶして盛大にやった。酒宴中砲声がしきりに聞こえてくる。酒精は相変わらず製造した。どうも状況が変なので、兵団へ連絡すると、「米軍は本日正午上陸したが、少数ゆえ、両三日中に全滅さす、酒精の製造をどしどし続けろ」というので、本気になって製造を続けた。

二十九日、朝から砲声、空爆の音が、バコロド方向から盛んに聞こえる。連絡を出せば、バコロドで目下市街戦中という。この日も七面鳥を殺し、酒精を製造しながら山入りの体力を作る。河野少尉等の手で、爆薬が工場の重要部に装置された。不安の中に、この日も無事過ぎた。

三十日、砲声が近づいて来るので、再び連絡を出せば、兵団は既に山中に退却してしまっていた。バコロドは米軍が入り、目下タリサイ方面へ進撃中とのこと。これは大変と、入山を決行する事にした。今日こそは本当に最後の晩餐をと、七面鳥と豚を殺してやった。

ビクトリヤス工場、火炎に包まれる。

落ち武者。

ピアノを弾く兵もいた。橋梁が爆破されだした。もう出発せねばならない。

空襲下、命掛けで作った工場を、しかも作業が順調に行きだした時、これを捨てねばならんのは身を切る思いだった。建設をやった兵隊も思いは同じとみえ、涙さえ流している者もいた。河野少尉等により工場に点火され、爆破と同時に酒精に火が付き一面の火の海となった。工場員一同四台のトラックに分乗、工場を後に出発した。

入山の持物

山へ入る時の持物（坪井隊として山へ送った食料を含まず、私物のみ）は次の通りだった（身につけている物も含む）。

リュックサック一、革図嚢一、防暑帽一、防水マント一、胴締め二、毛布一、アサヒタビ一、＊靴一、靴下四、ズボン三、上衣二、＊シャツ二、抱え鞄一、軍刀一、大型拳銃一、弾八、ナイフ大型一、ホーク一、食器一、磁針一、眼鏡一、＊逸見式計算尺一、＊酒精ブタノール文献、＊月明一、革脚絆一、時計二、＊ビタミンB剤一びん、＊ビタミンB注射液三十アンプル、＊テラポール二〇〇錠、過マンガン酸カリ、ビスミット、ストリキニイネー、キニイネー、注射器、＊米四日分、＊乾魚三匹、＊塩五百グラム、マッチ、金入、シュース、名刺入れ、釣道具一式等……

その後、山で使いはたしたり、捨てたり人にやったり、また拾ったりして、九月一日投降の日には、右の表に＊印をした物を失っただけで、まだまだ山の生活を充分にして行く自信はあった。ＰＷになってから一年、当時の物で持っているのは、時計一、革図嚢一、金入れ一、シュース一、名刺入れ一、釣針、ウエストポイントの上着一、手帳一、お守りだけとなった。

密林の彷徨

昭和二十年三月平地を捨て山の生活に入り、九月一日サンカルロスに投降するまでの記録。

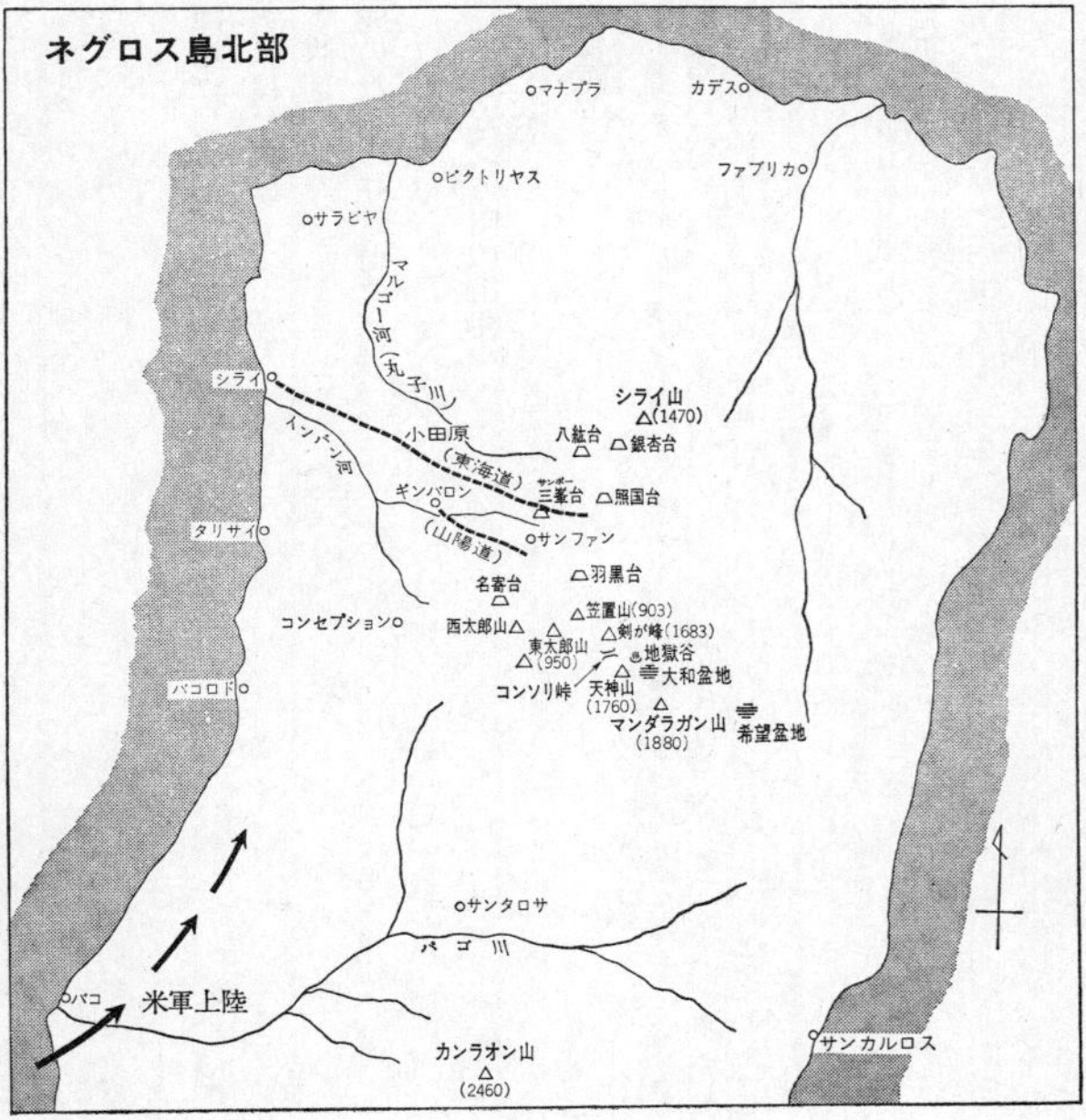

昭和20年3月30日　ビクトリヤス発
3月31日　小田原泊
4月1日　羽黒台の坪井陣地に到着
5月1日　無名稜線、山の茶屋に移動
5月9日　笠置山の兵団参謀部へ行く
5月21日　現地自活隊編成のため坪井隊追及
5月24日　地獄谷温泉着
5月25日　自活地捜査のためボガン方向に出発
5月27日　大和盆地着
6月16日　自活のため大和盆地出発
6月20日　希望盆地着
7月18日　桜盆地着
8月20日　桜盆地出発
8月23日　中谷部隊着
8月25日　坪井隊着
9月1日　サンカルロスに投降

入山

昭和二十年三月三十日午後十時、ビクトリヤス工場を後にトラック四台に分乗してマルコン川の橋梁に差し掛かった。先頭車が止まった。橋梁は既に爆破されている。先程の連絡兵に我々が橋を渡るまでは爆破せん様たのませておいたのに、何をあわてたか。やむなく徒渉地点を上流に求めて自動車で行ける所まで遡行した。

国道から離れた枝道等自動車で十分も走った頃行きづまってしまった。糧秣を負えるだけ負って、後は自動車ごと燃してしまった。川辺の道を上流へ上流へと遡って行ったが、浅瀬は見つからなかった。後方で銃声がし出した。敵かと思ったら、誰れかが水牛を敵と間違えて発砲したものだった。

土民の家があったので土人を起こし、徒渉地点の案内をさせた。徒渉地点はすぐ分った。自分はこの土人の肩に乗ってぬれずに渡ってしまったが、他の連中は全部乳のあたりまで水浸しになった。

我々の部隊の中には老人や女（渡辺氏の娘二人）が混じっていたので、行軍ははかどらなかった。

タリサイ、シライ辺で銃砲声が聞こえる。照明弾が各所から打ち上げられる。飛行場では滑走路や飛行機の爆破を盛んにやっている。航空用燃料のはいったドラム缶が中天に吹き上げられる様は、ちょっと見事だ。

この夜は月明だったので行軍は楽だった。ゲリラを警戒しながら、タンザ飛行場の裏を通って山の陣地への道、東海道（新たに兵団で付けた名）に差し掛かった。

途中鈴ケ森で土屋自動車隊に会ったので、自動車の行くところまで便乗させてもらった。高原の中程まで登った時、夜が明けたので自動車を捨て谷間にはいって朝食の用意にかかった。

八時頃からノースアメリカ、コンソリＢ24、ロッキード、グラマン、シコロスキー等各種飛行機が総出で、高原地帯に集積された兵器、糧秣、自動車等を片端から爆撃しだした。この日は一日中猛烈な爆撃が続いた。

夕刻、敵機が飛ばなくなってから再び行軍を始めた。土屋隊の自動車が通り合わせたので便乗したが、約一時間程の処で自動車路は終ったので徒歩で山道を登り小田原に着く（午前二時頃）。ここから先はジャングル地帯で夜間の行動はできないので、ここに夜明けまで野宿した。明け方の寒さに河野少尉と抱き合って寝る。

明くれば四月一日、この日も猛烈な空爆が続いたが、ジャングルの中なので発見される事もなく、無事二時半頃羽黒台の坪井隊陣地に到着した。坪井隊本部タリサイ工場・高野

ビクトリヤスより入山の途中、マルコン川を徒渉す。満月なり。

隊の全員は到着していた。

羽黒台の生活

羽黒台はネグロス中央山脈、マンダラガン主山の山麓の台地で、深いジャングルに覆われた所だ。その谷川に沿って燃料班（坪井隊）が陣地を敷いた。爆撃があるので、昼間は横穴掘りと、家建てに専念し、夜はここから二里程離れた三峯に集積してある糧秣の運搬に河野少尉以下総動員してかかる。

二日程遅れマナプラ工場、ファブリカ工場の連中も合体、坪井隊も大世帯となり家を三軒建てて暮らしていた。ギンバラオ方面、東海道方面の高原へは、空軍援護のもとに戦車がどんどん登って来、戦車壕や、崖のある所へはブルドーザアーを持ってきて、ジャングルを開き道を造り、ひたおしに攻撃してくる。そして夕方には兵力をまとめて夜襲されない所まで下り、夜間は時々砲と迫（迫撃砲）を打ってよこす。夜間に戦車が登ってくる所へ戦車地雷を仕掛けておけば、翌朝は地雷探知機で皆、掘り出されてしまう。戦車に肉迫攻撃しても、岩に頭をぶつけてただ死ぬ様なものだった。こんな調子で、そう簡単には落ちまいと思った高原の陣地は次々と破れた。

我々のいる羽黒台からも、戦車の音がはっきり聞こえる様になり、野砲の弾や迫、しま

ネグロス島、羽黒台の住まい。深いジャングルの中にある。

いには機銃弾まで飛んできだした。

敵の攻撃

米軍の攻撃は朝八時から砲撃が開始され、十二時になるとぴたりと止めてしまう。そして一時頃から夕食まで猛烈に火砲を以て攻撃し、戦車に歩兵を伴い、どんどん進撃して来る。夜間になると大部分は引き上げてしまい迫と野砲を時々思い出した様に打ってくる訳だ。この米軍の戦争勤務時間外が友軍の行動時間だ。

日本軍の火力

友軍の火力としては高射砲が三門あるだけで、他は若干の重軽機銃と少数の迫、飛行機からはずした機関砲、旋回機銃位のもので、三八銃もろくになかった。自分達の今井部隊（岡本中佐転任後、今井少佐部隊長代理となり今井部隊となる）は二千名の兵員に対し三八銃が七十丁という情けないものだった。

全ネグロスの友軍の兵員（陸軍、海軍、軍属、軍夫）二万四千のうち、陸軍の本当の戦闘部隊は二千名そこそこで、あとは海軍軍需部海軍飛行場設定隊、陸軍は航空隊、飛行場大隊、航空修理廠、航空通信連隊等の非戦闘部隊が大部分だった。戦闘部隊の三分の二は高原地の戦闘で失われてしまい、これの補充に航空関係の部隊が当たり、次々と消滅してしまった。

一発撃てば五十発位の御返しがあるので、攻撃の好機があっても攻撃もできず、米軍が大きな姿勢でのこのこやってくるが、どうにもならなかったという状態だった。ただ、たこ壺からの狙撃や、切り込みで僅かな戦果をあげる程度だった。各人に渡った兵器は、岡本隊で作ったもので、爆弾から作った手榴弾位のものだった。

こんな調子だから初めから戦争にならず、高原の戦闘は二十日位で終り、あとはジャングルに追い込められ、逃げる事と隠れる事に専念していた。一度発見されれば、爆撃砲撃でジャングルがすっかりはげ山になるまでやられるのだから、如何とも処置なしだ。一発の応射も難く壕に拠り　一線の戦友敵をにらむか（四郎）

山地自活

山の生活は雨と湿気が多く、被服の乾く間のない様な日が続いた。それに持ち込んだ糧秣は米と肉だけで野菜に飢えてきたので、食用野草の調査を始める事とした。

幸い、神屋氏が牧野博士の『日本植物図鑑』をこの山まで持ってきて下さったのと、自分の持っていた月明の『食用野草図鑑』はこの調査に大いに役立ってくれた。

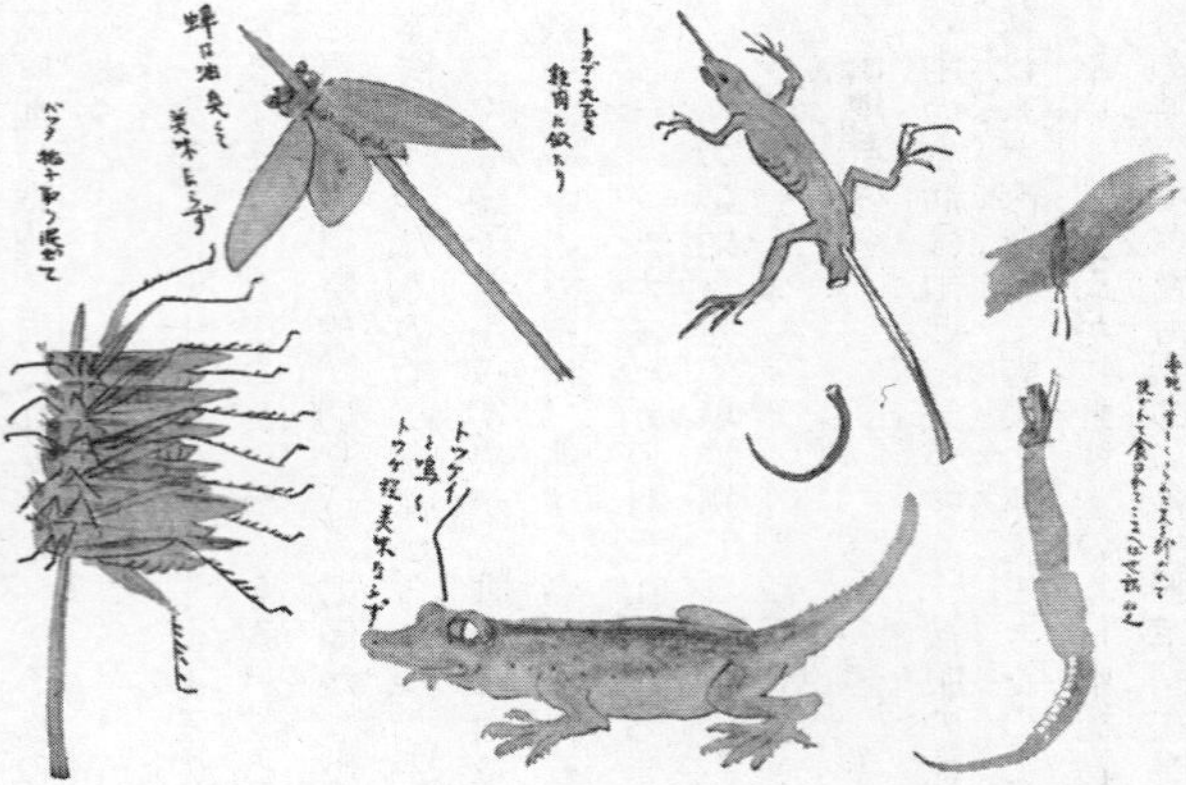

食べた動物。左からバッタ、油臭いセミ、トッケイトッケイと鳴くトカゲ、鶏肉に似た味のトカゲの丸焼き、毒蛇の皮剝ぎ。

羽黒台陣地での食用野草の講習会。

日本の草と比島の草では大部違うが、それでも似たものや同じ属のもの等少しずつ食べてみて毒にならねばどんどん食べる事にした。その他、川蟹、昆虫、ヘビ、トカゲ等の動物も片端から食べて、山の生活、いや野生の生活に身体が一日も早く馴れる様に心掛けた。

食用野草の講習

羽黒台陣地内の食用野草の調査を大体終わったので、これを今井隊長、六航通等の将校を集めて数回にわたり講習会を開いた。

一方、羽黒台陣地の余命もいくばくもなくなったので、奥地の野草調査を行なうべく毎日神屋氏と佃伍長、武甕兵長、岩井二等兵等と共に歩き回った。

コンソリ峠

食用野草を探しながら山奥へ山奥へと進んで行ったら、食用野草の講習で顔馴染みとなった中川少尉の陣地に着いた。この先は敵の陣地があるといわれて驚いた。山の奥だ奥だと思っていたら反対に敵に近い方へ歩いていたわけだ。

道を変えてしばらくすると死臭がする。近寄って見ればコンソリB24が一機山腹に激突し、ジャングルを三百米もなぎ倒して機体はバラバラになっていた。

良く見れば米軍飛行士が八名程、激突のはずみを食ってか、所々に放り出されて半焦げになって死んでいる。初めて見る敵兵の骸《むくろ》だ。思わず緊張す。虚空をつかむ様な型でのけぞっている者、翼の下敷きになっている者、半焦げの顔、黒ずんだ目玉から蛆がはい出している者、青黄色くふくれた顔をして焼けただれた陰茎を立てたまま死んでいる者、エンジンに圧しつぶされている者等二目と見られない惨状だ。思わず瞑目す。帰りにゴムボートのオールを土産に持ち帰る。

人呼んで、この峠のことをコンソリ峠という。

硫黄谷

コンソリ峠の近くに硫黄の出る谷を発見した。雲仙の如く地下から水蒸気が噴出しているその蒸気の中に硫黄分があるので、近くの岩にたくさん硫黄が昇華している。これを取ってきて熱帯カイヨウ、皮膚病の薬を作る。

卑怯者

我々が野草の調査をやっている間にも状況は日増しに険悪となり、三峯羽黒台間の糧秣運搬も命がけとなってきた。従ってこの運搬に行くのを皆嫌がるようになった。坪井大尉は、「卑怯者は危険が近づけば必ず病気になる」と常にいっていたが、果して船越少尉、徳永中尉等は、命令が出そうになると、「腹が痛い」「脚が痛い」「下痢だ」等いい出して予防線を張り出した。河野少尉だけは益々張り切って一晩に二回も往復する事があった。

身に弱点を持つ卑怯者達は隊長の御機嫌を取る事に汲々としており、おかしいようだ。講談によくある、殿様の御前試合にへぼ侍どもが急に腹痛やシャクを起こして試合を断わる話を思い出し、苦笑せざるを得ない。これでは勇敢な者が死ぬ確率が多くなるわけだ。

日本軍が弱くなったのも、結局、満州事変以来余り永い間戦い過ぎてきた為、勇敢な将兵を多く失い過ぎていた事による。隊長は、卑怯者におだてられ、すっかり偉い者になり過ぎ、部下の信用を失っていった。

切り込み隊

毎日の様に切り込み隊が数組出て行くが、敵は夕方引きあげるので切り込み隊も敵に損害を与える事はなかなか困難だった。

それでも、遠く敵の幕舎へ切り込んだり、戦車、自動車を破壊する等勇敢な者もいたが、犬に吠えられて逃げ帰ったり、電探等にひっかかって殺られたり、土民に殺られたりするのはまだ良い方で、ひどいのになると友軍の捨てた糧秣をたっぷり食べていかにも切り込

斬り込みの戦果。

みに行った様な顔をして帰る者、全く敵の方へ行かず裏山で遊んでいる者もいた。ただし、切り込みに行った者の大半は帰って来なかった。岩見准尉もその一人となった。

攻防戦を高見の見物す

或る日、食用野草調査に東海道方面の高原が一望に見える所へ行った。下界は米軍が物量に物言わせての正攻法の最中だ。ロッキード、シコロスキー、ノースアメリカン等が銃爆撃を盛んにやり、次に観測機が来て、友軍の陣地の上空を飛んでいる。すると、野砲、迫をドンドコ、メチャメチャに打ち込み、次に戦車に歩兵を伴って来、戦車砲と火焔放射機で友軍のいそうな所を焼き払う。友軍はまるきり手が出ないで、ただ、たこ壺にうずくまっているだけだ。まるで戦争にならん。これではいかんと思う。

この日、米軍の斥候がいた天幕の跡を発見。レイション*やハムエッグスの空缶に食欲をそそられる。その辺に投降勧告のビラがたくさんまいてあった。

*米軍の携帯食のことで、KレイションとCレイションの二種があった。Kレイションとは、蠟びきの箱の中にカンヅメ一つ、クラッカー一食分、粉末コーヒーと砂糖、タバコ二本、マッチなどが入っているもので、箱はコーヒーを飲むためのお湯をわかす燃料になった。Cレイションとは、カンヅメ二つのことで、これはポケットに入れて運ばれた。

坪井隊の犠牲者

羽黒台も毎日の砲爆撃で大分いためられたが、坪井隊では松井二等兵が爆撃で殺られた。腸が全部出ているのに御本人は腰が痛いと言いながら死んでしまった。今井部隊長が見舞に来たりしたが、同夜坪井隊隊員一同で埋葬した。次いで皿田二等兵が殺られた。大腿部を少しやられただけだが、後に野戦病院で死んでしまった。

内閣総理大臣鈴木貫太郎の放送

当時は沖縄戦の最中で、友軍も大分有利なような情報だったが、独乙《ドイツ》が無条件降服したというニュースは心暗いものだった。

ちょうどその頃、総理大臣鈴木貫太郎の放送があったという。「第一線の将兵は無駄死にをするな、木の根、草の根を食べても生き延びよ。我が国も戦いを終らす外交手段有り」。これはデマか本物か知る由もないが、全軍に行き渡った話題だった。この話以来、急激に皆命がおしくなり、命がけの戦闘をやる者は少くなった。これが敵のデマ放送だったとすれば大した効果があったわけだ。

羽黒台陣地死守

ギンバラオ、サンポウ台も持ち切れず、敵はどんどん我々のそばへも来るようになった。

今井部隊長から坪井隊に羽黒台死守の命令がきたので、たこ壺を掘り出した。兵員は相当いても、兵器としては小銃が十程あっただけだ。それで死守せよというのだから無理な話だ。二日程したらこの死守の命令は消えるともなく消えてしまった。死守命令もさっぱり権威がなくなったものだ。

この頃は夜も迫がくるので壕の内で寝るようになった。

軍医衛生兵の代用

坪井隊には軍医も衛生兵もいないので自分がその役をやっていた。神屋氏の集めてくれた衛生材料のテラポール、東京出発の時横地君にもらったビタミン類等豊かなものだった。この頃熱帯カイヨウの患者が続出してきた。

羽黒台退却

死守するはずの羽黒台を一戦も交えず退却する事になった。落ち行く先は羽黒台の裏山(三里半後方)のマンダラガン連山の天神山の無名稜線だ。先発はそこへ家と壕を作りに行っていた。

四月三十日の夜半、神屋氏、佃伍長、武甕兵長、岩井二等兵等を連れて無名稜線へ行く事になった。今夜はばかに羽黒台に迫が集中してくる。台上の草原を通過するのが一苦労だ。迫の小止みを待って駆け出した。五十米位走った時、迫が来た。我々が走る方向へ迫が追って来る様だ。弾が余り近いので皆散り散りばらばらになってしまった。敵の聴音機があるというので、大声で呼ぶわけにもいかず、それでもどうやら無事台地を通過し、ジャングルの中に入った。月明りだったので台地では良かったが、ジャングルに入るとまるきり真暗で道も何もわからず、誰一人として出てこない。まさか殺られた事もあるまいと思い、しばらく待っていたが誰も来る様子は無し、行く先はわかっているので、目的地に行く途中の集合地まで一人で行く事にした。集合地に着くと誰も来ていない。大雨が降り出した。近くの米軍の建てた家に六航通が入っていたので雨宿りす。二時間程待つ内に神屋氏来る。全員無事を喜ぶ。

佃伍長以下は羽黒台に帰り神屋氏と二人で夜明けを待って無名稜線に向う。ここへはまだ砲も迫も来ない。山は急稜だ。六航通と海軍が盛んに糧秣の運搬をやっている。

この山中には、米軍の山小屋が三軒ある。ジイゼルエンジンの発動機さえあるのには驚いた。ネグロス山中の米軍はここから本国と連絡していたものらしい。

羽黒台退却の図。迫撃砲の追撃。

朝食を食べられないので閉口していると、食用野草を教えてやった六航通の兵隊が乾パンを一袋くれた。これで元気を出し無名稜線の先発隊の陣地を探したが、見つからず、昼頃、今井部隊椋本少尉に会い、昼食の御馳走となり、やっとの事で先発の連中に会う。彼らは横穴を盛んに掘っていた。

無名稜線の生活

ここはもう海抜一千米以上なので気温は低く、それにジャングルの中ではあり、それに雨期ときているので、毎日午後は必ず雨が降った。その中を兵隊は羽黒台より糧秣の運搬をするのだから大変だ。衣服の乾く間がない。

この稜線から見下すと、羽黒台のすぐ下までブルドーザーが道を付けている。戦車が登ってくる。相変らずドンドカ、ドンドカと祭太鼓の様な迫の音が一日中している。近頃は飛行機がガソリンタンクを撒き散らし、そこらを焼き払っている。藤野氏もこれで焼き殺された。友軍の糧秣もこれでどんどん焼き払われたので、糧秣は急に心細くなってきた。ここの生活も雨の中を薪を集めたり、糧秣運搬、横穴掘りで明け暮れしていた。こんな生活で戦争に勝てるはずはないと時々思った。夜はカンカンと小さな鐘をたたく様な澄んだ声でカエルがないていた。

無名稜線、山の茶屋小屋。

兵員の補充

第一線は山口、堀、野瀬部隊を始め、飛行場大隊、海軍等が受け持っていたが兵員の消耗が著しいので、これの補充に坪井隊から高野中尉、小今井中尉、刀根少尉、西浜軍曹、八巻軍曹、兵では熊本、杉尾その他十数名が出る事になった。今井部隊から来ていた兵員は全部原隊へ帰ってしまった。それで残ったのは坪井大尉、徳永中尉、河野、船越少尉、伊賀軍曹、島田軍曹、小川軍曹、佃、佐久間伍長、他に兵十名、それに会社関係の老人女子供だけとなった。

兵団参謀部勤務を命ぜらる

五月八日河野兵団有富参謀から、農業関係の技術のある者を連れて兵団参謀部へ勤務する様命令が来た。当時兵団は笠置山にいた。迫が相当来る所で、ここで先日丸山参謀と渡辺高級副官が迫で殺られた。なかなか危険な所だ。同夜坪井大尉の肝煎りで壮行会を開いてくれた。肉、魚の缶詰、乾パン、白飯等を原料にして島田軍曹が大いに腕を振った。

九日、戸矢嘱託（農大出）、横田二等兵（農大出）、岩井二等兵（高商出）の三名を連れ笠置山へ行く。出発に当り、今日まで大切にしていた酒糖、ブタノール関係の文献を全部燃してしまう。途中シコロスキーの空襲をジャングルの中で受けた。五抱えもある大木が土煙りと共にあっけなく倒れてしまうのを何回も間近に見た。午後三時笠置山に着く。

現地自活研究指導班の誕生

有富参謀、鈴木参謀と横穴の内で会談した。有富「もう糧秣はほとんどない。この危機を切り抜けるには密林中の植物を食べる以外はないと思うが、いかに」、自分「全くその通りと思います。それで、入山以来この地帯の食用植物の研究をやってきました」、有富「それではその研究結果を各部隊に教育してくれ」、自分「承知」、有富「主食になる物はないか」、自分「ジャングルの中にはない」、有富「ジャボクの様な大きなシダの芯が食べられるそうだが、あれはだめか」、自分「丸八ヘゴの頂部の芯と葉柄の芯は美味で食べられるが量が少なく、澱粉質もあるかどうかさえ疑問です」、有富「澱粉があるかないかわかるか」、自分「ヨウチンがあればわかります」。有富参謀、当番にヨウチンとヘゴを取りにやらせる。試験してみれば、わずかに澱粉反応があらわれた。「少量はあるが副食程度で主食とはならない」、有富「ヘゴに似た黒い木は山中にたくさんあるが、あれは食べられぬか」、自分「あく抜きせねば食べられない」、鈴木参謀「野草だけでは無理と思うが、このジャングル中で甘藷の栽培は不可能か」、自分「台湾の高山蕃人はかなりの高山で芋を作っているから、場所を選べばできると思います」、横田「できます」、有富「では当分の間兵団にいて、自活法の研究指導をやってくれ。友軍の死活の問題だから明日の命令受領者に現物教育をしてくれ、それから、四人だけでは不便だろうから坪井隊からあと五、六人追加させよう」。この会談はこれで終わり、近くの貨物廠に行き一泊した。

翌々日、伊賀軍曹（農業）、堀江嘱託（東大農業経済）、兼本二等兵（比島に長くいる男）、松井嘱託（三井物産）、林月雲（台湾人）の五名が坪井隊から追加になって自分の指揮下に入った。

ここでの仕事は食用野草の講習、丸八ヘゴだけを食べた時の試験、黒ヘゴの食用化、ヘゴの立木調査及び分布調査等を主として行なった。まるで動物実験のモルモット部隊だ。

現地物資利用講習要旨

当時の糧秣運搬は米と塩だけに主力をおいていたので、兵隊達は少しばかりの米だけで副食無しでいた。栄養失調、脚気患者が続出していた。戦力の保持上というより生命維持をするには、どうしても各人が自発的に現地物資をできるだけ多く食べねばならない。このジャングル内の現地利用物資をあげれば次の通りである。

動物質＝渓流のドンコ、エビ、カニ、オタマジャクシ、鰻、ニナ、タニシ、トカゲ、トッケイ、大トカゲ、蛇、蛙、カタツムリ、ナメクジ、猿、鳥類(インコ、その他)、野猪、鹿、犬、猫、鼠、虫類ではコガネ虫、バッタ、蜂の子、コオロギ、カミキリの幼虫、蟬等。

植物質=電気イモ、ヤマイモ、バナナ、バナナの芯、檳榔樹の芯、筍、春菊、水草、サンショウ草、丸八ヘゴ、秋海棠、藤の芯、リンドウの根、キノコ、ドンボイ(紫色の実)等。

煙草の代用=水苔、谷渡り、パパイヤの葉、イモの葉。

木の皮染め=白シャツ等目に付き易い物を染色するには、木の皮をむき煎じつめた液に、シャツを浸し灰汁で固定させる方法

焚き付け=雨ばかりのジャングル内の生活で火を焚き付けるのは容易の業ではなかった。アチートン(竹柏《なぎ》に似た木)の樹脂は良く燃えるので、これを集めて利用する事。

以上の事を各部隊並びに倉敷紡績の連中に講習した。

現地自活建設隊の誕生

我々の仕事も大体済み、有富参謀の話では野生動植物だけではこの兵力はとても養えないから芋を栽培する事とし、坪井隊の河野少尉、神屋技師等は既に地形偵察に出て芋の栽培地を探している。そうなれば強力な部隊がいるので、自分達の研究班と坪井隊、年岡部

隊（建技少佐）とを合わし、それに直衛部隊として海軍、飛行隊の一部を付けるので、これから芋の栽培と道路建設をやって貰いたいと言われた。それで一応坪井隊と合体してくれと言われたので、翌日笠置山を出発する事にした。この仕事は鈴木参謀が主としてやる事となる。

坪井隊追及行

我々が笠置山へ行ってから無名稜線へも迫の弾が来だしたので、また、更に奥山、地獄谷へ坪井隊の先発が退却していて、我々は地獄谷目当てに追及する事にした。地獄谷へ行くといっても地図一枚あるでなし、ただ天神山の北側に温泉の湧いている所があり、そこが地獄谷という事しかわかっていない。心細い行軍だ。

糧秣一週間分と世帯道具を持って五月二十一日早朝笠置山を出発。午後は毎日雨なので、行軍は午前中だけの予定で出発した。歩き出すとすぐロッキードの攻撃を受けた。途中、野戦病院の内を通過した。ここには糧秣がなく、患者には三分粥が飯盒の蓋一杯だけというのが一日の食事という状態であり、数度の退却と爆撃で傷病兵は天幕を被っているというだけで、びしょ濡れとなり、顔は土気色で傷口は蛆がわき、正に地獄そのままの光景だ。ただ死を待つだけなのだ。病人の中にはもう息をしていないのが二、三人いた。これを見て一度負傷したり病気したりしたら、それは死を意味するものである事を知った。

今日は運悪く十時頃から雨だ。我々の部下は老人が多く、平均年齢四十一歳にもなるので行軍力なく、それに仕事柄、鍋、釜を持ち歩かねばならんので荷物は相当かさ張り苦労は多かった。

山道がわからず困っていた時六航通の丹羽伍長に会い、道のはっきりわかる所まで一時間も案内して貰い、何と御礼をいって良いやらわからん位うれしかった。彼の話によると中川少尉は先日切り込みに行き、負傷してすぐ近くの横穴で寝ているというので、見舞いに寄った。

横穴には大勢の負傷者がいた。六航通では病院に入院させると殺されるからというので、皆この横穴に収容して手厚く看護していた。中川少尉の傷は右腕右脚に数ケ所の弾創骨折で、歩く事もできぬ様子だった。彼は柔道家（五段）としてたっていた人だけに非常に苦しんでいた。

ここから先、我々の行手の稜線は、迫の集中射撃はあるし、雨はシトシト降るしするので行軍は容易でない。この中を一歩一歩生命の危険を感じながらも、この道を行く以外他に方法がないのでやむ無く進んで行った。我々の前には六航通の兵隊が糧秣運搬を盛んにやっている。

突然迫が頭上で破裂した。悲鳴とうめき声が聞こえる中を、岩陰にもぐり込む。今自分の横を元気良く糧秣を負って追い抜いて行った兵隊が五名、一瞬に片脚を奪われたり頭を割られたり手を失ったりして、血だらけになってかつぎ降ろされてくる。

いよいよ危険は身近にせまって来た。迫の集中射撃の中心は我々の所に近づいて来る様だ。これ以上登る気にはどうしてもなれず、かといってこの射撃の中心にうずくまっているのも危険、進退窮まっていた時、フゥーと風圧を感じた瞬間マツ毛が全部目の内に入ってしまい、眼が開けなくなった。弾が首すじを通ったのだろう。

この一弾で、本日の行軍を中止する事に決心がついたので迫の死角を探して岩陰に隠れた。迫は一方から撃ってくるのかと思ったら三方から撃ってくる事もわかった。馬の背の様な稜線の岩陰で雨に打たれながらうずくまっていると、ここなら大丈夫という自信がついたので、そこに泊まる事にした。岩陰三ヶ所に一同分宿した。

天幕を張り雨水を集め薪を集めて飯を炊くまでの手数と労力は容易なものではない。六時頃から火を焚き出したが、薪が濡れているので少しも燃えない。十一時頃までかかってやっと飯を炊く。煙が見えるせいか、夜になると照明弾が盛んに打ち上げられ、赤や青の光が気味悪い程ジャングルを照らしている。迫が集中されるけれど皆谷底に落ちて行く。こちらは岩陰の安全地帯なので、久々に両国の花火でも見るつもりで寝た。

翌早朝、迫の小止みを利用して馬の背の様な稜線を突破した。これから先は岩をよじ登り、木の根につかまって登って行く道だ。今日の迫は我々の前進方向をたたいている。昼頃「雷台」につく。すぐ上の稜線に迫が集中しているので進めそうもなく、今日はここに泊まる事にした。又雨が降り出した。雨水を溜めて飯の用意をする。昨日の疲れを休める為、早飯を食べて寝てしまう。夜半、迫の至近弾が来だした。外は真っ暗なので退避する事も出来ず。リュックサックの間に頭を隠し身体を出来るだけ縮めて運を天にまかす。幸い誰も負傷せずに済む。

二十三日、今日は絶壁の様な山頂を越さねばならんので早起きした。二航ソクの竹下少佐以下が武装いかめしく雷台を通って行く。彼等は今夜敵陣に切り込むという。雷台のすぐ下には敵がいて、これから上の方には音波探知機が装置され、音をさせるとすぐ迫が来るから音をさせん様山を越す様にと注意してくれた。ところが我々の持物は鍋釜があるのでどうしてもカチャカチャ音がする。心配しているとはたして迫が来た。至近弾が盛んに来る。雑木が折れて頭の上に被さってくる。手を離せば谷底へころげ落ちる。進退窮まったが、自分は女断ちまでして精進しているのだから弾は絶対に当らんという自信のようなものが自然と湧いてきた。我々の仲間の誰かに弾が当り、即死すればまだ良いが、負傷でもされたらこの絶壁ではどうにもならん、「どうか誰にも当りませんよう」と神に祈る気にこの時初めてなった。どこの神様を拝むか？　代々木八幡と鎌倉八幡がふと頭に浮かんだが、鎌倉の八幡様を一心に祈った。自分は一番後から皆が無事に頂上を越すのを確かめながら登って行った。相当に迫を受けたが、どうやら無事に皆頂上を越した。今までにこんな苦労をした事はなかった。頂上を越してから余り迫は来なくなった。山を降り湿地帯を通り、もう一山越した所で坪井隊の兵隊に会う。この辺からゴーゴーと地獄谷の温泉の噴出する音が聞こえてくる。坪井大尉は温泉の所にいると聞いて一安心した。もう歩くのがいやで、直ちに宿営にかかる。久々に迫の来ぬ所でのびのびと寝る。今日一日の疲労は精神的にも肉体的にも非常に大きかった。

翌二十四日、元気な横田、岩井二等兵を連れ、他はここに休養させ、地獄谷に向かう。途中山を三つ程越え、夕方地獄谷の坪井隊に合流した。（後で聞けば我々の通過後三日に雷台は敵に占領されたという。迫の来たのも無理はない。）

地獄谷

地獄谷はマンダラガン主山中、最大の温泉の出る所で、硫黄を含んだ蒸気が常にゴウゴウという音をたてて噴出している。雲仙を大きくした様な所だ。温泉が至る所から流れ出てくる。久々に温泉にゆっくり浸る。迫も来ぬので戦いをすっかり忘れて良い気持となる。

岩陰には苔桃に似た高山植物が赤い実をつけていた。甘酢っぱい味だ。

マンダラガン縦断路

河野少尉、神屋氏、佃伍長、武甕兵長、神達二等兵の五名はマンダラガン縦断路とボガン地区に出る路、農耕適地を偵察に一週間程前地獄谷を出発したというので、成功を祈った。

すると二十四日夕方、河野少尉と武甕が帰って来て、ボガンへ出る道と農耕適地を見付けたが、糧秣がない為に他の連中が弱っているから糧秣を持って早く帰らねばならんと言うので、明日ここを出発して農耕適地に向かう事にした。

大和盆地へ（農耕予定地）

二十五日、鈴木参謀と一緒になり坪井大尉、兵十名を連れ河野少尉の案内で農耕予定地に向かった。十時頃から雨となったが、鈴木参謀はどうしても泊まるといわんので、皆びしょ濡れとなって進む。彼は空身に拳銃と刀しか持っていないのでやたらに足が速い。我々はカタツムリの如く世帯道具一式を背負っていたから同行は容易でなかったが、負けるものかとがん張り通す。途中、行き倒れの兵の屍三つと、死の一歩前の様にひょろひょ

マンダラガン越え。白骨の腰に残れる短剣は霖雨の中に錆びてありたり。靴の無きも心暗し。

ろした兵五人に会う（小諸部隊は糧秣なき為早く戦線を離れ、兵隊達は食を求めて勝手な行動をとっていた）。路は海底の如く湿っぽく、海藻の様な苔が一面に垂れ下っている暗いジャングルで、山ヒルがわずかな透き間からはい込んで来て貴重な我々の血を吸い取り、実に陰惨な路だ。

二十六日、昼頃大きな谷川へ出る。暗いジャングルの中ばかり歩いていた目には突然春の国へ来た様な気がする。川蟹が沢山いて春菊も生えていた。この谷川を二〇〇米程さかのぼった所の断崖をよじ登り、急な稜線をしばらく行った所に宿営した。この日は珍しく雨が降らなかったので飯が炊けず、武甕兵長、太田上等兵がもと来た谷川まで夜道を降りて飯を炊いてくれたのには感謝の他はなかった。

二十七日、鈴木参謀、坪井大尉、河野少尉と四名だけで、まだ路のないジャングルを分けて山頂まで登った。神屋氏等の置手紙が杖にはさんで置いてあった。「ここより北東に向かった稜線に農耕適地あり、ボガン近く鶏鳴を聞く。糧秣なし、二十八日頃帰る予定」と書いてあった。近くに一年位前誰かの住んだ壊れかかった小屋があり、その横に神屋氏の泊まった小屋跡もあった。鈴木参謀が木に登り展望した結果、ここは余りにボガン地区に近すぎ、敵が来れば一たまりもないので農耕不適地域と判断し、山を降り谷川に宿営した。そしてこの谷川を中心に向陽面の山を開いて甘藷を作る事になった。横田二等兵、その他農業技術者を集め畑の準備にかかる。ここを大和盆地というようになった。

芋蔓取りの切り込み隊

大和盆地に芋を植えるというので坪井隊の兵隊が芋蔓取りの切り込み隊を組織し一週間の予定で出発した。敵に会わんよう土民の畑まで出て芋蔓を背負って来るのだから希望者が多かった。十日目位にどうやら芋蔓を持って帰って来たので芋植えが始まった。然し芋ができるまでの糧秣はないので、この芋を誰が食べるかを考えると兵隊達は働くのを嫌がった。唯命令だからやるという程度の仕事しかしなかったが、坪井大尉だけは上司の御意図大事と張り切っていた。

乾燥糧秣の製造

大和盆地の谷川を中心に丸八ヘゴが群生していた。鈴木参謀はそれを乾燥して携行糧秣を製造する事と、無煙カマドを作る事を自分に命令した。五月三十日、大和盆地の坪井隊本部のある所から二時間位川下へ行った。河原のように開けた谷間に、珍しく日当りが良い場所を見つけ、自分は兵隊と海軍から来た台湾工員二十名の入る小屋を作り、そこで命令の仕事をする事にした。翌日から地獄谷より大和盆地へ糧秣を運搬せねばならないので、自分と沖山氏（ファブリカの副所長）、石倉二等兵、台湾工員一人を残し他は全員四日の予定で出発して行った。四人きりでは何もできないので川蟹釣りを毎日やっていた。

蟹釣り

無名稜線以来、動物性の食物としては蛙、蟬位しか食べていなかったが、この谷川は魚も海老もいないが蛙と蟹は相当いた。水が澄んでいるので岩陰にいる奴まで良く見えた。これをどうして捕えるか、餌にするような物は何もないので岩の上で名案はないかと蟹を見詰めていた。足首が痛がゆいので、見るとヒルの奴が尻から血の出る程血を吸っている。腹立ちまぎれにつまみ取って岩にたたきつけたら、水の中に落ちてしまった。血が水の中に赤く拡散してゆく。すると石の下にひそんでいた蟹が五、六匹、血の香りを嗅いでかサアーっと集まって来てヒルを奪い合って食べている。計らずも手近に蟹の餌を発見し、直ちにヒルを捕えて糸にくくり重りをして蟹のいる所に下げてやると、案の定蟹が集まってきた。餌をはさんだ時静かに引き上げれば蟹の奴、餌に逃げられては大変とかじりついてくるので難なく釣り上げられる。

半日も釣れば人馴れしていない蟹は二百匹位楽に釣れる。串に通し焼いて食べれば香ばしく実に美味だ。

神屋氏、マンダラガンにて蟹に露命をつなぐ。

行き倒れ

蟹釣りに上流の方へ行くと大きな岩の上に髭だらけの男が寝ている。死臭がしている。死んでいるのかと近寄って見ればまだ息をして薄目を開けている。どうしているのかと問えば、「小諸部隊の水夫だが糧秣がないので五、六人で食を求めてここまできたが飢えで動けなくなり、皆に置いてゆかれてこうしている」という。「何か食べるか」と問えば、「もう何も食べたくない、御慈悲ですから水を一杯くれ」と手を合わせて拝むので一杯飲ませると喜んでいた。もうどうせあと二、三日の命だ。名前を聞いて別れる。それから二日目に行ってみた時は意識もなくコンコンと寝続けていた。その晩大雨が降ったので多分死んだろうと思ったら果して死んでいた。

山では行き倒れはいたる所にあり、皆互いに腹が空いているので穴を掘ってやる元気も体力もないので倒れた所で朽ちてゆくだけだ。山の登り口とか乗り越えねばならん大きな倒木石等の所には必ずといって良い程死んでいた。

死ねば、いや死なぬ内から、次に来る友軍に靴は取られ服ははがれ、天幕、飯盒等利用価値のある物はどんどん取り去られてゆくのでボロ服を着た屍以外は裸に近い屍が多かった。

糧秣運搬

ギンバラオ、サンポウ、羽黒台、無名稜線、地獄谷、追分、大和盆地と糧秣は兵の肩で運ばれた。この頃一日の配給糧秣は米百瓦（掛盒に一杯宛）だったので、とてもこれでは糧秣等運べるものではない。それで兵達は途中でどんどん抜き荷をやり、米と海軍部隊の缶詰と交換をしたり、被服と交換したりした。一俵の米も大和盆地に来るまでには十分の一に減ってしまう。六十俵来るはずの米が大和盆地に着いた時は五俵分位のものだった。しかも白米はなく籾だけだった。糧秣運搬は減るものときまっていたが余りに大減りなので坪井大尉も青くなる。

追いはぎ

糧秣のない部隊は解散して各自食を求めだした。そして彼等の内、力のない者は飢死にし、強き者は山を下りて比人の畑を荒し、悪質の者は糧秣運搬の他の部隊の兵をおどしあげて追いはぎをやったり、射殺したり切り殺して食っていた。糧秣運搬中の兵の行方不明になった者は大体彼等の犠牲となった者だ。もはや友軍同士の友情とか助け合い信頼というような事は零となり、友軍同士も警戒せねばならなくなった。

河原の生活

五月三十日以来、戦争から離れてこの河原の生活を続けていた。丸八ヘゴの乾燥をやる予定だったが、兵隊は糧秣運搬に使われるので実際問題としては何もできなかった。その内に白米が無くなり籾が配給されるようになってからはその日に食べる籾をつくだけでも半日かかるので、薪を集めたり蟹を捕えたりするだけで、もう他の事をする余裕はなかった。

六月一日、ボガン地区に知人多き沖山氏に鈴木参謀から、ボガンへ出て特務機関になるよう命令が出たので出発していった。糧秣運搬の台湾工は帰って来ず、石倉は追分まで塩を取りに行き、ただ一人残った台湾工も米が無くなったので海軍部隊へ取りに帰り、自分がこの谷川の大きな小屋に残る事になった。

唯一人の生活、これは実に多忙を極めた。朝起きると同時に鉄冑に籾を入れ、これを一日分つきあげるのが十時頃、それから薪を集め薪割りをし昼飯を食べ、一休みする間もなく晩飯の電気イモやヘゴを取りに行ったり蟹を釣ったりすれば一日は簡単に経って、淋しいとか物を考える余裕は全くなかった。

台湾工員が帰ってきたので坪井隊へ連絡に行くと、神屋氏等が山から帰っていた。何日も食わなかったとかで、やせ衰えて死臭さえしていた。神達氏も弱っていたので自分の小屋へ養生に連れて帰った。大力の石倉二等兵は本部で糧秣運搬にどうしても必要だというので、当番を安立上等兵と交代させ、これに病気の山田嘱託と新たに台湾工員二人を伴い帰る。乾燥ヘゴ等やっても仕方なく、唯、これら身体の弱い連中の体力回復を計った。

蛙捕り

谷川に蛙はいるが速くてつかまらない。たまに捕えて食べれば天下の珍味だ。これをたくさん捕える方法はないかと研究していたら、新しく連れてきた台湾工員の黄君が、蛙捕りの名人で、一日で二十匹近く捕えてくる。どうするか見ていれば、谷川の水がよどんで落葉が沈んでいるような所を探して静かに見ていると蛙が出て来る。それを静かに両手でおさえるのだが、彼特有の技術でまねはできなかった。蟹と蛙は何といっても最大の御馳走だった。

やせとがる裸身の兵の蛙はぐ（水明）

電気イモとヘゴトロ

一日掛盒一杯の米では腹が減ってやり切れるものではない。それで電気イモ（ショウブ

蛙の丸焼き。味良し。

科の里芋の原種の如き植物で、これに三種類あり。その一つは、ちょっとなめただけで舌が三時間位しびれる毒草。次は葉も茎も軟らかで実にうまく、根には里芋の様な小さなイモが付いていてこれ又美味。三は前者に良く似て区別がつかぬが葉と葉柄の緑が濃く、菖蒲と同じ香りがあり、その香りの為どう我慢しても食べられない。その第二の食用のものでも多少は舌にビリつく。この感じが電気にうたれる感じに似ているので、電気イモという出した。今日の電気は高圧だぞといってよく笑ったものだ）をたくさんに採ってきて、朝は葉と茎だけを食べ、昼は芋だけ、夜は飯にヘゴをトロロ状にすりおろしたのをかけて食べる。これが本当のトロロよりも実に美味だった。それに蟹、蛙等の菜が付くので夜は大したものだった。

この谷川にはヘゴも電気イモもたくさんあったので、坪井隊本部の連中がやせ衰えているのに反し我々は皆元気があった。病人の山田氏や安立上等兵等すっかり健康を回復した。

燕を食う

蟹釣りに神屋達と行く。岩燕がたくさんいる。岩角に巣があり、巣立ち間際の岩燕がいるのを発見し苦心して捕えた。燕の奴は日本へも渡って行くのに、我々は何日に帰れるのかと考える。無性に腹が立ってきた。ポケットにあった戸籍謄本に火をつけ、この燕を食

断崖の岩燕の卵、雛ともに珍味なり。命がけの食欲。

べてしまった。これ又蛙に劣らぬ良い味をしていた。

春来なば北に行くてふつばくろに切なき思ひいかで託さん

帰らぬ兵

河原に住んでいると糧秣を失った兵隊が食を求めてこの谷川づたいを下り、食糧地帯へ出ようとたくさん通過して行く。一人、二人の者、五人、十人と組んで行く者等様々だが皆二日も三日も食べてないので足元はよろよろして、ころんでも良い所ではころげながら下って行く。悲惨なものだ。中には遺書を自分に託して行く者もいた。

悲惨だったのは特攻隊の飛行士が夕方空の飯盒を持って我々の所に来て、銃でも刀でも質におくから一食分の米を貸してくれという。我々も人に貸す米等なかったが余り気の毒なので籾糠を与えた。泣きながら近くの天幕へ帰って行った。

彼等より川下の連中が近くに泊まった時は、いつ手榴弾がなげ込まれ、米と命が奪われるかわからんので警戒せざるを得なかった。

後にこの谷川をどの辺まで下れば魚がいるかと調査に行った時、滝壺に行き当った。両側は絶壁でそれから下は下れん様になっていた。たくさんの行き倒れを見つけた。この川を下った者で助かった者はおそらく無かったと思う。

果物に中毒

川辺に小さな無花果の様な実のなる木がたくさんあった。皮をむいてなめてみれば甘いので少しずつ食べてみる。別に毒でもない様なので皮ごと食べてみると甘味は更に強い。これはうまい物を発見した、これで一食米を食いのばしてやれと木に登り腹一杯食べるに急に気持悪くなったので、指をのどに入れ全部吐いてしまった。それでもその日一日、頭がフラフラして弱った。

ジャングルにて敵の放送

興津台、雷台等のジャングル戦闘では、彼等の距離が接近したので、スピーカーで投降勧告を盛んにやった。日本兵の捕えられた者が、かわるがわる放送し、中には、「近藤少佐殿、近藤少佐殿、私は○○上等兵です、今米軍の手厚い看護を受けています」「ジャングルの中で野草やヘゴ等食べていたのでは助からないから一日も早く投降しろ」「私は○○兵長です、捕虜になって申し訳けありません」等と言っていた。又、勝太郎や市丸のレコードを放送し、その他投降ビラ、落下傘ニュースも至る所にまかれた。ジャングルの出口、切り込み隊の通りそうな道にはポスター（友軍が捕虜になって、飯を食べたり遊んだりしている写真付きの物）がはられていた。

人肉を食う

第一線の、敵と対峙している所では全く糧秣がないので、敵味方の戦死者の肉を食べて飢えをしのいだ大勢の人がいたというが、ミンダナオ島の様な事はなかったようだ。しかし、もう少し糧秣がなかったら同胞相食んだに違いない。人肉を食べん人でも、機会があれば食べてやろうという考えを持ち出し、それが誰も不思議だとも不道徳とも考えなくなっていた事は事実だ。

地獄谷

我々がここを通過した頃は桃源郷の様な別天地だった地獄谷も、その後、兵団や色々の部隊が入ってきたので、大空襲と迫の集中射撃を受けたくさんの犠牲者がでた。その後、第一線で栄養失調になって、フラフラになってここへたどり着いた兵達が何の気なしにこの湯に浸った。すると身体が衰弱している為、心臓マヒを起こし大部分は死んでしまった。それで温泉の中に白骨が累々として正に地獄絵そのままだった。

ネグロス。地獄谷温泉の中に白骨が累々として、地獄絵のようであった。

食を求めて

「大和盆地へ行けば芋がある」というデマが第一線に飛んでいた（芋苗をやっと植えただけなのに）。それで飢えた兵隊達が、大和盆地まで行けばと杖を頼りに来てみれば、案に相違しているのでがっかりして死ぬ者が続出した。ことに我々のいた谷から御嶽への登り口には死屍累々とし、死にかけの者、観念して念仏を唱えている者、煙草と米と交換してくれとせがむ者等が百名近くも谷あいにいた。夜は霊火燃え惨を極めた。餓死したる兵の屍にわく蛆の生きはびこれる酷たらしきや（中塩清臣）

女を山へ連れ込む参謀

兵団の渡辺参謀は妾か専属ガールかしらないが、山の陣地へ女（日本人）を連れ込み、その女の沢山の荷物を兵隊に担がせ、不平を言う兵隊を殴り倒していた。兵団の最高幹部がこの様では士気も乱れるのが当然だ。又この参謀に一言も文句の言えぬ閣下も閣下だ。

鈴木参謀と語る

地獄谷から大和盆地までの間、無口な鈴木参謀と行動を共にした。その時彼とポツポツ語った話を書いてみる。

「独乙の敗因は」と問えば、「世界の大国を一時に三ケ国も相手にして戦えばどんな強力な国でも勝てぬ」「日本軍の欠陥は」「最高人事行政も兵器行政もなっていない。兵器部長等という重職に兵器に何んの知識も達見もない者をすえ、一種の閑職とさえしていた。万事この調子だ」「日本の兵器の遅れているのは無理ないですね」「世界中の陸軍で、銃剣術等に兵の訓練の主力を持ってゆき、『銃剣何物をも制圧す』等いう思想を持っているのは日本だけだ。槍と鉄砲と戦えば銃が勝つ事は、甲斐の信玄以来、最精鋭を率いた武田勝頼が、信長の火縄銃と戦って敗れた戦例を見ても明らかなのだが、今になっても尚、銃剣至上主義者が余りにも多かった」「ネグロスで初めから兵器のない事はわかっているのに、ギンバラオ、三峯に全兵力を集めて集団的戦闘をなぜやったのか。初めから糧秣の豊かな地点に分散してゲリラ戦法をなぜとらなかったか」「自分もその意見だったし、山口部隊長その他支持者もあったが、各個撃破を恐れてああなったのだ」「君は台湾にいたというがゲリラの戦法の話をしてくれ」「ゲリラが日本人を襲う時は極めて計画的で、日本人の虚に乗じ全力をあげて攻撃してくる。首狩りの時は銃を据え、人の来るのを何日も待って、来れば一発で必殺する。正面から切りつけて来る様な事はない。我々が全ネグロスに分散して神出鬼没したならば米軍もどうにもならなかったと思う。台湾軍が飛行機砲をもってしても、一部族の蕃人の討伐もできなかったのだから」「蕃人は塩をどうしているか」「鹿の袋角、陰茎等の精力剤や、猿、藤等をもって、塩、火薬と交換している」「この山ではそんな事はできぬか」「バコロドあたりの華僑と台湾人を使って、鹿その他の漢方薬の原料を交換でもしたら塩位は得られると思う」

面白い話がたくさんあった。鈴木参謀は航空の参謀で、他の参謀や高級部員が皆逃げた後一人止まった人である。

員数

形式化した軍隊では、「実質より員数、員数さえあれば後はどうでも」という思想は上下を通じ徹底していた。員数で作った飛行場は、一雨降れば使用に耐えぬ物でも、参謀本部の図面には立派な飛行場と記入され、又比島方面で〇〇万兵力を必要とあれば、内地で大召集をかけ、成程内地の港はそれだけ出しても、途中で撃沈されてその何割しか目的地には着かず、しかも裸同様の兵隊なのだ。比島に行けば兵器があるといって手ぶらで日本を出発しているのに、比島では銃一つない。やむなく竹槍を持った軍隊となった。日本の最高作戦すらこの様な員数的なのだ。

今井部隊で砂糖十俵を輸送して、着いた俵は十俵あったが実量は飯盒四杯という事もあった。偉い人は一日中壕の中で米や缶詰を腹一杯食べて、兵には米百グラムで雨の中を米の運搬をさせるのだから途中で米が減るのは当然だ。「糧秣運搬をすれば米の減るのはあたり前だと考えているのは実にけしからん」と河野閣下が怒鳴っていたが馬鹿な話だ。

マラリヤ

ネグロスではマラリヤはバゴ川以南とボガン地区、ツマゲテ地区にあっただけで、バコロド以北にはほとんど無かった。マンダラガン山中でもマラリヤになった者はほとんどなかった（ボガン、ツマゲテでは相当悩まされた）。他の島ではマラリヤで部隊が全滅した事はざらにあったが、これだけはネグロスは恵まれた。

アミーバ赤痢、脚気、熱帯カイヨウ

毎日の雨で腹を冷し、下痢からアミーバ赤痢、脚気という順で衰弱して、終いには行き倒れとなる者が多かった。エメチン等少ししかないので、運の良い人以外は恩恵に浴さなかった。熱帯カイヨウにはテラポールの粉末が良く効いた。

無理な命令

命令の中には無茶なものがたくさんある。できぬといえば精神が悪いと怒られるので服従するが、実際問題として命令は実行されていない。「不可能を可能とする処に勝利がある」と偉い人は常に言うが？

軍閥横暴の弊、下級将兵に及ぶ

軍の上層の横暴は、下、上にならうの例にもれず、軍人ならずば何もできぬと思い上がり、実力もないのに下級軍人まで、国家は自分一人が背負っている様な面をして、地方人、軍夫、軍属は無駄な存在として当たり散らしている者がたくさんいた。見苦しきかぎりだった。

歴戦の勇士

歴戦の勇士もたくさんいたが、彼等は、「戦い利あらず」の場面に多く際会して、人間の弱点を良く知りつくしているので、自分の身を処するに余りにも利口となり、極端な利己主義になっていて、余りあてにする事ができなくなった。

日本軍について山に入った比人

日本軍が平地を捨て山へ入った時、我々について山に入った比人も相当いた。彼等を類別してみると、日本軍が好きで来た者、米軍を敵と思っている者、米軍に親や妻を殺された者、日本軍に協力した為米軍が来たら命が無いと思う者、日本人の夫を持つ者、恋人を持つ娘、尊敬する日本人にいつまでもついて行こうとする者、日本が最後に勝つと思っている者、日比混血等であったが、山の戦いが悲惨なものとなり日本人同士でも親和力を失い、各人自分一人生き残りたい気風が露骨になってからは、日比人の間で色々の問題が起こり、そして日本、日本人、日本軍に愛想をつかし山から逃げ出す者が続出した。が、少数は最後までついてきて日本軍が降服していくら逃げろと言っても終りまで行動を共にし、一緒にPWになった者も少数ながらいた。若い妻や娘が、いつまでも部隊を追及して来るのは、ロマンチックというには余りに悲惨であった。

母を失った子供

ネグロスでは退却の足手まといになるといって子供を殺す様な事はなかったが、毎日の雨にうたれ大部分は死んでしまった。子供が先に死んで親が後に死ぬのはまだ良いが、母親が先に死んで子供がいつまでも母親の死骸にかじりついていて、食を与えても食べようとはせず、ついには死んでゆくというような事がよくあった。

蛆の這う骸に縋る幼児のか細の指は泥にまみれて　（小川氏）

蛆のわいた母親の屍に、やせ細った幼児が泣く力もなくつかれた様な顔をしている。そのそばを髭ボウボウにはえた戦力を失った兵が脚気で膨れ上がった脚をひきずりながら、この様子を見ながらも、何も感じない顔をして通り過ぎて行った。

御嶽新道

年岡部隊が主となって大和盆地から御嶽を越えバコへ出る道と、サンカルロス、ボガンへ出る道を作り出した。道といっても唯、木を切り倒す程度だが。この道も地図なしでやるので不必要な回り道をしている所が多かった。

山歩き

道路偵察を命ぜられ、次から次に将校斥候が出たが、道のない山を地図なしで歩くのは大体無理なので、大部分の報告は現地へ行きもせず一週間程近くの谷に隠れていて、でたらめな図面を作ってくる者が多かった。その中で山梨県の山猿、野生人の称ある河野少尉だけは本当に良く山を歩いた。彼の功績は大きかった。都会育ちはだめだ。

食糧あと一週間分となる

糧秣がいよいよ七日分だけとなった。まだ一カ月はある予定の米が、いわゆる輸送欠減でこうなった。坪井隊としても女、子供、老人、傷病兵をたくさんかかえているので、このままでは皆餓死するといって、彼等を全部連れてボガン地区の芋畑のある所まで出て自活する事になった。米軍主力は引きあげたが、土民軍は武器を持って大勢いるのに、こちらは銃もなしで戦闘力のある者もわずかばかりなのだから大変だ。船越少尉が引率して行く事になっていたが、彼は少々心細かったし考えが足らんから、自分に顧問として皆を安全にボガン地区まで連れて行く様いわれた。坪井大尉、河野少尉、神屋氏等は今しばらく残る事となった。

六月十五日山道で鈴木参謀に会う。やはりボガン地区へ出るという。六月十六日我々は大和盆地を出発した。出発にあたり岡本通訳が倒れた(二、三日後に死亡)。年岡部隊の作った道(御嶽新道)を行く事にしたが、この道は途中までで、あとはジャングルを分けて行けとの事だった。出発前船越少尉が発熱したので二時間程歩いて宿営する。兵隊に重い荷を背負わせたら彼等は途中でそれを捨ててしまった。その中に船越の私物が入っていたので、カンカンになって怒り、兵を四人殴る蹴る、実にひどい制裁を加えていた。激怒した為熱は高くなり苦しそうだ。自業自得だ。初日からこれでは先が思いやられる、糧秣はあと四日分だけというのに。

十七日、船越も高熱を冒して出発した。歩みは水牛より遅い。御嶽の頂上で道は二つに分れ、左の方に、「安藤隊左へ」と書き残してあったので（安藤隊もボガンへ出る部隊）道を左に選んだ。そこで六航通のマナプラ工場で酒精製造を教えた兵隊に会う。何か不自由する物はないかと言ってくれたので、手持の葉巻を塩、粉末味噌、粉末醬油、乾パンと、交換してもらった。六航通はこの山では一番豊かに糧秣をもっていた。御嶽頂上から道は北に行かねばならん筈なのに南へどんどん下って行くので、変だと思いながらも夕方まで歩く。谷川で大雨にあい、天幕を張る暇もないので一同河原で天幕を張って雨をさけていた。ゴウゴウと谷川の水は急に増水してきた。あわてて難をさける。天幕の支柱のかわりに軍刀をたてておき、長太郎（比人と日本人の混血）に持たせていたのだが、あわてて逃げたので刀を置きざりにしてきてしまった。濁流は渦を巻いている。軍刀を失い不吉な感がする。雨は小止みになったのでここに宿営する事にする。長太郎は責任を感じたか水の減った谷川で刀を探している。それでも苦心の末、下の方から探し出してきた。薪が濡れているのでこの夜は火が燃えず、寒さに泣かされた。

十八日、道が違うようなので、元気を出して元来た道を戻る事にした。皆大不平、一時間程戻った時、南にカンラオン山が見えその山麓に畑が有り椰子が見えた。そこまでならあと二、三日かかれば行けそうだ。糧秣はどうせボガンへ行くまでは無い。道を変えてあの畑へ出て体力をつけてから目的地に向かう事に決心した。副島老人と堀江の姿が見えない。船越は彼等が逃亡したものと早合点し、射殺すると言い拳銃片手に彼等の下ったと思われる谷川を追って行った。我々は、昨日寝た所まで帰り又小屋を建てた。小屋ができ上がった頃二人がやっと来た。疲れて路から少し入った所で休んでいたという。三時間程たって船越が帰ってきて、余り興奮していつになく早く歩いたので又発熱した。自分の早合点で勝手に追いかけたのだから文句も言えず、心中は唯では収まらん様だった。その夜、堀江が虎の子のミルクの缶詰を開け、皆（五人）に平均に分けた。その時隊長である船越に特別たくさんに分けなかったといって彼は激怒した。品性下劣な男とかねてから聞いていたが話に勝る馬鹿者だ、皆あきれ返って以後話もしなくなる。この日以来堀江は事毎にいじめられた。ミルクの執念恐るべし。この男生まれが悪いか、生来のひねくれ者か、忠告すれば隊長の威信にかかわったとでも思うのか、かえって反対の行動をとるので一切言わん事とした。その内兵隊に殺される類に属する男だと思って。

十九日、珍しい晴天だ。谷川を下る。石を飛び木の根につかまって苦心、谷川下りだ。途中台湾人慰安婦の一隊に会う。皆元気で重い荷を平気で背負っている。この中に五歳位の痩せた男の子が一人混じっていた。泣きながら皆の後について歩いていた。輝行の事等思い出した。我々の隊の老人連は雨に濡れた装具を持ち切れずに皆捨ててしまい裸身で歩いていた。この日は籾を食べる。行軍中は籾つきなどやる暇がないので籾を飯盒でいって食べるのは仲々美味なるも、歯の金冠は破れるし、便秘はするし困ったものだ。ジャングルの中に入ると良い道があった。しばらく行くと大きな家がある。最近まで米軍が居た跡だ。無電装置がしてあり、アンテナが張られていた。この道は敵に通ずる危い道ではあるが、近くに畑がある事が予想され気分が明るくなった。米軍の永久抗戦の用意の良さに感心した。日本のそれは口だけであるのに反して。二時頃幕営す。この川にはドンコ(魚)がいる。釣り道具を出し久々に新鮮な魚を食べる。

糧秣あと一食分となる

二十日も好天に恵まれた。マンダラガンのジャングルの中で毎日雨に打たれ、山蛭がはい回る陰湿な所に永く住んだ者には、日当りの良いこの谷川は春の国に来た様な気がした。行き倒れが二、三人いる。糧秣は今日の昼食が終ると、あと籾が一握りか二握りしかない。一昨日山で見た畑まで早く出たいものとあせる。他の連中も気はあせっているが、体力がないので遅れがちだ。

我慢できなくなったので自分一人でどんどん歩き出した。ゲリラが樹上から狙撃するという事を聞いているので十二分に気を配りながら歩いた。突然ガサと木立がゆれた。ゲリラかと思わず拳銃の安全装置をはずす。大猿が一匹こちらを見ている。小さな山を一つ越えて別の谷川へ出た。そこにも米軍のいた家が三軒程ある。四、五十名は暮らしていたらしい。いよいよ畑は近いらしいが、敵のいる可能性も大きいので拳銃を片手に進んだ。後続はさっぱり来ない。

半時間程行くと林が切れて開闊地が見えた。いよいよ敵地かと木の陰に隠れながら林を出た。一面甘藷畑だ。これで助かった、もう敵の事等忘れてしまった。手近な芋を引き抜いて土も落さずかじりついた。甘い汁が舌に滲み通る様だ。三、四本続けて食べた。こうしてはいられんとあたりを見れば、木の皮で造った家やニッパーの家が十五、六軒見える。人がいる。倒木の陰から様子をうかがった。どうやら土人ではなく友軍らしい。おそるおそる近づいて行けば向うの倒木の上に兵隊があお向けにひっくり返っている。急に大声で「建設の歌」を歌い出した。もう安心だ。拳銃をサックに収めその兵に近づけば、昨日はぐれた当番の安立上等兵だ。

この辺の様子を聞けば敵はいず、爆撃もなく、甘藷やトマト、山芋、里芋、砂糖黍等たくさんあるという。ちょうど藷の焼けたのがあったので御馳走になる。甘藷がこんな旨い物とは知らなかった。安立が砂糖黍とトマトを取ってきてくれた。腹が一杯になった頃、ボツボツ後続の連中が来出した。芋畑を見て狂気して皆土のついたまま生芋をむさぼり食べている。副島老等泣いて喜んでいた。「助かりました、助かりました」と言いながら。

空屋三軒に一同分宿した。当分ここで芋を食べ放題食べて体力を作る事とした。久々に床と屋根のある家に超満腹の太鼓腹をなぜながら、命が助かった喜びを語り合い寝た。この畑地を、生きる希望を得たという意味から希望盆地というようになった。

希望盆地

六月二十一日、鶏鳴に目を覚ます。「おい鶏がいるぞ」と、朝食の芋を皆で掘りに行く。

希望盆地はネグロス最大の河、バゴ川上流（の支流）マンダラガン連峰の南端にある。南にバゴ川本流をへだててカンラオン山が見える。東南の傾斜面の五抱えも十抱えもある大森林の大木を切り倒し、焼き払った後へ畑を作ったのだ。これは皆米軍のやった仕事だ。小高い所へ登ってみると、南の方はこんな畑の連続で小屋もたくさん見える。甘藷、カモテカホイ（キャッサバ）、トウモロコシ、里芋、太郎芋、陸稲、インゲン、煙草、唐辛子、ショウガ、カボチャ等が栽培されている。米軍の自活体制の規模の壮大さに驚かされた。

毎日芋やカモテカホイを腹一杯食べて、体力はメキメキと回復した。一日に三回位大糞をする程食べた。

三日後に大食料地帯発見の報告を坪井隊にする事にした。連絡者は兵一名と堀江が当てられた。ミルクの敵は仲々執念深い。何日もかかって出てきた道を二人きりで帰る等かわいそうのかぎりだ。

台地の下の谷川にはドンコ、カニ、エビ、鰻、オタマジャクシ、ニナ貝等がたくさん居、一日にドンコの二百匹位釣るのは訳なかった。ドンコの乾物を作り坪井大尉の土産に持たせてやった。

希望盆地を通過する人達

自分達がここへ根を下してから四、五日すると、毎日大勢の兵隊が山から出て来た。皆糧秣を失い、或いは病気となりヒョロヒョロになっている。皆初めて見る芋をむさぼる様に、生のままかじり付いている。我々の家は小高い所にあるので、彼等が登って来るのが一目で見える。五十米位の坂道がどうしても登れず泣き出す兵隊もいた。元気で重い荷を負って来るのは六航通の兵隊だけだった。多い日は二百名位の兵隊がこの盆地に来、手当り次第芋を掘って食べるので一面の芋畑もすっかり食い荒された。我々の糧秣も毎日遠くの畑まで行かねばならなくなってきた。希望盆地には椰子の木も有り、三階建の大きな家も有り、この家には三階までかけ樋で水が引いてあり七十名位は入れた。

虱と赤虫

ジャングル内の生活は連日の雨と多湿の為衣服を乾かす事もできぬので誰でも洗濯をしなかった。こんな事が二カ月も続いたので例外なしに虱を持っていた。自分は河原の小屋で沖山氏から虱をもらった。臍の周りが馬鹿にかゆいと思ったら虱が一杯いるのには驚いた。生まれて初めて虱に付かれたのだ。一度付かれれば今までの様に虱が移りはせんかという心配も無くなり気は楽となった。

希望盆地では日当りは良いし、水は豊かなので日がな虱取りをやるので大分減って来た。それなのに陰嚢のあたりがやたらにかゆくて夜も寝られんで弱った。比島に二十年住んでいた中川氏に問えば、針の先でつついた位の赤い虫が食い込むのだという。日向で良く調べてみると成程、毛穴に赤虫が食い込んでいる。多い所には五、六匹も固まって食い付いている。針で掘り出して一匹一匹つぶすのは大変だ。この虫は頸すじ、耳、脇の下、臍、陰茎、陰嚢毛根、股ぐら、肛門、膝小僧の裏等自分一人ではどうにもならん様なところばかり食い込むので、どうしても人に取ってもらわねばならん。お互いに陰嚢のしわを伸ばしては赤虫取りをするのは一日の重大行事となった。虱より大分手数がかかった。赤虫は甘藷畑の芋の葉にたくさんいる事が分った。芋掘りに行ったら必ず付いてきた。

食糧地帯での生活。満腹すれど塩、シラミ、赤ダニに悩まされる。

塩

盆地に出てからは野菜や芋が主食なので生理的にも食塩の要求は大きくなった。もともといくらも持っていない塩なので皆たちまちに食いつくした。

自分は幸い六航通その他の部隊にアルコール関係や野草の関係で知人が多かったので、一握り二握りともらっては貯えていた。今井部隊の島田軍曹から飯盒一杯の塩をもらったので終戦まで不自由しなかった。塩のない連中は唐辛子としょうがで味をごまかしていたが、せっかく回復しかけた体力も塩が無いばかりに再び衰え出してきた。塩が無くてはこの食料地帯にもそう長居ができない。サンカルロス方面へ出て土民から塩を求めるか、海に出て自から製塩する以外に方法はなくなった。

河野中将に怒鳴らる

(河野少将は山に入ってからいつの間にか中将になっていた。) 希望盆地の食料も完全に食い尽したので、ここから二時間程下流へ行った所の芋畑に移動する事となり、船越少尉等の先発が七月十四日に出発した。自分の小屋は堀内と二人きりだ。

七月十六日の午後二時頃小雨の中を堀内は芋掘りに、自分は小屋の入口で薪割りをしていた。すると突然怒気を含んだ大声で、「小松一体こんな所で何をしているか!」と怒鳴られた。見ればデップリ肥った赤ら顔の河野中将だ。「六月二十日以来ここで自活しています」「坪井隊はボガンへ行く事になっているのに何をボヤボヤしているか」「坪井隊の老人、子供、傷病兵を連れて食料もなく大和盆地を出たので直接ボガンへは行けませんでした。やっとここまで来たのですが皆半病人同様なので目下体力の回復を計っています。それに先日、兵団の下士官の話ではボガン地区はゲリラが多いので兵団も坪井隊もこちらへ転進して来ると聞いたのでわざわざ行く必要もないと思って待っていました」「唯ブラブラ食っていたんだろう」「坪井隊へ乾燥芋と乾燥魚を二回程送りました」。文句の付けようがないので今度は、「昼間から火など焚いて何んだ、御前も相当の教育を受けたのに昼間煙を立てて悪い事がわからんか」「ここは飛行機も敵も来んので皆、昼から焚いています」「戦争はこれからだ!! 敢闘精神が足らん」と、彼の言う文句に皆回答をあたえたら、口答えをする生意気な奴と思ったかぶつぶつ言いながら行ってしまった。続いて来た梅村副官の奴が又、虎の威を借る狐という形で閣下の言った事を繰り返し、威張り散らして行ってしまった。

一週間後、閣下もここから一時間程下流へ新築を構えたが、昼から火を焚いたとみえて朝から火事を出して丸焼けとなった。様見ろと心の中で叫んだ。

移動

七月十八日、希望盆地を引き払い船越達が先発した耕地へ移動した。ここはまだ食料が豊かでマイス（玉葱）もたくさんあった。

七月二十日、閣下から呼び出しがあった。又怒られるかと思うと嫌になるが船越と行く。ニッパー作りの家の真中にベッド用の厚い藁布団を敷き、その上へ三月雛の内裏様か殿様みたいにあぐらをかいている。そばに渡辺参謀がいる。何事かと思えば、渡辺参謀が、「長期戦を予想すると、この畑を今の様に食い荒していたのでは先が思いやられるから、畑に芋とキャッサバを植付けて貰いたいと思う。幸いにして戦争が終っても、比人から物を取り上げるばかりだったから芋位植えて返してやってもよいと思う。明日から植付けをやってくれ」「我々だけでやったのでは植えても知れたもの故、各部隊に命令を出し芋を掘った後には必ず、芋かカモテカホイを植える様にしてもらいたい」と言うと、「よろしい、それでは各部隊の者を集めるから植付けの講習をやってくれ」「芋の植付けだけでなく芋の食べ方等もやりたいと思います」「では二、三日中に受講者を集めておくからよろしく頼む」。この時、セブの方から久々に編隊の爆音がしてきた。B24の大編隊が頭上を通過した。閣下は、「支那沿岸を爆撃に行くのだな」と独り言を言っている。偉い人は遠い所までわかるものと感心する。

カモテカホイと芋植え

翌日から食い荒された畑にカモテカホイと芋の植付けをした。皆塩分がないので体力なく能率あがらず。それでも三日程山で植付けをした。

講習

兵団直轄部隊の下士官兵に山田嘱託がカモテカホイ、芋の栽培法を、自分は芋の食べ方について述べた。「芋を食う場合に必ず芋の葉を一緒に食べねばならない。葉の量は、芋と同量食べればよい。芋だけ食べると胸が焼けるが葉を適当に食べれば大丈夫。又、野菜を食べる時は必ず塩を食べねばならん。唐辛子やしょうがは塩の代用には絶対ならない。塩が無くならぬ内、体力の有る内に塩の有る所へ出なければ生命の維持はできない」「芋やマイスだけを食べていないでその辺にあるものを色々できるだけ食べるべきだ」その辺には次の様なものがある。「甘藷、カモテカホイ、トウモロコシ、陸稲、粟、里芋、太郎芋、ズイキ芋、山芋、バナナ、椰子、甘蔗、南瓜、瓜、冬瓜、唐辛子、ショウガ、ネギ、タンコン、アルバティナス、カモンガイ、筍、インゲン、小豆、モンゴー、土豆、トマト、木瓜、ナンカー、パンの木、ゴマ、ザボン、カラマンシー、ココア、コーヒー、サルサップ等」、バナナ、木瓜の栽培法や、山中で水なき時は藤蔓から水が取れる事等を講習した。

牧場

我々のいた稜線から谷川を一つ越した台上に広大な牧場がある。牛、水牛、馬、豚等がたくさんいたという。今でも少しはいるというので、五名程兵隊を連れて行ってみた。武運つたなく獲物の声を聞いただけで姿を見なかった。ナンカーを食べて帰る。ここへは米軍が時々来るという。先日も襲撃され友軍が大分やられたという。水筒や飯盒の焼けているのがたくさんころがっていた。友軍が食い荒した水牛の骨がたくさん散らばっていた。

食生活

ここでの主食は甘藷で、これを水煮してやわらかになった頃、芋の葉を入れて三分程煮て塩味を付ける、これを親子丼という。晩飯にはドンコ、エビ、ニナ、カニ、オタマジャクシ等を入れて食べる。その他カモテカホイを卸し金ですり下して団子にしたり、芋の葉を混ぜ唐辛子で味を付けたりもした。若いマイスのある時は小刀で削って水煮したり、里芋、太郎芋、カモテカホイを混ぜたり、芋殻を食べたり毎日の献立を工夫した。小豆やモンゴーを煮て甘蔗汁を煮詰めた物を入れ、カモテカホイの団子を入れ、汁粉を作る等の御馳走もできた。完熟したマイスは石臼で粉にして飯の様に煮て食べてしまう事もあった。

動物性食品としては、他の部隊では牛や豚を捕えて食べていたが、我々は自分と兼本が川で毎日魚やエビ、オタマジャクシ等を捕えてくるので一人前掛盒に半分位*ずつ食べられた。船越は魚やエビの大きなのを一番先に食べてしまうので皆の反感を強めていた、船越は兵を酷使したり敬礼をせんと言ってたたいたりするので、兵達は船越を打ち殺す計画までたて機会をねらっていた。船越とは余程馬鹿か育ちの悪い人間だ。悪逆非道とはこういう将校の事を言うのか。(釣道具一式は内地から持って行った)

*掛盒に半分位とは、量が非常に少ないことを意味する。

東大文学部学徒出陣で来た下士官

希望盆地で(七月八日頃)南瓜の新芽を採りに行った時、半壊れのニッパー小屋から、「済みませんがマッチを貸して下さい」と、この世の人とも思われん様なかすかな声がする。

見ると髪はボウボウと伸び、顔は全く血の気を失い行き倒れと同じ様な兵隊がいる。「どうしたのか」「私は特殊情報の下士官ですが、脚気とアミーバ赤痢で歩けず戦友に置いて行かれ、やっと昨日ここまでたどり着きましたが、精根つきて倒れているのを通り掛りの人がこの家に入れてくれましたが、食物がなくなり火を焚くにもマッチがないので困っています。マッチをお貸し下さい」。余り可哀相なので火を燃し付けてやろうとしたが、マッチが仲々点火せんので家に帰りカモテカホイの粥を作ってやり、ビタミンB剤を飲ませてやった。手を合わせ拝む様に礼を言っていた。「お互いだからそんな事せんでもいいよ」と言うと声をあげて泣き出した。「こんな野たれ死に同様の姿を母が見たら……私は親一人子一人で、母は私を唯一の頼りとしているのに、一思いに戦死もできずに……残念です、残念です」「郷は」「福井県です、東大の英文科から学徒出陣で来ました」。この男をこのまま放っておけば確実に死ぬのはわかっているが、殺すに忍びず、山では病人はお互いにめんどうをみない不文律になっていたが、毎日カモテカホイの粥を運んでやる事にした。「元気を出しなさい、唯一人のお母さんの為に生き抜かなければだめですよ、薬と食物の事は心配せんでも良いから」。又、手を合わせて拝んでいる。

翌日行ってみたら薬の効果か、大分元気になっていた。彼は五日程この小屋にいたが東海岸の原隊を追及して行った。祈健勝を。

米西戦争の時、戦いに破れたスペイン人達の一部がネグロス山中に七十年もたてこもったという。そこに我々もいるのだが、成程ここなら何年でも生活できると思った。彼等はその後、平地に土地と金を与えられる事を条件として山を降りたが、一部はそのまま山に残って、その子孫達が今でもほとんど野生人間の様な生活をしているという話を聞いていたので、ターザンや山の姫君に会う幸運を待っていたが果せなかった。

予言者

広島の市会議員だったとかいう兵隊が兵団にいた。なかなかの雄弁家で常に、「投降兵や逃亡兵、上官を殺した兵等を処罰する事ができるなら日本も幸福ですよ。おそらく処罰する事ができなくなるだろう」といっていた。

高島易断と狐狗狸さん

山口部隊（火野葦平等の原隊）の兵隊で、東大哲学科の出身で高島易断の養子とかいう男、しきりに易を立てて占いをやり、今まで良く当たったので山口部隊長をはじめ多くの信者を持っていた。その易によると、「四月に敵が上陸し、六月には戦闘が終わり、九月には善かれ悪しかれ戦争は終わり、我々はネグロスを去る」と言う事だった。この易は二月頃と五月頃にたてられたもので他に頼るべき物もないのでこの易通りになる事を皆願っていた。

このほか、各部隊でコックリさんの占いも大流行した。そして九月には戦いが終わると何んという事なしに思い込んでいた。

人間性悪説

平地で生活していた頃は、荀子の人間性悪説等を聞いてもアマノジャク式の説と思っていた。ところが山の生活で各人が生きる為には性格も一変して他人の事等一切かまわず、戦友も殺しその肉まで食べるという様なところまで見せつけられた。そして殺人、強盗等あらゆる非人間的な行為を平気でやる様になり、良心の呵責さえないようになった。こんな現実を見るにつけ聞くにつけ、人間必ずしも性善にあらずという感を深めた。戦争も勝ち戦や、短期戦なら訓練された精兵が戦うので人間の弱点を余り暴露せずに済んだが、負け戦となり困難な生活が続けばどうしても人間本来の性格を出すようになるものか。支那の如く、戦乱飢餓等に常に悩まされている国こそ老子の性悪説が生まれたのだという事が理解できる。

空襲

六月以来空襲はほとんどなく、時々観測機が飛ぶ程度だったが、七月二十五日頃から早朝に観測機が三機程来てカマリスク、ボガン地区、シライ地区の上空を盛んに旋回しだした。そのうち発煙弾を落す。漸くするとセブの方面からB24の大編隊が現われ、煙弾のあたりを爆撃した。午後ロッキード、シコロスキー等が次から次へと来て爆撃したり掃射したりした。こんな事が毎日繰り返されるようになってきたので、呑気な山の生活も再び恐怖の生活に変わっていった。B24の爆撃が日ごとに我々のいる稜線に近づいて来たが、今日は偵察機が我々の谷あいに入って来た。我々の小屋から飛行士の顔が見える位だ。夕方小型機に散々掃射された。そろそろ移動せんと危いと思う。

八月にはいってからも爆撃は激しくなる一方だったが、我々の頭上をマニラに向けて行く輸送機の往復も実に又激しくなってきた。「どうもおかしいぞ、輸送機の往復が余り激しいところをみると、終戦の外交交渉が行なわれているに違いない」と言っていた。この頃は観測機から手榴弾を投げつけたり、拳銃を撃ったりする様になって、その為に死んだ兵もいた。

八月十日頃からはシコロスキーがロケット爆弾の様なのを使いだした。十三日には向い側の高原がやられ、明日は我々の所がやられると覚悟していた。

八月十四日、果して早朝我々の頭上に爆弾が落された。皆で谷あいや岩陰に隠れたが、果してB24の大編隊と小型機が旋回しだした。今日は誰かやられるぞと目と耳をおさえてうずくまった。しかしなかなか投撃されず、変だと思っていると編隊は爆撃体勢を変えて一発も落さずに帰ってしまった。何が何だかわからないが、翌日からは輸送機が通過するだけで爆撃は全く無くなった。停戦協定が成立したのだろうと思った。

ゲリラの襲撃

カマリスク、桜盆地方面では七月の中頃から土民軍の襲撃を時々受けるようになった。遠くに銃声を聞くのは余り良い気持のものではない。不寝番を立てる事にした。

終戦

八月十八日、兵団から、「終戦になったらしい」という事が正式に伝えられてきたが、皆余り驚かなかった。兵団長の所へ参謀連が集まってきた（参謀は渡辺中佐、有富少佐、鈴木少佐の三名だったが、馬鹿閣下と一緒に暮らすのが嫌なので、何んとか理由を設けて遠い所に住んでいたので、集合は大変だった）のは十九日で、会議が開かれた。終戦のビラは撒かれたが、サンカルロス方面に出ていた六航通がラジオを受信してから皆本当に信ずる様になった。河野少尉が渡辺参謀の伝令としてやって来た。六月以来久々の対面だが相変わらず元気だった。彼の話によると、「皇位の存続を唯一の条件として八月十四日に無条件降服した」という、一同声もなく、誰か溜息をした。

渡辺参謀から、「我々は大命に依り戦い、大命に依り戦いを終るのだから軽はずみな事をするな」と注意があった。六航通のラジオ（友軍唯一のもの）で広島、長崎の原子爆弾の事も聞いた。参謀会議の結果、山口部隊からバコロドへ、六航通からサンカルロス方面へ軍使を出して米軍と今後の打ち合わせをする事になった。それにネグロス最高指揮官河野中将の正式の手紙を、米軍指揮官に宛て書き送る事となった。この手紙を兵団から六航通の中谷部隊長の所へ届ける役目を河野少尉がする事になった。坪井隊はサンカルロスの近くにいるというので、連絡の為一度行きたいと思っていたので、当番の堀内二等兵を連れて河野少尉と同行する事にした。

八月二十日住み慣れたこの盆地と別れた。船越少尉を中心とした嫌な雰囲気から抜け出るのは良い気分だった。渡辺参謀は明野盆地に私物の整理に行くというので、参謀の当番と河野少尉の当番と計六人で行を共にした。渡辺参謀は戦いの事はもうすっかり忘れたという態度で、東京にある家作の心配をしきりにしていた。

途中、河野中将の手紙を見せて貰う。内容は、「ネグロス日本軍最高指揮官陸軍中将河野〇〇、勇武なる米軍最高指揮官に最高の敬意を払ってこの書を送る。貴軍の好意に依るビラ、並びに日本のラジオ放送に依り日本が無条件降服した事を知った。ネグロスの日本軍の指揮は余の取る処だが、自分はセブにいる福栄中将の指揮下にあるから、この指揮により貴軍に降服したいと思う。然し日本軍はセブとの通信が出来ぬ故、貴軍に於いて連絡を願いたし。重ねて勇武なる米軍最高指揮官に敬意を払う」というような事が小さな紙にペン書きの小さな日本字で書かれた。

寝られざる幾夜なりしか敗れたる国のいくさのその深傷に（中川）

駆落ちか逃亡か

我々の連れてきた連中の中にビクトリヤス工場、渡辺の長男長太郎（ドレーン）十八歳、長女花子十九歳、養女田中絹子十七歳、マナプラ工場の本田の長女ヨシ子十九歳、次女ハマ子十七歳がいた。彼女等は老いた父親の面倒をみていた。平地の時代この美しい日比混血の娘の家は兵隊の集会所の様だったが、山に入ってからも兵隊達がよく遊びに来ていて、その都度米、塩、肉等を置いていった。老人だけだったら当然餓死するところを娘のおかげで助かっていた。

八月十日頃芋掘りに行くと言って渡辺花子と長太郎、本田ハマ子の三人が出たきり帰って来ない。調べてみると衣服を持ち出しているので逃亡した事がわかった。長太郎とハマ子は前から良い仲だったから駆落ちかも知れない。日本軍の情けなさに愛想を尽かせたか、塩の無い生活に耐えかねたか知らないが、逃げるのも無理ない状態だった。兵団では兵団の位置が敵に知れると心配していた。(彼等は無事平地に降りたという)

山野属

バコロド連絡官事務所の庶務をやっていた山野属は、バコロド時代、偕行社の女給(台湾人)と心安かったが、山に入ってから急に深い仲となり、台湾人の大勢の慰安婦達の団体から彼女を引っぱり出して山の中で二人で歩き回り、我々のいた盆地へ出て来た。夫婦仲良く谷川で女のシラミを取ってやっているのを見かけた。台湾人、朝鮮人が日本軍からどんどん離反して行く時、彼の手腕は認めざるを得ない。

サンカルロスへ

渡辺参謀、河野少尉等と共に歩く速度は実に速かった。船越等と歩くと余りゆっくりなのでかえって疲れたが。死臭がした、道端に外被をかぶせ日の丸で顔を被った屍があった。今日まで見た死人は皆服や靴ははぎ取られていたのに、こんな屍は初めてだ。久々に人間らしい感情が湧いた。夕方明野盆地に着き渡辺参謀と別れた。

二十一日、倒木の上を渡りながら山川を越える旅を続けた。健脚揃いなので気持の良い程道のりがはかどる。四時頃一夜盆地に着く。この頃はサンカルロスへ投降する連中が一斉に東へ東へと移動を開始したので、どの家も一杯だ。やっと空屋を一軒探し、入ってみれば十歳位の男の子が死んでいた。夕方までかかって家を探し、里芋料理と最後まで持っているつもりだった米を炊いて食べた。

二十二日、朝から道路上に屍を五つ六つ見る。六航通では病人をサンカルロス近くまで出す為、病人一人に兵が二人ずつ付きそって輸送していた。六航通はいつも行き届いている。四時頃坪井隊のいた幕舎に着く。誰もいぬので変だと思ったら置き手紙有り、近くの盆地へ移動した後だったのだ。直ちに中谷中佐のところへ閣下の手紙を届ける。これで一任務終ったので三日間ここで休養す。鶏がたくさんいたが、戦いが終った大切な時期だから発砲等して敵を刺激せん様、御達しがあったので撃つわけにもゆかず涎を流す。

坪井隊大尉に会う

二十五日、堀内と二人で坪井隊を探し、やっとの事で坪井大尉に会う。別れてからの苦労談に花を咲かす。神屋氏等皆元気だった。バナナを腹一杯食べる。

二十七日頃から、切り込みに行ったきり帰らなかった行方不明の連中がぼつぼつ坪井隊に復帰してきた。切り込みに連れていった兵五、六人全部を死なせ、唯一人帰ってきた徳永中尉等を合わせると、復帰者は全部で十五、六名になった。各地の話を総合すると坪井隊の行方不明者は大嶽軍曹、岩井二等兵、田伍二等兵だけとなる。今日まで行方不明でいた連中は河野少尉に散々油をしぼられた。

坪井隊のニッパーからセブ島が見える。

雨あがりセブ島の灯の点滅し（山本大尉）

軍使

我々が持ってきた閣下の手紙を持って、六航通の小林中尉、通訳、白旗持ち、日の丸持ち、護衛兵三名の以上七名が八月二十六日山を降りた。白旗を持つ役は誰も嫌とみえて交代で持っていった。

灼熱の真昼の道を白き旗掲げ歩めり心淋しく

道の辺に花群れ咲けど吾心感慨せまりて黙し歩めり（山本大尉）

米軍に会い手紙を渡し、投降の日取り待ちその他を打ち合わせて二十八日帰って来た。その話によると、米軍は日本軍を一等国の軍隊として扱い、食器は一人三つまで持ってく

六航通の小林中尉、軍使としてサンカルロスに降る。

る事等、馬鹿にうまい話だった。降服の日まで各自頭髪を刈り身ぎれいにして、堂々と投降するよう六航通から命令があった。投降は九月一日と決定した。

遥けくも夕陽に映えてマンダラガンは戦友の血汐いよよ赤きも
幾千の恨みつきせぬ峻嶺も過しを見ればなつかし思ほゆ
雨けぶるマンダラガンの峻嶺を杖ひきゆきぬ
我戦友は心淋しく朽ち果てぬるを（山本大尉）

無条件降服

日本が無条件降服したと聞き、一時は皆放心状態となったが、時間がたつにつれ色々の事を考えた。「これで助かった」「日本へ帰れる。家族に会える」「いや、皆殺されるのだ」「そんな馬鹿な事はない」等々と。台湾人は殺される事を非常に心配していた。

将校の中には、日本は絶対に負ける事はない、降服するなら俺は腹を切ると、昨日まで常に口にしていた連中は、いざとなった今日、自決してはいけないという理由を見付け、言訳けがましい事を盛んに言っていた。然し昨日までの元気はどこへやらだ。人の悪い兵隊が「兵隊は日本へ帰すが、将校は多分殺されるでしょう」等と驚かすので将校の服や刀を捨てる者もいた。そうかと思うと、「将校は皆、自決すべきだ」と言う論者もいた。今まで威張っていただけに将校はつらかった。それでもネグロスで自決した将校は二人程いた。

野戦病院

ネグロスでは野戦病院のあったジャングルがたちまち戦場となったので、病院長以下は六月頃投降してしまった。兵団は余りにも病人に冷淡だった。

邦人

邦人も山に入ったが、糧秣がないのですぐ解散し、各自各部隊の知人を頼って行き、どうやら暮らしていたが、女子供の大部分は餓死した。

空襲不感症と過敏症

いくら空襲があっても平気で、壕などに入らん人に台湾製糖の松井通氏があった。彼はB24の編隊が来ようが、ロッキードが掃射をやり、身近に弾が来ようが、平気でソファーに寝ているといった男だったが、羽黒台でついに空襲の犠牲となった。

これと反対に、燃料配給部の杉尾兵長は爆音がせんうちから壕へ逃げ込み、飛行機の見える間は絶対に外へ出ぬ人だったが、この人は八月十三日、最後の爆撃の時大きな倒木の下に隠れたが直撃弾があたり戦死した。松井氏を空襲不感症、後者を過敏症と言っていた。両者共、爆撃で死ぬとは不思議な縁だ。

強い部隊

部下の傷病兵に自決を強いて、自分達だけ逃げ廻るような部隊の兵は、命令に従って負傷でもしたら大変と、敵が来れば一発も撃たずに逃げてしまう。ところが、傷病兵をよくいたわり、最後まで世話を見るような部隊は、敵とよく戦い、強い部隊と称賛された。

自分の体力

学生時代から山歩きが好きで暇さえあれば、いや、暇をつくって山歩きをしていた。それで自分の体力、一日の行軍力、背負える荷のめかた等をよく知っていたので、無理をする事がなかったので、山では一度も病気せずに済んだ。岩の様な身体の兵が無理して重い荷を負い、体力を消耗しつくしてわけもなく死んでゆくのをよくみた。

役に立った学問

山の生活で文学や法律学はさっぱり役をしなかったが、自然科学、ことに生物学、植物学、栄養化学等は生き抜く為に十二分に役に立ってくれた。

ネグロスの地名

ネグロスの大きな山や川には名があったが、小さな山、川には名がないので参謀がこれに日本流の名を付けた。第一線には強そうな相撲の名を（羽黒台、双葉台、照国台、武蔵台等）、第二線には南朝の忠臣や城の名を（笠置山、千早城）、その他荒神山、銀杏城等々と付けたが皆名前負けした様だ。

終戦が一カ月遅れたら

一カ月終戦が遅れたら、空爆の被害は累増し、それよりも塩がない為に死ぬ者、塩を奪う為の殺し合い等が起こり、収拾がつかなくなったと思われる。

捕虜収容所へ

九月一日未明、六航通関係全員が台上に整列、武器を持つ最後の宮城遥拝をし、中谷中佐の訓辞有り、「我々は朝命により投降するのだから堂々と下山せよ。病人には二人ずつの兵を付けよ」と、次いで銃の弾を抜き、コウカンを開き肩にかついでサンカルロスへの道を急いだ。蜒々二千三百名の行列だ。

途中、土民達が出てきて、これでもう安心したという様な面をしていた。三時間程山を下った所に米軍の出迎えが来ていて、各中隊に二人ずつの米兵がカラパーン銃一つを持って付きそった。出迎えの米兵は親切丁寧だった。そして将校にはKレイション一箱ずつくれた。十二時昼食、レイションを初めて食べる。久々に文化の味をあじわう。

川を腰までつかって渡渉すること二十回、やっと平地に出た。我々の隊列の中に片眼、片足を失った兵がいたが、米兵が彼の水筒に甘いコーヒーを入れてやり、煙草に火を付けて与えていた。山の生活で親切等言う事をすっかり忘れていた目には、この行為は実に珍しい光景だった。久々に人情を見た様な気がした。

午後三時東海岸の開闊地に出た時、米兵が来て刀や拳銃をくれとせがむのでくれてやる。彼等はみやげ物にするのだという。ここで武装解除となる。道の真中にトラックがあり、それに次々銃や刀を投げ込んで行った。次に米兵が来て身体の外側を一通りさわってみてこれで武装解除は終った。この武装解除を見物に米軍将校二人と米人の女が二人来ていた。赤いケバケバしい服に勝ち誇った様な面をしていた。写真をパチパチ撮っていた。

ここからはサンカルロスへ行く国道だ。先頭の米兵の足の速いのに閉口した。身体の弱い者はどんどんトラックが来て乗せて行ってくれる。土民が大勢いて、大人は無表情なるも、子供は首を切る真似したり、パッチョン、パッチョン、バカヤロー、ドロボー等わめきたてる、嫌な気がする。

案内の米兵はコロンビア大学文科の学生で学徒出陣で来た男、なかなか親切だった。「子供がいるのか」と聞くので、いると言うと、「御前達の子供は米国から良い教師が行って教育してあげる」と言った。変な気がする。大破した工場、友軍機の残骸がたくさんある。

五時、ようやくの事で収容所（サンカルロス製糖工場広場）へ入れられた。入口で捕虜カードを渡された。「我々は捕虜でない、実にけしからん」等意気まいている将校がいた。相変わらず字句にこだわっている。サンカルロス工場の工場長をやっていた神達氏がここに来合わせたら、さぞつらい思いをしたろうに、戦死されて幸運だったかもしれない。

ネグロスの戦果

友軍二万四千の内、八千名は戦闘で倒れ、八千名は山で飢えと病気で死に、八千名が生き残った。米軍の損害は戦死七百名、負傷二千名だった。友軍は負け戦さだったので、負傷した者は例外を除いて全部ガスエソ、ハショウフウ、栄養失調、自決等で死んでしまった。ネグロスの友軍はサンカルロス、ファブリカ、バコロドに収容された。

西山中尉

西山中尉は今井部隊の将校で九州の炭鉱で働いていたという元気な男で、質が悪いというので部隊長から嫌われていたので、兵隊十名程を連れ自由行動をとっていた。しかし今井部隊長の米を盗み出したり思い切った事をちょいちょいやっていた。明野盆地でどこかの部隊の兵を殺して、塩を盗んだところを見つけられ、その夜その部隊の兵に襲撃され皆殺しになった。こんな事はざらにあった。

愛国行進曲

我々の行列がサンカルロス工場に近づいた頃、土民の若者が五人程ギターで愛国行進曲をやりだした。投降者の耳には何んと悲しく響く事よ。歌の文句がなんだかこっけいにさえ感ぜられた。

紙幣

山に入る時は、皆相当額の金を持って入ったが、羽黒台の戦闘の終り頃には皆必勝の信念などなくなってきたので、紙幣は焚き付け代用になってしまった。紙幣だけで飯盒の飯を焚くと数万円要る等という実験をする者もでてきた。

参謀に「たんか」をきる野口大尉

小室部隊は船舶部隊で、米軍上陸直前にネグロスに来たので山へ糧秣を少ししか上げなかったので、山では忽ち食いつめてしまった。その為部隊の主計野口大尉が五月十一日に兵団に来たり、有富参謀に糧秣の請求をした。参謀は、小室部隊の糧秣等は兵団は用意してないからやれんと言い切った。すると、この主計大尉も興奮して、「それでは我々の部隊に自由行動をとれということですか」とたんかをきっていた。小室部隊はこの頃すでに食物を食いつくしていたので餓死者、追いはぎ、食人種が出たのも無理はない。

虜人日記

昭和二十年九月一日PW（Prisoner of War＝捕虜）になってから、昭和二十一年十二月十一日帰国するまでの雑感。

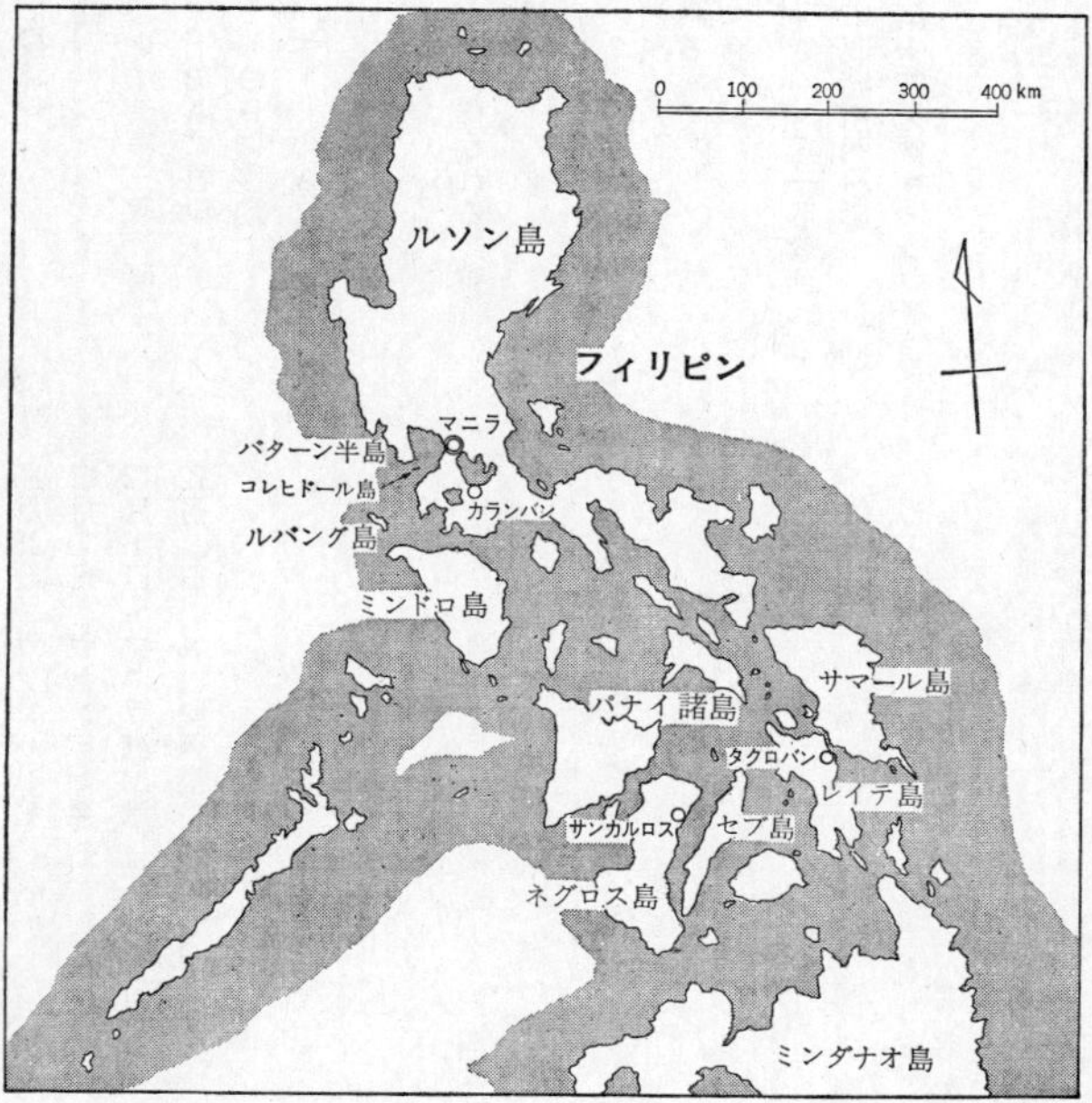

昭和20年9月1日　サンカルロスに投降
10月19日　サンカルロス発
10月20日　タクロバン着、レイテ第三収容所
10月21日　第二ストッケードのAに移動
11月5日　第二ストッケードのBに移動
11月13日　再び第二ストッケードのAに移動
12月15日　第四ストッケードに移動
12月19日　はじめての外業
12月25日　第一ストッケードに移される（戦犯容疑者となる）
昭和21年1月2日　第一ストッケードでのはじめての外業
2月はじめ　戦犯嫌疑晴れる
3月26日　タクロバン発
3月29日　マニラ着。カランバン第一収容所
3月30日　カランバン第二収容所へ移動
4月15日　オードネルの第十二労働キャンプへ移動
8月9日　医務室入り
10月28日　カランバン着
11月30日　カランバン発
12月1日　マニラ港出港
12月8日　名古屋入港

捕虜第一夜

サンカルロス製糖工場の広場にバクド線（有刺鉄線の垣根）を五尺程の高さに張りめぐらされている中へ、我々は収容された。天幕が沢山建っていた。先着順に入って行ったが、我々の入る天幕はもう無かった。予想外に日本軍が多かったので準備が間に合わないらしい。今夜は露営ときまった。思えば四月一日、山へ入った日に小田原の山腹で露に打たれて寝ただけで、その後は天幕、草ぶき、ニッパー等、曲りなりにも露をしのいで寝た。九月一日下山の日、又露に打たれて寝るとは面白い巡り合わせだ。

カリフォルニヤ産の銀の様に美しい米を一人二百グラムと、コンビーフの缶詰を配給された。薪も何もないので広場の立木を折って飯盒炊爨《すいさん》を始めた。先刻の武装解除で小刀に到るまで取られたので薪を割るのに難儀した。それでもどう隠したのか、短剣を持っている兵隊がいたので助かった。久々に銀飯にコンビーフで満腹した。

柵外にはカラパイン銃を肩に掛けた米兵が四名程で歩哨に立っている。チュウインガムをかみながらブラブラしている。日本の歩哨とは大分違う。

柵外はすぐ国道なので、土人が沢山集まってきて、我々檻の中の人間を珍しそうに見物している。バナナ等の果物を投げ入れてくれる者、皿に一杯てんぷらを盛ってきてくれる女達の差し入れが相当にあった。米軍歩哨は唯見ているだけで何もいわない。サンカルロスは、米軍上陸前は難波大尉が警備隊長で、土民を大切にしていた恩恵を、図らずも今我々が受けている。広場の東側の大きなネムの木の下で野宿する。満月だ。蚊も少なく割に良い所だ。

サンカルロス収容所長

我々の収容された所の所長は、サンカルロス警備隊長で、落下傘部隊長を兼ねたリッチモンド少佐だ。痩身長軀、あご鬚の濃い眼の鋭い人だ。彼の父はリッチモンド大使として日本に永く住まい、彼は東京生まれだという。顔に似合わず非常に親切だ。兵隊も学徒兵が多く、教養も高く、どうひいき目に見ても日本軍より上だと感じた。

収容所超満員となる

九月三日頃から、今井部隊、瀧田部隊、正角部隊、落下傘の高千穂部隊、海軍軍需部等が、続々下山して来たので、サンカルロス収容所も三千五百人近くとなり超満員となった。米軍は、サンカルロス方面の日本軍は一千名内外と予想していたので、天幕、食料、その他一切が不足してきた。我々は三日目にようやく天幕をもらった。

二十五人入りの天幕へ八十人以上も入った。勿論土間にひっ付き合ってごろ寝だ。

糧秣不足

投降して二日間は毎日白米二百グラム宛で大満腹だったが、続々と人員がふえるので、糧秣の補給がつかず、半減、半減と減らされだした。山で芋を腹一杯食べて、一日中バナナを食べたり、鶏を捕えたり、食うことばかりやっていたのが、少量の米だけしか与えられなくなったので、その苦痛はひどかった。土人達が柵の所へ来て、我々の被服をほしがって、バナナやマイス、米、鶏等を持って交換してくれという。背に腹はかえられないので、皆交換を始めた。米兵も面白がって、この柵越しの交換を見ていた。土人の中には、我々のシャツを持ち逃げする奴もいた。すると、米兵が追いかけて行って捕え土人の持っているバナナを全部取り上げ、我々の所へ投げ込んでくれたりした。

米兵は我々の持物、ことに国旗を土産にほしがり、これは煙草と盛んに交換された。我々の顔さえ見れば、「ヒノマル」「ハタ、ハタ」等いって、交換を求めた。

糧秣が不足なので、米軍としては絶対にやらぬことなのに、米軍は夜中にズマゲテまで自動車で取りに行ったり、現地物資をリッチモンドのポケットマネーで買ってきてくれたり、誠意をしめしてくれたので皆腹がへっても我慢した。

サンカルロス。柵越しに将校が日の丸を米軍歩哨の煙草と交換するの図。ちと、どうかと思う。

所持品検査

全員の所持品を芝生の上に並べ、所長の検査を受けた。将校と兵とに二分され、将校の方へは将校が来て検査した。双眼鏡、磁針、地図、写真機等は全部取り上げられたが仲々紳士的だった。

柔道模範試合

ここの部隊は落下傘部隊なので柔道の受け身に非常に興味を持っていた。ストッケード内には、四段、五段という様な高段者がいたので、彼等の希望で模範試合を見せた。熱心に見物していた。終りに米兵の誰とでも試合に応ずるといったが、誰も出てこなかった。

収容所の組織と行事

第六航空通信の中谷部隊長がPWの長で、作戦室（本部の事務をする所）、連絡室（通訳がいて米軍との交渉をする）、計理室（糧秣関係）、医務室に分かれ、その下に六航通一中〜三中隊、今井部隊、瀧田部隊、正角部隊、坪井隊、海軍、女子（台湾人女）等に分かれていた。

一日の行事は、六時起床、点呼、皇居遥拝、軍人勅諭奉誦、体操、朝食、各中隊命令会報、薪取り、海水汲み、タンコン採り。昼食、薪取り、タンコン採り、命令会報、糧秣受領。夕食、点呼。これで一日は終わるのだが、命令会報は、作戦室からサンカルロス作戦命令第何号という要領で出される。戦争に負けて捕虜になってから、作命が出るのだから愉快だ。

戦争が終わって、敵襲も爆撃もないので、皆ボオーとしているうちに半月はたってしまった。

将校には当番兵を付け、敬礼は厳正で日直の上下番の申告等あり、平時の兵営そのままの生活だった。(他の島の事を聞けば、将校と兵の間が離反して色々な問題があったようだが、六航通が山の生活で少しも軍規が乱れていなかったため、こうした旧秩序が保たれたのだ)

米兵との物品交換会

米兵は我々の時計、万年筆、国旗、千人針、軍帽、水筒等をほしがった。我々は食べ物、煙草がほしかった。それで米兵と初めは公然と交換していたが、交換禁止になった。その後、米兵の要求で時間を定めて、作戦室の前で交換する事になった。時計とバナナ三十本といった様な率で交換された。米兵もこうなるとなかなかずるい奴が多い。時計や万年筆が次々煙草やバナナに変わっていった。

所長の好意で内地へ手紙を出すことが許された。

所長交代

リッチモンド少佐の率いる落下傘部隊は東京に進駐したので、歩兵部隊が代わって来た。所長は中尉で、丈の低いガッチリした鬚の濃い男だ。彼の長兄はバタンの捕虜となり死に、次兄は潜水艦でやられたというので、日本人を初めから非常に憎んでいた。前の所長とは雲泥の相違だ。今まで大目に見てくれた、柵外の土人との交換は厳禁され、交換するとすぐ発砲した。土人の子供が米兵の目をかすめて交換に来るのを、歩哨が本気で射撃した。

糧秣の不足を、この柵越しの交換でいくらか緩和していたのに、弱ったことだ。

柵越しの交換禁止後は、薪取り、タンコン採りの時柵外に出るので、この時米兵にかくれて土人と交換をやり、薪の間にバナナやマイスをかくして持ち込んで来た。然し、これも厳禁されてしまった。土民は我々との交換をよろこんで、我々の行く所、必ず食物を持って陰のごとく現われてきた。

赤子を抱く兵隊

投降後三日目だったか、土人の女が赤子を抱いて柵内をしきりにのぞき込んでいた。そのうちに、大勢の兵隊の中から彼の夫を見つけたのか、米兵にたのんで彼を呼んでもらい、鉄条網の間から赤子を柵内に入れてもらった。兵隊は涙を流して赤子を抱いていた。この兵隊は、米軍上陸までサンカルロスにいたという。

糧秣飢饉

ここへ来てから糧秣を腹一杯食べたのは投降後二、三日の間だけで、その後は段々に減り、新しい所長になってからはめっきり悪くなり、唯の百グラムの米で二日間暮らせというような事になり、土民との物々交換も厳重に取り締られたので、みな体力はめっきり衰えた。栄養失調で死ぬ者が続出した。朝起きたら隣の男が死んでいたというようなこともあり、一日に平均七人も死亡者が出た。自分も腹がペッコリとへこんでしまい、生命の恐怖さえ感ずるようになった。幸い、タンコンが沢山あったので、これでどうやら命をつないでいた。山の生活で人情味をすっかり失った者が捕虜になり、多少常人に返りかかったのが、また逆にもどってしまった。人の食物を盗んだり、かくれ食い等、盛んに行なわれた。収容所内の草原で、バッタ、蛙を捕え食べる者もあった。

大雨

この収容所には、排水溝も何も掘っていないのに、大雨が七日も続いた。天幕生活で大雨は禁物だ。所内は水田のごとくなり、天幕の内も水浸しで寝る所も無くなった。やむなく、小高い所へ枕木を集め、その上に鳥が止まるごとくにして寝た。蟻も居所がなくここへ集まって来るので、処置なかった。

便所

広場の中央に穴を掘り、それに大小便をするので、蝿はわき放題、消毒薬など少しもくれないので金蝿が極度に繁殖し、下痢、アミーバ赤痢等の患者が続出した。チブスやコレラでも発生したら全滅だ。我々をこうして殺す気かとさえ思われた。

懲罰

土人との物資の交換は厳禁されていたが、腹が減るというより生命の恐怖さえ感じているので、交換は盛んに行なわれた。六航通の兵隊が米兵に現場を捕えられ、その中隊全員は二日間の絶食が命ぜられた。三時間ごとに米兵がきて点呼をやった。みな恨み骨髄に達

サンカルロス。武田大尉水浴を忘れ、蛙を捕えんとしてはたさざるの図。

サンカルロス。大雨に天幕内水田の如く、寝る所なく木の上に二夜をあかす。

した。

糧秣の増加を所長に願えば、「お前たちそんなに腹が減るなら、なぜ戦争に負けたのか」といい、二言目には、「お前たちは捕虜だ」という。鬼の様な奴だ。親切な米兵に会えば、戦争に負けたことを自覚し、もう戦争などはせんぞと思うが、悪い米兵に会えば復讐心というか、今に見てろという気になる。

虱

山の生活以来の虱は、主人公たちの栄養不良にはかまわず、猛烈な繁殖をし丸々と血を吸って太っていた。ひねり潰した時出る自分の貴重な血を見ると、実におしい気がする。毎朝起きると虱取りだ。十四位つかまえる。

日向で虱取りする姿は余りにも国辱的だというので、米兵に見えん所で虱を取るよう、作戦命令が出た。

米軍牧師

糧秣不足、懲罰断食等で、みな腹が減っている時、米軍牧師が来て、キリスト教信者を集めろという。伝令が、「キリスト教患者集合」とどなっている。久々に吹き出す。集合者には日本語の新約聖書をくれ、これを我々に朗読させて帰ろうとした。その時、中川少尉が、「牧師さん、米国は立派なキリスト教国だというのに、我々捕虜に現在のごとく餓死者の出る様な飢えた思いをさせている。これはキリストの愛の教えに背かんか」と質問した。牧師は、「米国人の全部がキリスト教を本当に信じてくれたなら、皆さんにそんなことをしないでしょうが、米人の内にも、キリストを信じない者がいるので止むを得ません。神様にお腹が減らんよう、お祈りしましょう、アーメン」といって逃げ帰った。聖書は米国で印刷されたもので、米国もなかなか準備が良い。この聖書は後に煙草の巻紙となった。

その後、糧秣は少しも増加しなかったところを見ると、牧師の祈りは効果なかったとみえる。米国はキリスト教布教の大きなチャンスを失った感がある。

独系米兵の話

独系米兵で、非常に我々に好意を示してくれたのがいた。米やバナナの差入れをひそかにやってくれたり、比人が我々に悪口をいうと発砲して、本気になって土人を懲らしてくれた。彼は化学者だという。彼曰く、「日本は今度の戦争で、二回勝機を逸した。

その一つはハワイ攻撃に次ぎ南方の資源地帯など攻撃せず、米本土をなぜ突かなかったのか。あの時、米本土には飛行機は少なかったのに……。次は、ニューギニヤの戦闘で、なぜもっと頑張らなかったか」……「日本がこの戦機をつかめば、世界の歴史は変わっただろう」。そして我々に、「米国の世界制覇はどの位続くと思うか」と問うた。「相当長い間続くと思う」と答えると、「余り永くは続かんと思う」といった。

講演、演芸会

夕方には講演会が時々催された。神屋氏の「天文の話」、桐生氏の「日本神話」、口分田氏の「村長の話」、佃氏「農産加工」、戸矢氏「砂糖」、自分は「犬の話」をした。演芸は各中隊から名人が出てやった。今井部隊の前川上等兵の歌は実にすばらしく、米兵も聞きほれていた。

ネグロス嵐

中谷部隊長作の「ネグロス嵐」(戦線回顧)の発表があり、前川上等兵が歌った。なかなか山の感、敗戦の感の出た良い歌だ。

一、森も貌《かたち》をあらためし
　　新戦場の草枕

露の寒さに目覚むれば
友のみたまか十字星
木の間がくれにほのかに消ゆ
回首　寂寞　新戦場
悲涙　哀痛　尚存胸

二、
風腥き戦場に
つきぬなごりの虫すだく
告ぐる命のその音さえ
いまわの戦友の声に似て
男泣するジャングルの中
刀折　衣破　糧既尽
秋風　寒膚　蝮河行

三、
破れ衣に血が滲む
何処の果てに散らす身か
杖にまかせて越えて行く
マンダラガンの峻嶮に

今日も吹くかやネグロス嵐

移動

山から降りる時は、投降すればすぐサンカルロスから船に乗り、日本へ帰るくらいに思い、投降しないと船に乗りおくれると思っていた。ところが、投降後一ヶ月たっても帰れそうもない。そのうちに、我々はレイテに連れて行かれることが分かった。こんな地獄のような所からは、一日も早く足を洗いたいものと思った。

十月十九日出発と決定した。早朝から人員の点呼があった。米軍の将校や兵隊が来て数えるが、なかなか人員が分からんと見える。五列に並べて数え、未だ不安なのか五人宛、数を読んだ者を向い側にやったり、実に計算力というか、暗算力の無い連中だ。半日もかかって人員の点呼を終った。腹が立つやら、おかしいやら。こんな頭でよく戦争に勝ったものと感ずる。

午後二時、絶食道場の様な思いをさせられた収容所の門を出た。これで死の恐怖からのがれたような気がする。港まで、サンカルロスの町を歩かされた。比人たちが道の両側にズラリと並んでいる。手を振って、「サヨナラ」「サヨナラ」とさけぶ者がいるかと思えば、首を切るまねをする者、憎悪に満ちた表情で、「パッチョンゾー」という者等もいた。桟橋には千トン位の上陸用舟艇が二艘横付けになっていた。星条旗が飜っている。米国の軍艦に乗せられるとは、国を出る時は夢にも思わなかったのに。一艘に四百人位宛て乗せられた(我々は第二艇団、第一艇団は二日程前に出発した)。戦車や自動車を満載して船ごと海岸にのし上げて、船の舳先が開いて、そこから戦車が飛び出すという様式の船なので、乗組員のいる所以外は屋根も何もない青天井だ。我々はこの戦車を載せる所へ入れられた。鉄板の上へごろ寝だ。雨でも降ったら困ると思いながらも、舳先の方へ座を占める。

四時頃出港、ラジオでジャズをやっている。久々に聞く音楽だ。八時頃、心配した雨が来た。びしょ濡れになりながらも寝てしまう。朝食を食べようと飯盒を開けば、虎の子の弁当が盗まれている。残念だがしかたがない。

正午、タクロバンに着く。上陸用の舟艇なので、いきなり砂浜に乗り上げた。舳先の戸が開き、あゆみ板が出て、そこから足を濡らすことなしに上陸した。今まで船の中からは外の景色は全く見えなかったので急に砂浜の強い光線の所へ出て目がくらむようだ。ここが日本の運命を決したレイテ海岸だ。さぞ激戦の跡がものすごいだろうと思っていたのに、砲火に焼けた椰子林が電柱の様に林立しているのと、所々の山肌が赤くなってはげているだけだ。古戦場の面影は少なかった。なんだ、これでも戦ったのかというような気がした。一ヶ年の間に、戦場にこうも草が生えたのかとも考えたが。海岸は実に膨大な物量の山だ。

サンカルロスからレイテ島タクロバン海岸まで、こんな上陸用の舟艇で輸送された。

海には艦船が何百とあり、陸には水陸両用車、戦車、トラック等が何千台と並んでいる。これでは負けるのも無理ないと思う。命を捨てて、この自動車を一台爆破した戦友が気の毒になった。ここでMPが来て、再び点呼をとった。

トラックに乗って収容所に向かう。途中は土民などが口々に、「バカヤロー」「ドロボー」「パッチョンゾー」「コノヤロー」などと、嫌悪の感情をこめた声でわめき立てた。石が投げつけられる。サンカルロスとは大変な違いだ。余程ここの日本軍は土民をいじめていたに違いない。土民の浴びせる悪口は、皆日本軍が教えた言葉ばかりだ。自ら教えて、自ら罵倒される。身から出たさび、大東亜共栄圏理念の末路、猛反省の要ありだ。敗戦の悲哀を身にしみて感ずる。石をぶつけられながら第三収容所に着く。途中の物量の山と、良く手入れされた道路、天幕の数の多い事等に驚きながら。

レイテ第三収容所

十月二十日午後二時半、海岸から大分離れた第三収容所の前に降ろされた。将校と兵隊とに分けられた。点呼を受ける。日本人将校がやるので、実に気持の良い程早い。ここに我々より先に来た連中は皆、米軍支給の服を着ていて、背中とズボンにペンキでPWと大きく書かれていた。余り良い気持がしない。皆丸々と肥えて、油ぎっている。ちょっと見ると支那人の様な感さえする。米軍上陸以来、日本人とはやせ細って眼ばかりギョロギョロした人種のように思っていたのに。

ここでは、収容所といわずストッケードといっている。外柵は椰子丸太が高々とそびえ、厳重にバクド線で張りめぐらされ、忍び返しさえ付いている。所内は碁盤の目の様に、整然とした道路、下水、天幕、便所、水浴所、炊事場等。サンカルロスから来た者には、驚くことばかりだった。案内の将校に導かれ、服装検査を受けに行く。PWがミキサァーを運転して、コンクリートの下水路を作っていた。山で別れた時は、死の一歩手前まで行っていた山田氏に声を掛けられた。すっかり太っていて、元気になっていた。検査の時は色々のものを取り上げられるから、預かってあげるといわれたので、時計、その他の貴重品を預けた。

広場に一列に並ばされ、裸にされ、水浴させられ、新しい被服と靴を着せられた。そのかわり、今まで着ていた服や持って来た服は全部焼かれてしまった。これで永い間血肉を分けた虱とは、完全に縁が切れてしまった。清々した。

次に寝台、毛布、蚊帳をもらった。天幕が決められた。佐官は一人用の天幕へ、大尉は二人用、少中尉は大きな天幕に入った。

夕方Cレイションー組をもらう。これが晩食だ、投降の日、Kレイションをもらって以来、初めてのレイションだ。実にうまいものだと感心した。日本の携帯食品とは大分違う。便所は米軍独特の共同便所、清潔になっていて、蝿一匹いない。サンカルロスの野糞のかたまりに、蛆のかたまりの様な便所とは天地の差だ。

炊事場の立派なのと、パン焼カマドまであるのには感心した。

この日は演芸会があるのか、安来節が聞こえてくる。つかれているので見にも行かず、山田大尉に、「ネグロス嵐」の歌を教わる。コーヒーにうかされたのか、慣れない寝台に蚊帳など張り、急に文化生活に入ったためか、少しも寝つかれず閉口した。

二十一日、すがすがしい朝は明けた。所内の椰子が美しい。朝食は、パン、バター、ミルクなり。ここの物は、何を食べてもうまい。ただ、この倍もあればと思うだけだ。

八時から捕虜登録が始まり、九時頃やっと順番が来た。米兵がいて、身長、体重を測った。体重は一〇七ポンドだった。やせたものだ。次に生年月日、学歴、移動の月日、家族、本籍、現住所等を日本語のすばらしく上手な米人に直接尋ねられた。「貴殿の家族はどこにいますか」というので、「沼津市」というと、「県、郡、町という様な順でいって下さい」……これには驚いた。こんな調子で身上調書を取られ、これが済むと、将校は全部将校だけの第二ストッケードのAに移ることとなった。

第二ストッケード

第二ストッケードは第三のすぐ近くなので、昨日もらった寝台や、寝具をかついで行った。ここで、山以来ずうっと当番をやってくれた堀内に門の所で別れた。

ここは第三程大きくはないが、同じ様に整然としていた。入口で米軍所長の訓辞と、服部中佐の注意を受けた。

玉兵団の将校のいる幕舎へ入れられた。幕舎には、玉兵団の参謀長の○○大佐、副官等二十二名いた。

ここの生活は、朝食後所長の巡視があり、あとは所内の清掃だけで、朝から麻雀、碁、将棋、バレーボール等をやり、みな遊びふけっていた。

食器の清潔、天幕内の清掃、寝台の線の整頓、蚊帳毛布のたたみ方、靴の置き場所、清潔、点呼時の整列等、実にやかましかった。大隊長の服部中佐は、所長に叱られんように、日に何回も所内を巡り、やかましく世話をやいた。小型観測器の称があった。

公衆道徳の欠如した日本人再教育には、良い機会だ。

農業講座

麻雀、花札に遊びふけっている者のほかに、向学心の旺盛な人も多かった。これらの人々が講演部を作り、専門家にいろいろの講演をしてもらうことになった。農業講座、政治経済、文学等、いろいろの講座が開かれた。農業講座には、東京農業大学の元助教授の口分田氏がいたので、内容が豊かだった。自分は農産加工醸造の常識につき話した。人造肉の話は、大勢の興味を引いた。受講者は、今まで社会で一般職業についたことのない、職業軍人が最も熱心だった。全講演を丹念に筆記していた。

将校キャンプには、これという程の使役がないため、一日中眠り続ける者、馬鹿のごとくボーとしている者、遊びふける者、餓鬼のごとく食をむさぼる者等、様々だった。

各地から将校が続々と来る

このストッケード内には、終戦前に捕虜となった将校が二つの天幕に五十名程入っていて、他は各兵団別というように、昔の編成通りに入っていた。各地から将校が新しく入って来る。将校行李等を持って、少しもよごれていない服を着てくる者、ぼろ服の者、丸々と太った者、栄養失調の者等、様々だった。

ネグロスから来る連中が一番やせているようだ。

各地の戦闘の状況が聞かれるようになった。

謡曲

詩吟、謡曲も盛んとなった。謡曲は同好の士が幕舎内でやり出したが、若い連中にいやがられるので別に幕舎をストッケードの隅に建て、そこでやりだした。今日は観世流、明日は宝生流というようにやっていた。謡曲の本をここまで持ってきた風流人の心がゆかしくなる。

朝から大勢で声を揃えて謡い出すので（謡曲の天幕は見張りやぐらの下にある）、ガードがすっかり参ってしまい、謡曲禁止令が出た。謡曲はどこへ行っても、一般に嫌われる傾向がある。

帰国

十一月上旬から兵隊達がどんどん帰国し始めた。第三収容所は閉鎖され、天幕、寝台、被服等にガソリンを掛け、片端から燃やしている。さすが物持ちの国、アメリカだけのことはある。将校はいつ帰れるか分らない。

十一月五日、第二ストッケードAから隣のBストッケードに全員移動した。今度は、高等官軍属だけが二幕舎に入った。老人ばかりで、口ばかり達者だ。働く人が少ないので、手に負えぬ。

珍しく、じつに珍しく夕食を食器一杯くれたので、さっそくおらが幕舎で演芸会を開催。ねそべって楽しめるのが何よりなり。

十一月十三日、再びAストッケードに移動した。今度はネグロス島ズマゲテの尾家部隊の将校幕舎に、神屋氏と入れられた。ここには陣内少尉、四家中尉等俳句の宗匠がいたので、俳句入門をした。

映画

ストッケード前の広場で映画をやってくれることになった。「日本人看護婦等も見に来るから、絶対に話をしてはいけない。話をすれば映画を中止する」と米軍から注意があった。映画は天然色のものだった。戦前のそれと比較すると、格段の進歩だ。戦争中も米国は映画でさえこんなに進歩しているのに、日本の文化的方面を考え合わせて見て、ここにもまた、敗戦の因子があったように思われた。映画は南北戦争物と、西部物で内容は旧態依然たるものだった。「リンカーンが画面に現われたら、全員拍手せよ」と注意があった。実にいやな気がする。米国も、案外変なこだわりがあるものと思う。

婦人ストッケード

将校ストッケード唯一の柵外作業として、婦人ストッケードの使役があった。毎日十五名宛出役した。十一月二十五日、この使役が当たった。婦人ストッケードには、看護婦

（帰国していなかった）、邦人婦女子、台湾、朝鮮の慰安婦、日比混血の女、日本人の妻となっていた比人、日本に協力した比人女等、各三百近くが収容されていて、所長は米軍の女中尉だった。バクド線には、マアータイが張られ、中が見えんようになっていた。久々に女を間近に見る。別に大した感激もない。慰安婦達が、太股を出して、寝台にあおむけにひっくり返っているのを見ると、吐気を催すようだ。

作業は所内の清掃、残飯捨て、ゴミ焼き、炊事場の清掃までは良いが、便所、水浴所の清掃までやらされるのには腹が立った。女を大切にする米軍のやり方とはいえ、一度も世話になったこともない慰安婦の便所掃除まで、しかも、「女の入っている時便所清掃に入れば射殺する」とおどかされながら。敗戦の感が身にしみてこたえた。良き試練とあきらめて、コツコツ掃除を始めた。すると、邦人の四十歳くらいの婦人が「お気の毒ですね。ご苦労さま」とレイションを二かんくれた。又、比人の老女からカステラーを、朝鮮婦人からレイションを、台湾婦人からアンズというふうに、方々でご馳走をしてくれた。ここの規定としては彼女等と口をきいても、物をもらってもいけない事になっているので、看護婦の出て行った、空いた天幕の中でご馳走になる。将校キャンプの糧秣は常に少なく、みな慢性飢餓症状を呈していたが、婦人ストッケードは食べ切れない程の糧秣が渡っていた。炊事場のオバサンは握り飯を作ってくれた。久々の握り飯も実にうまかった。十二時、昼食に帰る。出口に米兵がいて、服装検査だ。さっきもらったレイションを、ポケットと上着の下に忍ばせたが、発見され取り上げられた。「ノー、グッー」といわれただけで済んだが、お土産の大戦果を取り上げられ、シオシオと帰る。それでもズボンの内に忍ばせたレイションだけは助かった。

午後は要領を覚えたので、帰途、炊事のオバサンからもらったバター一かんを巧みにかくして帰った。米兵などチョロイものだ。

子供達が大勢いて、比人の女に上手な日本語で「ABC」を教わっていた。十九年の九月にはオルモックの小学校や隣組で「イロハニホヘト」が教えられていたのに、時代は変わる。感無量だ。子供達が、「兵隊さんのおかげです」の歌を元気に歌っている。皮肉な感に打たれる。無心の子供達を見ると、輝行や紘行の事などが思い出され、里心がついた。

第二回目に再びここへ使役に行った時は、物置小屋の中へ何か小鳥の様なものが入って行くので、そっと近づけば、マニラロープをたばねた上に、鶉《うずら》が卵を産みに入っている。山で鍛えた腕で難なく取りおさえた。久々に新鮮な肉の焼鳥を食う。

親心

この日、婦人ストッケードへ一緒に行った将校の中にセブから来た人がいた。すると四十歳位の婦人が、隅の方でこの将校に何かかきくどいている。その内に、泣きくずれてしまった。後で話を聞けば、セブの戦闘で邦人婦女子を連れて山へ入ったその時、敵に包囲され、子供は足手まといになり、部隊の行動が敵に知れるおそれがあるというので、赤子や子供を毒殺したり、刺し殺したりした。その時は、親達は状況上やむを得ないとあきらめていたが、レイテの婦人ストッケードに来て、方々の島々から送られて来る人々の中には、大勢の子供を連れている人があるので、あの時、子供を殺さずとも何とかなったのではないかと悔んでいたところへ、子供を殺すように命令を出した将校が何の気なしに使役に行ったのだからたまらない。将校にしても上からの命令か、状況上止むを得なかったのか知らんが、時局がこう落ちついてみれば、やはり良心的には大分苦慮していたところなので、その後すっかりやつれてしまった。この事件が米軍に知れ、彼は戦争犯罪者として連れて行かれた。

戦争犯罪者

人類の敵「戦争犯罪者」が、米軍の手でどんどん検挙されだした。自分は、どう考えても戦争犯罪とは丸きり関係ないので安心だったが、多少でも心あたりのある人々は、気が気でないようすだった。尾家部隊長、山口部隊長、大西部隊長等、各地の警備隊長級がひっぱられだした。戦況上やむを得ずやったことや、我々が考えれば、戦争犯罪でも破廉恥罪でもない事で引かれる人もいたが、日本軍が勝ったとしても処分せねばならん様な人非人も大勢いた。これらの人は隣の第一ストッケードに入れられ、その中でも犯罪の確定した人は、また二重柵の中に入れられ、棍棒を持った米兵に常につきまとわれていた。これを棍棒組といっていた。

その内に、犯罪に関係のない者でも、名前が同じだったり、勤務先が憲兵隊だった人は、どんどん連れて行かれるので、不安は誰の上にもかかってきた。

尾家部隊長等、常に大精神家をもって自認していた人が、いざ引かれるとなると部下将校に罪を転嫁し、大勢の人を引っぱり込むなど、人間の弱さを暴露し非難ゴウゴウとした。

帰国

十二月十五日、高等官軍属と見習士官は帰国と決まった。大喜びだ。皆から手紙等託され、意気揚々と船待ストッケード（第四）に移った。そこは、病人と退院者のいる錬成隊と、船待者の三つに分かれていた。乗船番号が決められ、衣服の整備等が行なわれた。ここは次から次へと船に乗る人が一晩か二晩泊まるだけなので不潔なことこの上なしだ。日本人の公徳心は零だ。甚だしいのになると出がけに寝台の上に大糞をして行く奴さえある。

二、三日で出発と聞いたが、一向乗船の気配がない。本部の米兵に問い合わせれば、お前たちの乗る船はもう出港した、あと一ヶ月もすれば次の船が来るだろうという。一同がっかりする。

その内に、第二ストッケードが閉鎖されるというので、将校が全部ここへ移ってきた。当分ここに落ちつくこととなり、所内は清潔になってきた。

気狂

第四ストッケード内に精神病棟がある。十数名の狂人がいる。天下国家を論ずる者、科学の重大性を語る者、又、「B24は目下帝都爆撃中、東条は何をしているのか」等叫ぶ者あり。ここにも、戦争の犠牲者の群れがいる。

狂兵は柵にすがりて空ごとを吾に語りて悲しかりける（山本）

傷病兵

レイテには、全ミンダナオ、全ビサヤ地区の将兵が何万と集まったが、手足、ことに足を失った者は少なかった。それは戦争で手足を失った者が少なかったのではなく、負け戦なので傷病兵のほとんどは病死か、自決、他殺されてしまった。それで例外的な者以外は

レイテ収容所内の御殿（60〜70 人寝る）。仔犬、猫も飼っていた。

来ていないので、見た目には少なく感ずるのだ。

初外業

十二月十九日、初めての外業が課せられた。暗いうちに朝食を済ませ、幕舎で待っていた。「外業者集合」がかからんので、良い気になって幕舎にころがっていた。八時頃所長のグリンピース中尉が棒切れを振り振り、カンカンに怒ってやって来た。外業者が時間に集合しないで、サボタージュをやっていると思ったらしい。

広場に整列させられた。雨がシトシト降りだした。外業の時間に遅れたという理由で雨の中に、「一時間の不動の姿勢で立っていろ」という。通訳が交渉したが、聞かれなかった。五列横隊で約百名がこの刑に服した。腹は立つが仕方がない。暁星（暁星高校）時代、仏人教師に毎日のように立たされた者を思い出し、なつかしくなってきた。隣の男が、何か雨ガッパの下でゴソゴソやりだした。レイションの缶を切り、菓子をだして、コッソリと食べ出した。小学時代、立たされながら鯛焼を食べて撲られた事を思い出し、吹き出しそうになった。「不動の姿勢中動く者あり」と再三注意された。

どうやら懲罰が済み、自動貨車に分乗、タクロバン海岸へ向かう。二十名一組となって、米兵が一人カラパイン銃を持って監督に付く。奴隷になったような気がする。

第一の作業は海岸の渚の掃除だ。波打ちぎわへ寄せられたゴミを拾って焼き捨てる、切りのない仕事だ。次は砂浜に臨時に作られた便所の糞の付いた紙だけを拾って燃せという。敗残の悲哀をしみじみと感ずる。次に砂の中に埋もれたワイヤーを引き出す作業だ。力が不足でなかなか出ないで困っていた。米兵は、「ラスコラスコ*、ハバハバ」という。通り合わせのジープが止まった。米軍の少佐が降りて来て、ワイヤーの端をジープに結び付け引っ張ってくれた。有難く思った。日本の将校には、こんな親切な者はいない。

これで昼飯となる。タクロバンの港で大きな汽船を見ながら、レイションを食べる。午後は波打ちぎわの砂浜の上にレイキを掛けさせられた。馬鹿馬鹿しい仕事だ。さぼれば、「シゲシゲ**、ハバハバ」という。いやなガードだ。海を見ると千本浜がなつかしくなってきた。四時、ようやく作業を終わり、自動車でストッケードに帰る。初外業、散々の目に合う。

この話を神屋氏にしたら（神屋氏は老人だから外業が無い）、

かがり火に顔照りはえて朝餉《あさげ》する

砂浜に芥拾へば藻もありて

郷里の春の香寄する渚かな

*レッツゴーがラスコと聞こえた。

**タガログ語で、「いそげ、いそげ」「早く、早く」などせかす意味の言葉。

外業二

初外業にすっかりおどかされたので、第二日目からは早すぎるくらいに早かった。自動車に乗るまで、二時間も待たされた。八時頃第一一七病院へ二十名行く事になった。

今日のガードは銃を持たず感じがよい。塵捨場の空缶をつぶしてガソリンを掛けて焼く仕事だ。米兵が先に立って汗を流してやるので愉快だ。タバコを皆にくれた。このガードは、カリフォルニア生まれの百姓だという。子供はいるが、もう決して兵隊にはしないという。

午後は庭の草取りだ。夢中になって草取りをしていると、米兵自ら高い椰子の樹に登り、椰子の実をとって、皆に一つ宛くれた。土人に椰子の実を取らせた事はあったが、文明人に取ってもらった椰子の水は、また格別の味がした。さすが農民は、洋の東西を問わず人が良い。今日の外業は疲れたが、愉快だった。

サアマール島から新たな投降兵

十二月十七日に、痩せ衰え、ややむくみを帯び、真黒に日焼けして、若者とも老人ともつかず、目ばかり野獣の如く光った五百羅漢の群れが入所してきた（七十名）。軍規は厳正だ。サアマール島から来たという（塩なしの生活のレコード）。身体がすっかり衰弱しているので、小柄の人間ばかりのように思われた。山の生活は言語に絶するものがあったという。人間狩りをやって食べたという話さえしていた。投降がもう少し遅れたら、栄養失調で皆倒れただろうと言っていた。

クリスマス

十二月二十四日の夜、隣の兵隊が外業先から豚の生肉を二貫目程取ってきた。そのおすそ分けにあずかる。陣内少尉、中川少尉、神屋氏、島川司政官と五人でささやかながらも自分の寝台の上で、クリスマスの会食をやった。ＰＷの身としては、分に過ぎたものだった。

戦争犯罪容疑者

十二月二十五日、将校二百名が戦争犯罪容疑者として、第一ストッケードに移される事になった。中川少尉、その他大勢の知人がいるので、門の所まで行くと、突然本部の人がきて神屋と自分も容疑者になったので、すぐ第一に行けという。晴天の霹靂だ。見送りどころでない。神屋を探して二百名の人達と船待ストッケードを出た。どうせ罪はないが、当分帰国できない。情けなかった。二重に鉄条網の張りめぐらされた第一ストッケードの門を夕暮れにくぐった。

戦犯容疑者ストッケード（第一ストッケード）

一度ここへ入ったが最後、当分は帰れん事は分っているので、ここの住民は皆落ちついている。それぞれ永久的設備がほどこされていた。大きな演芸場もあり、住家は天幕でなく、ニッパぶきの立派なものだった。この中の住民となる新入りの将校だけで一ヶ中隊が編成された。二、三日後、第四から四百名の将校が容疑者として入って来た。初めはどうなる事かと心配して落ち着かずにいる。二、三日前の自分達の姿を見るようだ。住めば都、落ち着いて見れば、案外住みよい所だ。負けおしみもあるが。

ここには、台湾人、朝鮮人、比人、邦人、兵隊、将校、終戦前の投降者、重犯等、いろいろの人種が雑居しているので、一種特別の雰囲気があった。

栄養失調

山の生活で、糧秣は欠乏し、過労、長雨、食塩不足、栄養不良、それに加えて脚気、下痢、アミーバ赤痢、マラリヤ等により、体力が消耗しつくし、何を食べても一向回復せず、いや養分を吸収する力が無くなり、というより八十歳位の老人の如く機能が低下している。いわゆる栄養失調患者が相当数このストッケードにもいる。所内をカゲロウの如く、フラフラと歩き回っている様は、悲惨なものだった。食欲だけは常に猛烈だった。これは食べねば回復しないという意志の力も手伝っているようだが、少し多く食べればすぐ下痢をおこし、また衰弱する。それでも食べるので下痢も治らない。常にガツガツしている様は、餓鬼そのものだ。自制心の余程強い人は良いが、そうでない人は同情を強要し、食物は優先的に食べるものと一人決めしているのが多い。軍医氏の話によれば、「栄養失調者は、身体の総ての細胞が老化するので、いくら食べても回復しない。それに脳細胞も老化しているので、非常識なことを平気でやるのも無理はない」という。なるほどと思われる解説だ。

この栄養失調者の群れが、ゴミ捨場に膨脹缶を、炊事場に残飯をあさる様は、惨めなものだ。後に彼等だけに二倍の食が給与されるようになった。

若い兵隊等はそれでも回復していったが、年の多い将校等の中には、いつまでも回復しない人が沢山いた。

いずれにせよ、この栄養失調者の群れは、同情されぬ人が多かった。

膨脹缶拾い

米軍から二日置きに糧秣が支給になる。米、小麦粉、それに沢山の缶詰が。缶詰の内には、破損したり、外見の錆び付いている物、腐敗した物が相当ある。これ等はまとめてゴミ捨場に捨てられる。すると、沢山の人間がそれを奪い合って拾う。これを「膨脹缶拾いの人種」という。これ等捨てられる缶詰の中には、少数の食に堪える物が混じっている。これが彼等のねらいだ。「膨脹缶を拾わんで下さい。見苦しいですから。又、あたれば死にますよ!! おなかがそんなに減っているなら炊事であげますから」と係員が怒鳴っているが、一向やみそうもない。

この膨脹缶拾いの人種を分類してみると、

一、栄養失調の人

二、丸々と太っている人(生活力旺盛型の人で、野卑な目付きの人であり、いくら人にののしられても平気な人)

三、一見普通の人(少数)

特に付け加えておきたいことは、これ等の人種の内の大多数は老人、将校だという事。鼻下に美髭を貯えた、丸々と肥って、常に卑屈な笑いを浮かべ、「将校の体面にかかわる

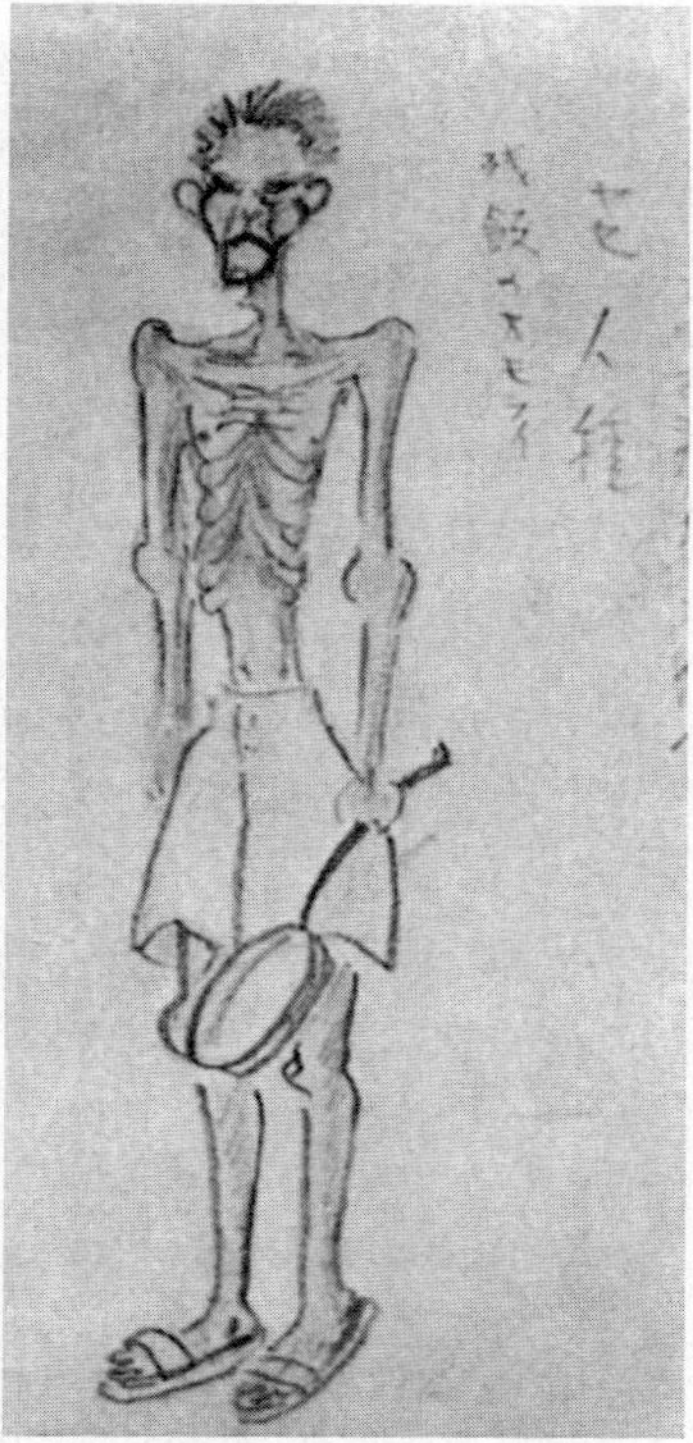

ヤセ人種のおもらい。

から、やめてくれ」といくら注意されても平気な主計大尉もいた。

煙草拾い

煙草の配給が長い間ないので、愛煙家は堪えられぬらしい。米人と時計などの持物と交換していたが、種もつきれば、外業に出て米兵の捨てる煙草の吸いさしを恥も外聞も忘れ奪い合い、拾い合う。これは膨脹缶拾いと違って、大がいの人がやり、同情に価するようだ。

煙草の支給があれば、煙草拾いはピタリと止んでしまう事は妙だ。それでも、多くの人が拾わん時にせっせと拾い集めておかんと後で困ると、大きな袋に一杯持っている人がいた。この人は金を貯める人だと思った。

二世の米兵（日本人）に、煙草拾いなど日本人にやられると、我々の肩身が狭いからやめてくれ、というのがいた。そんな人に限り、一本の煙草もくれず、煙草の支給になるよう尽力してくれる人でもない。

煙草もらい

煙草を吸わん者は、この点気楽なもので、煙草拾いの様を静かにながめる事ができる。

外業に出た時、米兵に煙草をくれといえば大概くれる。無ければ空のケースを見せて、申し訳ないような面をする。人の良い米兵気質だ。かなりケチな米兵でも、彼等が煙草を吸おうとした時すかさずくれといえば、必ずくれる。こんな点には、なかなか抜け目がない。気のきいたガードは、一日に四、五本の煙草を請求せんでもくれる。相当に年をとった身体付の頑丈な男は、気前が良い。青白い神経質な男は、概してケチだ。

心臓さえ強ければ、米兵がいるので煙草には不自由せんようだ。

パンパンピクチュアー

米兵の好色につけ込んで、春画と煙草を交換する事が盛んに行なわれた。画家には、沢山の煙草が入るようになった。一幕舎に一人位は、この春画師がいる。随分いかがわしい絵が多い。

帰国を前にした米兵は、この絵を集めるのに夢中だ。米軍の看護婦等にこの絵を売りつける、強心臓PWもいる。彼女等は平気で沢山の煙草をくれる。なかなかの上客だという。美校出の画家で、いかなる暴力にも、誘惑にも負けず、春画だけは絶対に描かん人がいた。心強し。この人の大成を祈る。

幽霊の話

レイテは十余万の日本軍が死んだ所であり、殊に我々の居るパロの高地は、第三十三部隊が軍旗を焼いて玉砕した所なので、白骨が沢山出てくる。毎日の雨に、あたりは何となく淋しいし、幽霊が出るにはもってこいの条件なのに、出ないのは不思議だと思っていた。するど幽霊がはたして出始めた。

一、第五中隊の第二ニッパのPWが、毎夜うなされだした。やせ衰えた友軍の兵隊に胸をおさえられるという。一晩に五人も十人もおさえつけられる。恐ろしさに不寝番を付けたり、一つの寝台に二人宛寝たりするがだめなので、炊事場の明るい所へ行って寝たりする者も続出した。

二、朝鮮人、台湾人の中隊にも出るというので、夜中に大騒ぎをして、火を焚いて悪魔払いをやったこともあった。

三、雨の夜、子供を抱いた日本の女が、炊事場へ飯をもらいにくるといいだした。

四、戦友を殺してその肉を食べた連中が、亡友になやまされ、毎夜うなされだし、発狂する者も出た。

五、血みどろの日本兵十五、六人が抜刀して、銃剣を持って、米兵ガードの所へ次から次とやってくるというので、夜中に急に発砲しだした事件もあった。

毎夜出るので米兵もいやがって、一人で立つのをやめ、二人三人で立つようになった。それでも出るので、とうとう夜中はガードが立たなくなってしまった。余り騒ぎが大きくなったので、合同慰霊祭が行なわれ、以後余り出ぬようになった。

万骨を埋めてこの地草もゆる(神屋)

十余万の英霊眠るこの丘に草茂りいて白鷺の飛ぶ(杞人)

雨の夜の更くれば飯を求食《あさ》るかに人霊出でて青く消《け》ぬとか(某人)

歩兵三十三連隊全滅の地なりこの原に夜毎に鬼の出づるは真か(杞人)

椰子蔭に怪し灯ゆらぐ夕べかな(芥舟)

外業(炊事作業)

一月二日、第一ストッケードに来て初めての外業だ。米軍のパン焼工場のキャンプとのこと。黒人ガードが迎えに来た。「グドモーニング」と向こうから挨拶する。作業員は将校だけ十二名だ。作業場へ着くと、「二人来い」というので、鈴木大尉と二人で行く。米軍の炊事場だ。黒人のコックが沢山いる。「腹は空いておらんか」というので、空いておらんというと、変な顔をしていたが、菓子と煙草をくれた。鈴木氏には食堂の掃除を、自分には製氷所へ行って氷を取ってくるようにいわれた。黒人と二人でジープで出かけた。

大きな氷を三つ程、黒人が一人で車に乗せた。何しにつれて行かれたのか分らない。洗い場で鈴木氏が食器を洗っているので手伝う。比人の子供が来て、「プリゾナプリゾナ」と我々をからかう。少し情けない気がしたが、輝行のことを思い出し、残飯を与えた。すると、大喜びで、「いつ日本へ帰るか」等々話しかけてきた。子供等の残飯をもらう様子を見ると、日本の子供達の事が心配になり、こんな姿で米軍の兵舎に行っているのではないかと思うと情けなくなってきた。仕事が一段落すると黒人が来て、また菓子と煙草をくれた。そして食品庫の内で休めという。りんごや生卵、クルミ、缶詰などがたくさんある。「食べろ」のなぞだと思って、片端からご馳走になる。久々の生物、果物なので実に旨い。心も浮き浮きするようだ。次に食事の用意をした。十一時半頃から米兵の食事が始まった。各人手に手に食器を持って食堂に集まって来た。まず沸騰した湯で食器を消毒し、各自思うだけ食物を取っていき、勝手に食事をしている。今日の献立は、「ビフテキ」「馬鈴薯にバターとミルクを混ぜてつぶした物」「インゲンのトマト煮」「スープ（コンソメ）」「ベイコン」「バター」「チーズ」「パン」「コーヒー」「レモン汁」「リンゴ」、以上がずらりと並んでいる。世界一の給与のよい軍隊だというが本当だ。兵隊も将校も同じものを食べている。唯、将校は皿で食べるだけだ。

黒人が我々にもこのご馳走を大皿に一杯持ってきてくれた。旨い事は旨いが、さい前からのつまみ食いがたたって食べられんのはかえすがえすも残念だった。午後は食器洗いと夕食の準備に多忙だった。米兵や黒人兵が時々食品庫や、炊事場へつまみ食いをしに来る。四時、パン四斤、チーズ、ミルク缶、りんご等をもらって帰る。ストッケードには外業に行かぬ連中が大勢待っているので、親鳥の気持で、土産を持って意気揚々と帰る。

ほかの連中は一日中天幕片付けにこき使われたという。正月早々、何と運の良い事よ。

外業（自動車洗い）

一月二日の外業に味をしめ、大戦果を夢みて外業に出た。今日はＭＰ（憲兵隊）のジープ洗いをさせられる事になった。タクロバン港の自動車溜りで。今日のガードは若い米兵だ。我々十名に泥だらけのジープを洗わせ、ご自分は一生懸命に小説を読んでいる。シゲシゲとも何ともいわぬ。彼はモンロー主義者らしい。気分よく一日働く。海風に吹かれながら。帰途、ラッキーストライキを一本くれた。これを唯一の土産に中川少尉に進呈した。

題　小松氏外業　　　中川利三郎

黎明蹴床赴外業　意只方有帰路苞

不思自動車粕取　暮春漸獲一煙草

外業（製材所）

十五名で近くの製材所へ作業に行く。距離は五百メートル足らずだ。リーダーのＰＷが信用があるので、この作業にはガードが付かない。久々にガードなしでぶらぶら歩きながら製材所へ行った。背中にＰと大きくペンキで書かれた米兵や黒人兵が、大勢働いている。彼らは、色々の犯罪を犯して処罰された者たちで、プリゾナの頭文字を付けているわけだ。我々ＰＷのどの服にもＰＷと書かれているのも、無理はないと思った。我々にはガードは付かぬが、彼等にはカラパインを持ったＭＰが大勢付いている。何だか変な気がする。ＰよりＰ、ＰＷの方が信用があるらしい。彼等には煙草の配給が少ないとみえ、我々に煙草をせびる。また珍景だ。同病相哀れむで、仲良く面白く作業する。午後は大した作業もないので、黒川少尉とエスケープして、彼のノロケを聞かされる。だれも文句をいわず、おもしろいところだ。

外業

外業先も良い所、悪い所、色々あり、当り外れの差は大きい。ＰＷ精神とは、米さんの食糧を合法非合法の手段を問わずもらって帰る事にある。それで度が過ぎると米兵に身体検査をされ、全部お土産を取り上げられる。これを武装解除という。それでも毎日沢山の

外業者が持ち帰る食物の量は大したもので、大掛りのになると、ジャガイモの大箱をかつぎこむ者、リンゴ、鶏、缶詰等。これを各ニッパーで煮炊きするものだから、夜はなかなかにぎやかだ。

外業（東条）

今日は兵隊五人と出掛けた。太った人の良い米兵がついているだけだ。ガードは面白がって「トウジョー」「トウジョー」という。彼は負傷の痕を見せて、「手が痛い、足が痛い」といい、兵隊の中に明朗な男が一人いて、自ら米兵に東条と名のった。

米国のカラパインで撃たれたのだと手まね足まね、下手な英語で説明している。米さんおもしろがって、一日中相手となっているので、一日大した仕事もせずに終ってしまった。この東条外相のお蔭で、一日遊ばせてもらった。兵隊は将校の様に気取らんので面白い。

武田大尉

我々のニッパーの住人中の大傑作男に、武田大尉というのがいた。当年三十歳（?）。土佐の産。陸軍士官学校の出身。農家に生まれたるも大志あり。総理大臣になるつもりで、一高、東大、高文、大蔵省、次官、大蔵大臣、総理大臣という進路を取るべく勉学が続けられたが、ただの点取り虫と違い、夏休みにはバイオリンを携え、自転車で土佐の山村を艶歌師となって巡ったりした。中学四年の時一高を受けて落ち、五年で再び受けて落ちた。それで方針をかえ、村で製糸工場を作り、その重役となり、たちまち失敗して大阪に飛び、魚河岸の帳付けとなった。魚屋の番頭と総理大臣では余りに違うので、再起一番、再び一高を受け落ち、高知高校にやっと入学した。田舎の高校では大臣まで行けそうにないので志を変え、支那に渡り、馬賊の頭目になろうと大同文化学院に変わらんとしたが、父親に知られ、馬賊になるのだけはやめてくれと頼まれ、馬賊はやめたがこれに一番近い職業はないかと考えた末、軍人になる事に決心、陸士を受ける事とした。直ちに上京、受験勉強の傍ら、神楽坂へ出て靴ミガキ屋をやった。苦心のかいあり、陸士に尻から三番目の成績で入学した。入学式の日、他の学生は学生服凜々しく登校したのに、彼は頭髪をのばし背広を着て行ったので、第一日目にいきなりしかられたという。その後、二・二六事件の感想を問われたので、その主旨に賛意を表したところ、校長の前まで引き出され、散々叱られた後注意人物となった。

こんな調子で陸士の生活も面白からず、成績も尻の方だった。これでは大将はとてもなれぬとあきらめ、飛行機会社の社長にならんと考えた。それで先に自動車のことに通じ自動車会社の社長になり、次に飛行機に転じようとし、陸士卒業前に第一志望を輜重《しちょう》兵科としたので、教官の信用は益々落ちた。然しだれも志望する者がいないので、予定通り自動車隊に入り、次に飛行機の整備隊にまわり、目的の軌道に乗ったので、少佐になったら退官、実業界入りをしようとしていたが、時局は急転、個人の意志など認められず、流れ流れてネグロス航空要塞の独立航空整備隊長を命ぜられて来て活躍した。彼は美髭があるので、年より老けて見えるのを幸い、他の部隊との交渉事の際、上の階級が便利な時は少佐、中佐の肩章を付けて、相手をへこます位のことは平気でやってのけた。米軍上陸以後の彼の山の戦いもおもしろいが、省略する。栄養失調の身でサンカルロスに投降、所内で毎日カエルを捕え、計二百匹のガマを食べて元気回復。レイテでは第一一七病院の炊事の専属員となり、毎日鍋、釜を洗い、我々にハム、ソーセージの類を土産に持ってきてくれた。

六感通訳

米軍一一七病院炊事の専属通訳、鈴木大尉がマニラに送られることになったので、その後任となる。英語などさっぱり分らんが、仏英和の幼稚園時代から暁星の十年間の外人との接触で毛唐ずれがしているので、超特作心臓でやる事にした。作業員十五名を連れて行き、食器洗浄に六名、コックの助手に二名、ジャガイモの皮むき三名、ボイラー焚き二名、食堂二名を配役して、当時の料理献立を見て倉庫から材料を出し、コックに渡し、コックのいうことを兵隊に伝えるのが役だ。

前からこの炊事に働きに来ている兵隊で、知っている人がいたので、彼が配役その他をやってくれ、ブラブラしていればよいというので遊んでいると、皆一所懸命働いている。時々、りんごや菓子を持ってきてくれる。割の良い役だ。そのうち、「通訳さん来てくれ」というので、弱ったと思いながら行ってみれば、冷蔵庫内で米兵が何かペラペラいっている。何をいっているかさっぱり分らんが、状況判断で、卵、野菜の整理を兵隊にやらせたら、米兵、「ＯＫ」ときた。何のことはない。又兵隊が呼びにきた。「米さんがストーブをどうかしろといって来たが、さっぱり分りません」という。弱ったと思ったが、行ってみれば、「シャボンで洗え」といっている。ソープとストーブを聞き違っているのだ。大分自信がついた。また兵隊が呼びにきた。そのたびに冷やりとする。

「あの米さんに絵を頼まれ、今日までに持って来る約束をしたのだが、昨日幕舎の絵描きが病気して描けんので、明日持って来るといってくれ」という。聞くだけならどうやらできるが、こちらの意志を伝えることなど出来ぬ。といって話せんといったのでは、通訳としてきて、皆が働いているのを見ているだけで常に遊んでいるので申し訳なく、「そんなら俺が描いてやる」と、米人の女の肖像画を描いてやった。これで英語を話さんで済んだ。絵を描いているのを見ると、米さんが次から次からスケッチをしてくれとやって来るので良い気になって何枚も描いてやる。通訳するより大分楽だ。米さんが皆絵の方に気を取られているので、兵隊達はサボル事もツマミ食いすることもでき、大喜びだ。昼時には兵隊がご馳走を作ってくれ、米さんはホットドッグを作ってくれた。

夕方、キャベツ、みかん等を土産に帰る。初通訳を心配してくれた連中に、状況報告をして大笑いした。六感通訳の感想は、「話が通ぜんでも困ったり不自由するのは米さんで、我々は大した痛痒を感じない」ということだった。

一週間ほどでこの病院は閉鎖となったので、大した味噌を付けずに六感通訳を終った。

相聞歌

投降当時は山の生活の連続で、獣化していた我々も、六ヶ月もするとどうやら落付いてきて、相聞の情切々たるものがあった。想いは同じとみえ、文芸部で相聞歌を募集したところ、沢山の作が出た。自分の心を歌った様な作品を二、三書き留めておく。

ことばなく微笑みたりし妻なればいとしもただに抱きしめたき
ふたたびは逢ふ日なからめいい聞かすことばに妻はうなじ垂れたり
ふたたびの逢ふ日あらなくわが妻のむせび泣き居しひとり居の部屋
紫の刀緒のすみにちいさくもよし子と縫ひし妻のいとしも

しとど降る雨にぬれたる夜をさむく寝んとすれば妻はもうかぶ
　昏もとにせまる嗚咽をこらえつつわれにまむかふ妻こそあはれ（中川利三郎）
　さりげなく発たんと欲るを妻もまた多く言はざるが愛しかりけり（平本）
　ヨルダンの谷のま清水ひえびえと寒きあしたは濯すな妻（神屋）
　娘等守りて吾を待つ妻ひたぶるにサザンクロスに祈りつるらむか（神屋）
　渡比以来、山の生活、ＰＷ生活を通じ、仕事が上手くいっている時、感謝状をもらった時等は、母親や父親に会って話したいと思うが、辛い事、困った事に会えば、妻に無性に会いたくなる。

首実検

　いろいろの事件の訴えにより、ストッケード内の全員に、またはネグロスにいた者だけとか、田中姓の者だけとかいうように集められ、米人が来たり比人の女が来たりして、首実検を再三やられる。身に覚えはなくても、気持の良いものではない。強姦事件の首実検に女が来て、一人一人の顔をのぞき込んでみる。まるで関係のない男（セブの女の訴えで、この男といわれた男は、生まれてから一度もセブへ行ったことがない男）が「イカオ」と指名され、マニラに送られた例もあるので、気が気でない。レイテで首実検に来た女は鬼

現地女の首実検。1列縦隊の行列。間違われては一大事、女の前を足早に通過。

婆みたいな女だった。

黒人

米兵に比べると、黒人は我々を実に大切にしてくれ、親切だ。仕事を休ませたり、色々のものを食べさせてくれたり、だが女好きの事や、頭が余り良くない事は事実だ。中には、「日本はなぜ戦に負けたのか」と泣き出す男もいた。米人にはかなり反感を持っているようだ。

軍隊の階級意識失せて人間の階級現わる

投降後も、昔ながらの軍隊の階級を保持しようと、上級者は常に努めていた。そして投降当時は、一時的ではあったが階級がばかにやかましくなり、「米軍も我が国の階級を認めているから」と二言目には口にしていたが、実力のなき者、人格のなき者は月日がたつにつれ、段々うとんぜられ、階級章が米兵のお土産となるため煙草と交換され尽くした頃(四ヶ月目位)には、階級を振り回す者は、余程の馬鹿以外なくなった。一方下級者の中には、階級がなくなった事は自分が偉くなったものと思い違いして、威張り出す大馬鹿者も沢山いた。そして一時は混沌として来たが、時のたつにつれ、色々の事件、仕事を通して、人徳のすぐれた人、社会的に実力のある人、腕力のある人等が段々尊敬されてきた。自然と人間としての階級が現われてきた。

部隊長級の将校の中にも、極少数は肩章をはずしても人間の階級中上位に座る人があった。こういう人の部隊は戦争中よく戦い、強い部隊で、部下を完全に掌握していた事も段々分ってきた。

日本軍の礼儀教育は肩章の星の数に対する礼儀だったので、人間、いや一般社会の礼儀とは大分違っていた。日本軍隊の大きな過ちのひとつだ。

酒の密造

「衣食足りて酒を欲す」。食糧事情が良くなると、酒が飲みたくなるとみえ、頭の良い連中が酒の密造を思いついた。「醸造の常識」等の講演のたたりで、方々から密造の相談が持ちこまれてきた。彼等の方法は、「砂糖に飴、ジャム、アンズ、乾しぶどう等を混ぜ、水に溶き、これに製パン用の乾燥酵母を入れ、醱酵させる」。少し酸味は多いが、飲んで飲めん事もない。正月などには、みなにコップ一杯宛位配給になった。また、乾し草の上に飯を拡げ、麴を作り濁酒を作る者もあり。粥に砂糖を入れ酵母で醱酵させ、濁酒を作る者もいた。我々のグループでも密造をする事になり、病院の炊事場から、武田、鈴木氏が砂糖、無花果の缶詰、乾アンズ、ネーブル、林檎等を持ち込んできた。醸造学の講師が自ら作るのだから、炊事やそこらで作る酒より、はるかに美味でなければならないという注文で腕によりを掛けて密造にかかる。ネーブル、林檎の中味は醸造費として全部ご馳走になり、その皮と無花果の缶詰、アンズ、精白糖を用い、ドライイーストを加え、三段掛け法で醱酵させ、実に濃い、うまい酒を得た。醸造所は、寝台の下に飯盒をズラリと並べてやるのだから、芳香がニッパー内に充満した。一同にて久々に美酒に酔った。

醸造学の講師も理論倒れせず、面目を挙げた。また近来、衛生材料廠へ行く兵隊がアルコールを持ち帰り、これでウイスキーを作ることが流行しだした。これは二日酔いするので余りよくない。彼等の持ち帰るアルコール類を見ると、薬用のアルコールは実に粗製品で、フーゼル油も、アルデヒードも抜いていない。これでは頭が痛くなるのも無理はない。このほか、アミルアルコール等、ビンにアルコール……とあれば何でも持ち帰るので危険この上なしだ。

親分と子分

レイテ作戦を初め、戦闘中に沢山の捕虜が出たが、彼等はどんどんこのレイテ収容所に送られて来た。彼等のうちには戦いつかれ負傷して捕えられた者、自ら手を挙げて投降した者等、色々ある。前者と後者とは相反目し合い、山の生活の連続なので、収容所の生活は実に殺気だったものだったという。彼等の内ではすでに軍隊の階級は失われ、強い者が支配者となっていた。中には機会あれば脱柵して、山へ逃げようとしていた者もいたが。特攻隊の飛行士が逃亡して、タクロバン飛行場で米軍機に乗り、飛び立とうとした時射殺されたり、ガードを殺して逃げる者等、殺気が満ち満ちていたという。

その内に親分なるものが自然発生的に生まれ、一番問題の多い糧秣、炊事関係を握るようになり、それに子分が段々と増えてきて、終いには動かすことのできない勢力となってきた。終戦後、沢山の捕虜が同じ収容所へ次から次へと入って行ったが、この既成勢力は動かず、かえって子分は増加し、強大なものとなってきて、炊事、演芸、理髪関係を初め、ストッケード全体の行政にも、絶対的勢力を得てきた。これがストッケード親分の存在だ。親分の中には、なかなか物の分った、世間の裏も表も心得た人物もいて、無茶な事はしなかったが、子分の中には、虎の威を借る狐が実に沢山いて、これらが暴力を盛んに振い、勝手気ままな事をしだし弊害は百出してきた。

それでも彼らは、「日本のため、正義のため」という事を、常に口にしていた。ただ、彼等の正義感は一方的で、後先の考えのない正義感が多かった。

終戦前の捕虜と逃亡兵

捕虜の中には、いわゆる武運つたなく、全力を挙げて戦い傷つき、本当に気の毒な状態で捕えられたというより、救助された人も沢山いる。その中には旧来の思想にとらわれ、深く恥じて気の毒なような人も多かったが、「俺は日本は負けると思ったから、早く手を挙げた」と傲然といい切る男もあり、また将校にして米軍の偵察機に乗り、戦友の隠れ家を自ら知らせ、砲爆撃をする者もいた。そして米国の雑誌に、「不可解なる日本軍人？」と題し、写真入りで恥をさらしている者もいた。また自決をしようとして、二世の米兵（日本人）に、日本再建の為、生きのびろと忠告された者もいる。終戦後、投降者の大群がこれ等の人のいるストッケードへ入って来た。その中には、我等は大命による投降者で前者とは違うと、前者の気の毒な状態には少しも同情せず、「万歳組」だの、「先輩組」などと、嘲笑的な態度を示している者もいた。

このいわゆる、大命による投降者の中に、前者を非難し得る軍人が何人いるか、最後まで戦う闘魂を持っていた武人が何人いるのか、彼等の戦闘経過を見れば、ろくに敵とも戦わず山中を逃げ回り、人の糧秣を盗み、友軍を襲い、その被服糧秣、その肉までも食い、米軍とみれば一発も撃たず逃げていた毒虫がいかに多かったか、彼等は前者に何をいう資格も無いはずだ。

武勇伝

今度の戦では、日本軍も闘志を失い、逃亡兵も多く、世界最強の精鋭もさっぱりだめだったが、中には勇敢無比の将兵もいた。敗戦のため、これらの武勇伝や美談は陰をひそめてしまったが、二、三拾い出してみる。

米将校と一騎打ち

レイテ作戦たけなわの時、両軍至近距離に相対峙し、戦闘激烈を極めたが両軍とも譲らず、弾丸も撃ちつくし、膠着状態となった。その時、米軍将校が唯一人壕から躍り出し、抜刀して相手を求めた。すると日本軍から剣道三段の下士官唯一人壕から出て、両軍環視の中に一騎打ちをした。数回切り結んだが勝負がつかず、両者とも刀を捨て組み打ちとなり、組んずほぐれつ戦っている内、日本側石に頭をぶつけ気絶してしまった。米将校は勝ち誇って近くの湧水を飲み始めた。すると倒れていた日本下士官がむっくり起き上がって、近くの大石を持ち上げ、米将校の頭にたたきつけ、これで勝負となり両軍喚声をあげたという。

四人の米将校を斬殺

海軍の兵曹で米軍の重囲にあい、友軍は全滅し唯一人岩陰に隠れていたところ、勝ちほこった米軍将校の来るを、次ぎ次ぎ岩陰より躍り出して斬殺し、四人目を切った時重傷をおい、後土民軍に捕えられ手足の生爪をはがされ、逆吊りにされようとした時、米軍に救けられ命拾いをしたという。

闘志の権化

ある孤島の警備隊長、戦闘で部下の大部分を失い、食もないので、近くの大きな島の本隊を追及しようと、暗夜に乗じ生き残りの部下三名と共にバンカーで孤島を脱出した。途中嵐に会い、舟は転覆して漂流、正気付けば部下一名と共に米軍に捕われの身となっていたという。そして檻のごとき柵の中に入れられていた。どうしても逃げねばと考え、できねば自決する気でいた。すると米兵が食事を持ってきたので元気をつけ、次に食事を持ってきた時これを締め殺し逃亡する事に決し、うまく脱出したが、他の米兵に追い回され、包囲されたが、米兵一人を棒切れで撲殺、山に逃れて本隊に合したという。彼は剣道の練士だった。

朝鮮人、台湾人

志願兵、軍属、軍夫として、沢山の朝鮮、台湾人が比島に来て戦ったが、敗戦のため、彼らは日本と別れる事になった。それで各人様々の感情にとらわれていたようだったが、段々に落ちついてくると、山の生活中日本軍に協力したにかかわらず、日本軍の将校共から不当の取り扱いを受けたり、酷使され、いじめられた者の内に深い恨みを持つ者が沢山いた。そしてこのまま別れたのでは気分が済まず、同じストッケード内に住むを幸い、日本人に復讐することに決め、彼等特有の団結力を利用してこれ等悪日本人のリストを作り、片端から暴力による復讐が行なわれだした。

部隊長級の人でもこのリンチに遭った人も相当にいた。この人は散々たたかれ、終りに美髭をひっぱられ、おもちゃにされて帰ってきた。この不祥事件が続出するので、日本人側でも暴力には暴力をというので、彼等に撲り込みをかけると殺気が満ちた事もあったが、日本人は今猛省する時だ。暴力は悪いが暴力を受ける者にはそれ相応の理由もある事だから、彼等の満足の行く様甘受すべきだ。東亜百年の計の為に、という論も出、撲り込みはやめた。その後、この種の事件も少なくなり、彼等は我々より先に帰還してしまった。

一方、山で彼等の世話を良く見た人に対しては、缶詰、タバコ、その他沢山の贈物が来た。

彼等の内にはかなり悪質なのがいたが、全体として良く協力してくれた事は感謝すべきだ。日本と別れるのを泣いて悲しみ、どうしても日本人になるといってきかん少年もいた。彼等が帰国する前に、この変な雰囲気のまま別れたのでは今までの交友が無駄になるというので、細野中佐の肝煎りで朝鮮人代表を招いて、日本人のおかした罪を謝り、彼等と気分よく別れようという事になった。当日は多数の出席者があった。そして日本の非道を謝し、東亜民族の運命共同体の理念が説かれ、今後は朝鮮はソ連の影響を多く受けるだろうが、仲よくやって行こうと説かれた。最後に朝鮮代表が別れの辞を述べ、この会の目的の一部を果して解散した。

朝鮮人、台湾人の共通の不平は彼等に対する差別待遇であり、共通に感謝された事は日本の教育者達だった。彼等は国なき民から救われた喜びだけは持っていた。

日本へ帰る朝鮮人

朝鮮人の内には、内地で生まれ内地で育って家族を内地にもっていて、朝鮮には何の身寄りもない人が相当にいる。この人達は仲間が早く帰るというのに一人さびしそうに日本人の仲間に入っていた。

盗人

「敗戦国民は男は泥棒に、女は淫売となる」と戦争哲学にあるが、本当に男は盗人となる。戦争そのものが団体盗賊的要素を多分に含んでいるのだから、敗戦国の男が盗人となるのは、当然の帰結かとも思われる。

ＰＷ生活の潤いの一つに米さんのものを取ってくる事がある。ＰＷ間同士の盗みはやはり不道徳な行為とされているが、米軍の物を取ってくる事はＰＷの道徳では悪い事ではない。むしろ、友情厚き美徳とさえいわれている。米さんもＰＷは物を盗るものと決めて、「ＰＷオールドドロボー」等といって笑っている。レイションを盗んだのを見付けられ、一箱全部食べろといわれ、泣きだした男、「私は泥棒です」と首に大きな札をかけられ、ドラムかんの上に二十四時間立たされている男もいた。米さんは、いくら悪い事をしてもほとんど打たんから感心だ。

これ等は、盗みの相手が物持ちの米軍なので義賊として幅がきくが、ＰＷ同士、ことにＰＷの糧秣倉、炊事等へ盗みに入る者も相当あり、捕えられれば、ひどい暴力的制裁をされる。

或る晩、他中隊の炊事場に盗人あり。捕えられたのは陸軍主計大尉、大学出の四十歳位の男、椰子の木に縛られ散々に撲られ、頭から水をかけられ、ヒイヒイ泣いていて、翌日

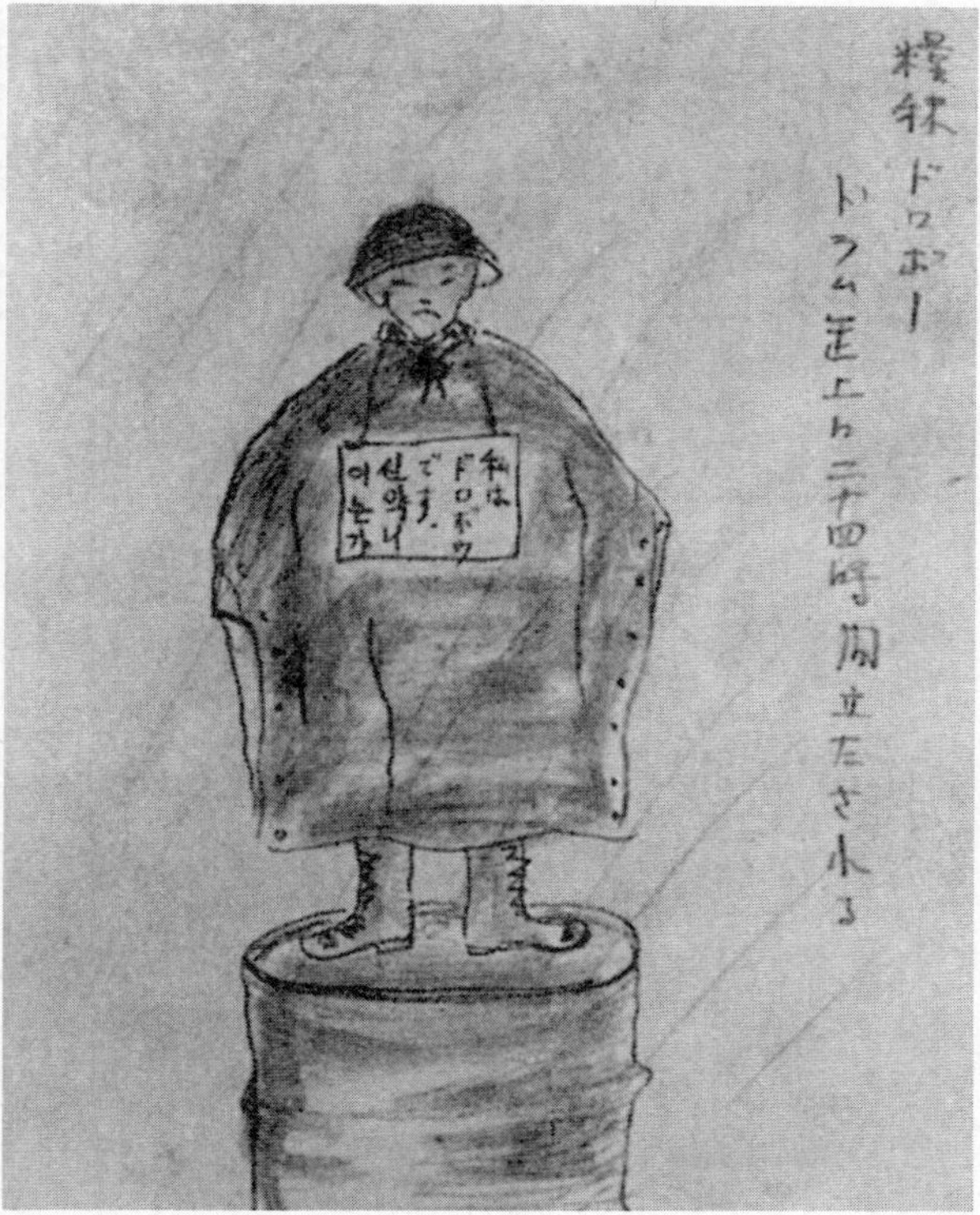
糧秣ドロボー
ドラム罐上に二十四時間立たされる
私はドロボウです。

さらし者にされるというのを、将校中隊の隊長が平謝りに謝ってもらい下げた事もあった。将校のプライドは零だ。兵隊は米軍のところへ使役に出、適当にやってくるのでこんな醜態は少なかった。米国は日本から色々のものを取り上げたから、レイション位取っても良いという論者もいた。

コックリサン

山の生活で、何に頼ることもできなくなった将校が、唯一つの予言者、コックリさんを頼ったのと同様に、ストッケードの生活の頼りなさを慰める為か、コックリさんが大流行した。お伺いの大部分は、「何日帰れるか」「家族は生きているか」「家は焼けていないか」「今後の職業は何が良いか」「恋人の心は変わらんか」「山の戦友は生きているか」「日本の将来はどうなるか」等、毎夜おそくまで、賑わっていた。信念と常識を失った者の哀れさが感ぜられる。

手相人相

コックリさんと共に、手相人相も流行した。自分がこれをやるというので、色々な人がやって来る。中には、レイション二かん位を見料に置いていく人もあり、易者商売も悪くない。客の欠点をズバズバ指摘してやるので、案外人気があった。傑作は、某少尉の生い立ち経歴を偶然の機会に、詳しく聞くともなしに聞いた事があった。それとも知らず、彼が見てもらいに来た。いきなり、「貴兄は性病に悩んだ事がありますね」とやったところ、すっかり恐縮し、以後は何をいっても本当だと思っていた。その後、彼の宣伝のお陰で、この方面の客が絶えなかった。

発狂

いつ帰れるか？ いつマニラに連れて行かれるか？ 分らん焦燥から、また悪性マラリヤの再発から、発狂する者が相当ある。ある雨の日、発狂して柵を乗り越え、射殺された者もいた。

空の星かがやかぬ夜のいぶせきは狂兵の死に極まれにける（半田大尉）

やはり雨の夜、自分のニッパーからも発狂者が出た。この男は、ファブリカの仮収容所でも発狂し、米兵をはり飛ばしたという相撲の選手、いきなり寝台上をのたうち回り、隣の男をはりとばし、手がつけられない。やむなく、みんなで寝台に縛りつけた。自由を失えば、「手と手を合わせて下さい」「足と足を」「注射注射」「後藤と竹下と会わせて下さい」等とたわごとを言い続けている。この姿を肉親が見たらと思うと、胸にせまるものがある。翌日は発作も静まり、平気でいた。

またある夜半、中隊の炊事場へ食器を持って、「今、母親が腹を減らして訪ねて来たから、飯をくれ」といって来た。炊事員も気持が悪いので、二人分やったら、自分のはいらぬといって、一人分だけ持ち帰った。

その他、梅毒性の発狂者も相当いた。

茶坊主

炊事場でお茶を沸かす係が二ヶ月に三日宛回ってくる。運悪くこの係に当る（クジ）。外業者の食事が朝の五時なので、四時には起きねばならない。そして、一日に三回、食事ごとにお茶を皆に配らねばならん。時計のないのに四時に起きるのは、容易なことではない。幸い、寝台の隣が神屋老なので、朝起こしてもらう。当日は月夜だったので、月の位置で時間を判定した。さすが、天文学の造詣深い神屋氏らしいやり方だ。

便所掃除

ストッケード内の便所掃除も、時々回ってくる。米式野戦便所は、深さ十尺、幅五尺、長さ十尺位の大穴を掘り、これに椰子丸太を渡し、この上に大きな箱を逆さにふせ、腰掛

米軍式野戦共同便所
地中に巾約三尺長約一二尺
深九尺の穴を掘りこれに丸太を
渡しこの様な便所を作る
この便所三個で五百人が約

米軍式野戦共同便所。

け式の便所だ。皆の見ている前で尻を出して用便をたすので、公衆道徳零の日本人でもさすがに余り汚さない。この便所を毎日雑巾でふき、便所中にガソリンをまき、点火する。本当の焼け糞だ。その後、DDTを散布するので、蝿やうじは一匹もいない。

この外、黒川少尉、小林中尉等と米人便所の掃除もやらされた。バタ屋も、オワイ屋もPWになったおかげで、出来るようになった。

佐官幕舎

ストッケード内に、中佐以上の人だけを集めたニッパーがある。二十人近くの人がいる。かつての部隊長、艦長、参謀たちだ。朝から花札、トランプ、麻雀ばかりしている人、ランプ、鎖、時計等を作る人、詩歌を作る人、絵を描く人、論文を書く人、夜となく昼となく眠り続けている人。若い者が常に慕い集まってくる人、だれも訪れる人も無い人、帰国後は隠居して鶏でも飼わんと養鶏の研究をする人、日本再建に余生を捧げんとする人、PWになってから初めて人生の中には詩や俳句の世界がある事を知った人等、様々だった。

講演会

演芸会や映画の無い晩は、必ず講演会があった。蜜蜂の飼い方、鶏の飼い方、椎茸の作り方、養魚、園芸、科学講座、宗教講座、農村副業講座、農村工業化、与えられた民主主義、一海軍士官の見た今次大戦、レイテ作戦、見合結婚か恋愛結婚か？　マラリヤ対策、性病対策、産児制限、文学講座、俳句入門等が話された。自分は例により、醸造と化学工業、水飴、醸造講座、日本犬の話等をした。

戦争の話が何といっても一番人気があり、この日は満堂立錐の余地のない位入る。次は政治、結婚、文学……科学に対する関心は一般にはなく、特定の人しか聞きにこない。

演芸会

演芸会は週に二、三回ある。この練習は、毎夜、夜明まで熱心に行なわれた。楽団、新劇部、時代劇部等あり。このストッケードは戦犯容疑者だけなので、腰を落ちつけ、永居するつもりなので、舞台、その他本式だ。役者も本職がいて、なかなか名演技をやる。隣の船待キャンプでは役者は汗を出して一生懸命喜劇をやっているが、観客は少しも笑わぬ。あまり熱演をやったので、カツラが落ちた。するとその時初めて客が笑ったという様な役者とは大分違う。

大衆の人気か、役者の好みか、劇団の指導者の頭か知らないが、股旅物が実に多い。安っぽい意地で、貴重な人命を切り捨てていく、どうかと思うものばかりだ。日本人は何に

共楽劇場

しても、切ったりたたいたりすることが好きだ。武装解除を完全にしたのに、すぐ刀や槍を作って一日中チャンバラ劇をやっている。「困った国民だ」と米人は思っているだろう。新劇部で出した「峠」「白鳥の死」等は大当りした。女形の良いのがいた。水戸光子そっくりというのもいた。殺風景な男だけの世界には、正に名花だった。

ここの演芸もかなり弊害はあったが、皆のうるおいになった事はたしかだ。楽団の人が、ギター、マンドリンを自分で作り、演奏するのは感心した。

尺八

あの生死の境から、秘蔵の尺八を捨てずに来た人が五、六人いた。雨の日など、千鳥の曲等を二、三人で吹奏するのを聞くと、何ともいえぬ郷愁にさそわれる。これは謡曲のように皆にいやがられない。

米軍将校で尺八を教わりに毎日やって来るのがいた。この人は日本画の勉強もしていた。

清談

若い将校の大部分は、学校から直接軍隊生活に入っているので、世間の事を初め、常識のまるでない人が多かった。それで神屋老を中心に、これらの人々が毎夜集まってきて、清談をやった。生物学の話、天文、地文、文学等々、半年の間よくも話題がつきぬものと思うくらいだ。

時には猥談ならざる性談に花を咲かすこともあった。

新聞

従軍記者等、その道の人が居るので、新聞が十日に一回位の割合で出された。人間輪転機の活動は大したものだった。自分もこの新聞社の、漫画記者を引き受けた。

籠の鳥

捕われの初めは、バクド線が気になって仕方がなかったが、慣れてくると気にならなくなってきた。それどころか、二尺五寸に六尺の寝台の上に、便所へ行く以外は一日居座り、結構楽しく暮らせるようになった。昔は、小鳥は籠の中に入れられ、さぞ不自由だろうと思ったが、同じ捕われの身となってみると、案外狭い所も苦痛のない楽しいものだ。

嫌疑晴れ

一月の末、大部分の将校の戦犯嫌疑が晴れ、船待キャンプに移っていった。

雨
天幕の飛ぶ様な大雨は困るが
春雨と思はす様なシト〳〵と
降る雨は外業は休みとなり
実に有難い。雨期になつて
からは、こんな日が多い
『外業者は雨が止むまで
幕舎で待期』
もうしめたものだ
降れ〳〵
雨々降れ〳〵母さんと
今日も休みだ毎日でも良いぞ
雨は真珠か夜明けの霧か
雨の十日も降れば良いよ
「貴女は便所へ行けよ」「OK」

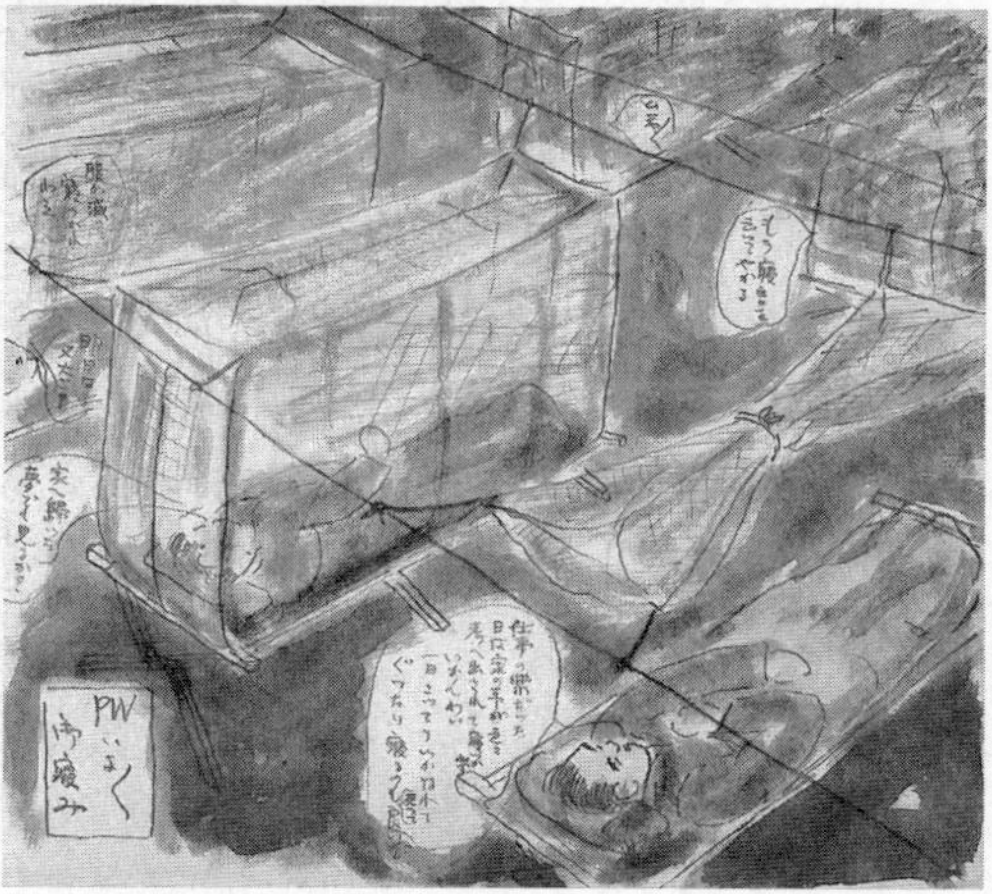
PW いよ〳〵御寝み

自分は二月の初め嫌疑が晴れたが、そのままここに居残る事となり、少しは安心した気持となる。先に嫌疑の晴れた連中は、二月末に内地へ帰って行った。羨ましい限りだ。

離別

三月十日頃から、嫌疑の晴れぬ連中は全部マニラの未決に送られる事となり、嫌疑の晴れた連中の中から、病弱者は日本へ帰る事となった。自分はいずれにも属さんので、我々のグループから唯一人ここに残る事になった。淋しい限りだ。

別離の宴を開く。マニラへ行く人の気は浮かぬし、残る者も浮かぬ。うれしそうなのは内地へ帰る神屋氏だけだ。別離の歌や絵を描き、別れを惜しんだ。半年の間毎夜語り合ってきたのに、十二時過ぎまで話しても、まだ話はつきなかった。

小松兄に捧ぐ　　中谷　生（中谷部隊長）
うつろなるたつきなるらしこの日頃君いまさねばかくもわびしも

小松賢兄　　（弟、利三郎）
もののふの道のきはみにさりげなくわかるるけふの想ひを知るや

小松氏に捧ぐ　　（杞人）
別れとは淋しきものかかくまでに笑ひ集へど心むなしも

三月十三日、自分が外業に出ている留守中に、皆出発してしまった。取り残された者の淋しさ身に沁みる。兵隊の中には、分隊の内一人だけ取り残され、泣き出した者がいた。

山の戦友救出行

多くの戦友がどんどん帰って行くというのに、山にはまだ飢えと戦っている沢山の将兵がいる。セブ島に、ネグロス島に。それでセブへは鈴木参謀が、ネグロスへは有富参謀と山本海軍大尉が日本へ帰るのを中止して救出におもむいた。以下、ネグロスへ行った有富参謀の話を書いてみる。

ネグロスのファブリカ、ボガン、バコ上流地区に少数の部隊が残存しているというので、山奥まで入ってビラをまいたり、置き手紙をしてもどうしても会う事が出来ず、一度は彼等が立ち去った一時間位後に彼等のいた家に行った事もあるが、ついに会えなかったという。この残存者は部隊から逃亡した者、友軍を殺して糧秣や肉を食った者等もいるので、友軍が行っても決して出てこないという。いくら苦心してもだめなので、ネグロス本島を打ち切り、ネグロスとパナイ島との間の孤島イナンプルガン島に、水雷敷設隊の隊長以下二十二名がいるというので、救出に出かけた。母艦からゴムボートに有富参謀と山本大尉だけが乗り、マングローブの茂る海岸に漕ぎ付けた。小路はあるが、住家はどこにあるの

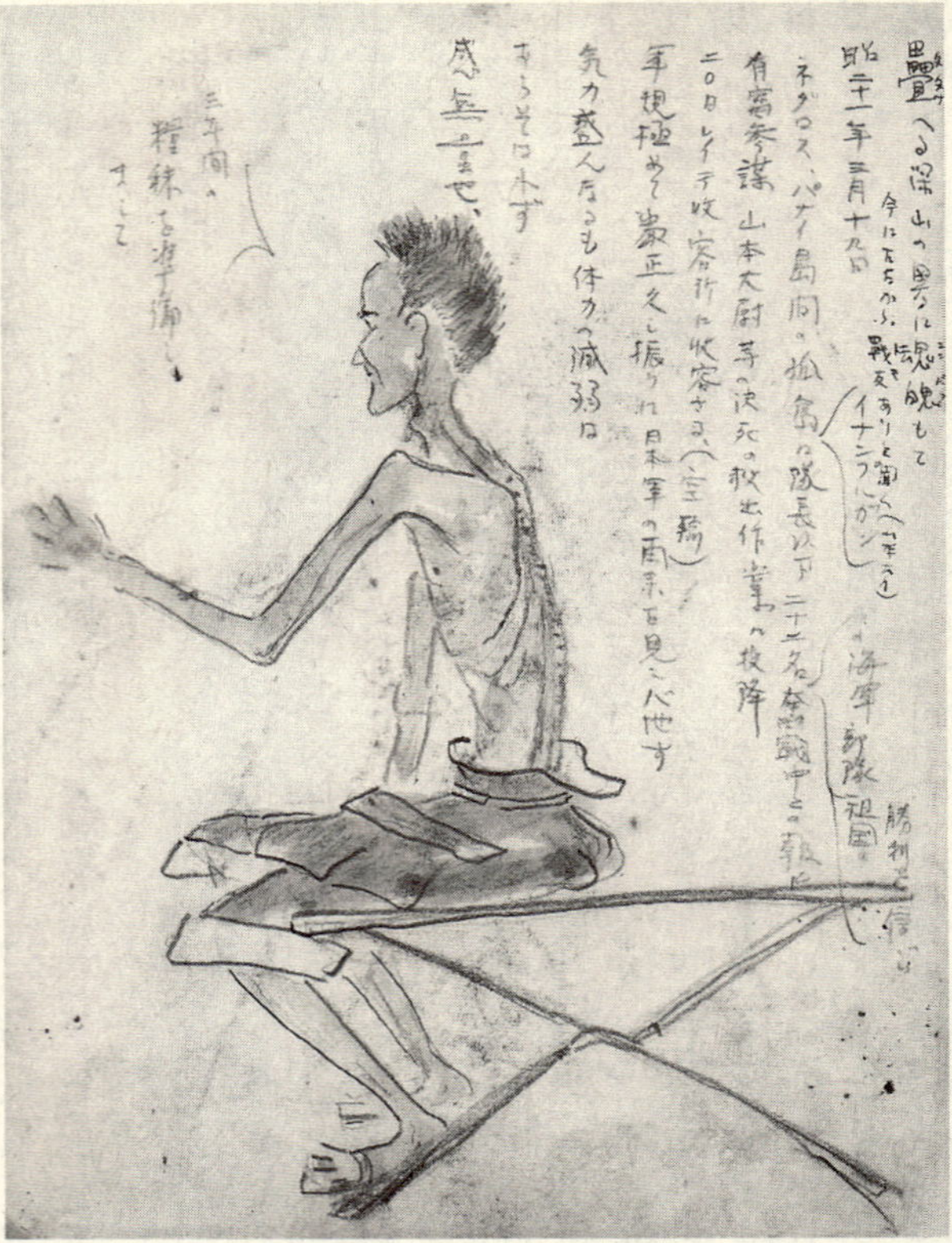

ネグロス、パナイ島間の孤島イナンプルガン、隊長以下22名の海軍奮戦ちゅうとの報に、有富参謀、山本大尉らが決死の救出作業。気力さかんなるも体力の衰弱はあらそわれず感無量なり。

か分らず、探しあぐんでいる内に倒木の陰にカムフラージュされた小路を発見したので行ってみると、二人の日本兵が塩焚きしているのに出会った。来訪の事情を話すも信用せず、やっと説得して隊長の所へ案内させた。

隊長以下に集まってもらい、停戦の事情を諄々と説くもさらに信用せず、アメリカのスパイと思い込んでいる。有富参謀の履歴等まで詳細に説明して、やっと半信半疑のところまでこぎつけた。隊長より兵の方が疑い深かったという。その内ネグロスの山の方から遠雷が聞こえてきた。すると彼等は、「ネグロス本島では、今でも砲撃戦をやっているではないか」と挑みかかってきた。彼等は遠雷を砲と信じているのだった。これを説明して、やっと投降する事になった。信じ切った者を説得するのは、実に困難な事だったという。

彼等の生活は、沢山の岩窟の内に二、三人が一組となって生活し、炊事、塩焚き等、煙の上がる事は岩窟から遠く離れた所でやり、銃眼を作り、敵に備えて、衣服は新しい上下衣一組、地下足袋一足を持ち、日常は木の皮だけで作った褌で暮らしていた。食生活は、砂糖黍、たろいも、とうもろこしを主食とし、島に放牧してあった二百頭の水牛、黄牛を月二匹の割で三年間食べ、この島にたて籠る用意をしていたという。涙を催すものがある。

三月十八日、一同を母艦に移乗させ、十九日、ネグロスに上陸、二十日、飛行機でレイテに送られて来た。軍規厳正で、久々に日本軍の再来を見た。体は痩せていたが気力は旺盛だった。収容所へ来ても、今だに日本が負けたのが信じられんと彼等は言っていた。鈴木参謀の一行もセブから二十名救出した。

生活力旺盛な台湾人

有富参謀が、ネグロスのズマゲテ方面の残存者救出に行った時も、やはり山の戦友には会えず、ズマゲテの比軍ストッケードに仮り住まいしていたある日、米兵が台湾人を一人捕えてきた。彼は米軍上陸直後部隊にはぐれ、唯一人山から山、谷から谷を渡り歩き、民家に行っては食糧を盗み、十ヶ月生活していたという。最近はこの生活に慣れ、ズマゲテの町へも出かけ映画を三度見たという。捕えられたのは、この日、水牛を一頭盗み、比人の啞を装って街道を白昼行くうち、比軍の射撃演習地の立入禁止区域を知らずに、人通りが少なくて良いと思って歩いているのを捕えられたという。

この男も、日本が勝つと堅く信じてい、住居移動の際は必ず皇居を遥拝してから出掛けたという。このいじらしさに、台湾が支那のものになったという事をどうしても言えなかったという。

鬱憤の晴れる比島将校

有富参謀が、このズマゲテ島からの帰り比人将校二十名と同船した。すると彼等は血相ものすごく参謀を囲み、口々に日本兵の暴虐の数々をわめきたて、一時はどうなるかと思ったが、彼等の鬱憤の一語一語に、「もっともだ、日本人が悪かった。自分は日本将校として責任があるから、気の済む様にしてくれ」と、一切反駁せずにいたら、いうだけいったら気が済んだとみえ、段々態度も柔らいで来、彼等の一人は、「自分達も興奮したのでことばが過ぎた。日本人と比人は同じ肌の色をしているのだから、将来は仲良くしていこう」と言い、以後は感情もほぐれ、ビールを飲ませてくれたり、色々のご馳走になった。鬱憤は晴らしてやらねばならんものだ。

戦死して遺骨のある兵隊、病院にあり

大和盆地で食糧が無くなった時、一番先にボガン地区へ出発した徳永中尉以下五名は、その後サンカルロス近くへ出た時ゲリラに襲われ、徳永中尉だけはカスリ傷一つせず帰ったが、他は皆戦死したという。それで彼等の小指を切り遺骨として持っており、また彼等の遺品の時計等も持っていた。その戦死したはずの上等兵の一人が、その後レイテの病院で発見された。しかし彼の小指には傷もついていなかった。彼のいう戦死確認もあぶないものだ。

その内、彼等の遺品はタバコに変わって、彼に吸われてしまった。

乗船

三月二十一日に乗船者名簿が発表になった。幸運にも選に入った。これで七年目に桜が見られる。二年目で肉親に会える。喜びが、とめどもなく湧いてくる。その内に、「今度の乗船者は、マニラに連れて行かれ、使役に使われる」というデマが飛んだ。皆不安になる。「今後、帰国者は全部マニラ経由で行く事になりました」と本部の発表があった。マニラ見物をして帰るのも悪くないとご機嫌でいる。

二十四日、送別演芸会、夜食に酒も上がった。帰還者は大はしゃぎ。どこのニッパーも歌う、騒ぐ、舞うの乱痴気騒ぎだ。二十六日乗船に決定した。当日は乗船組ごとにトラックでタクロバン港に送られた。半年を過ごしたストッケードに別れる。皆、もうレイテには死んでも来ないぞと言っている。沖に碇泊していた七千トン級の貨物船に乗せられた。台湾人、朝鮮人五百名も一緒だ。

我々は第五ハッチの貨物を入れる船庫に入れられた。鉄板の上にレインコートを敷き、ゴロ寝だ。食事はレイション、満腹する。船中の会話は、内地の事とマニラに何日泊まるかという事だけだった。船はレイテの南端を巡り、スリガオ海峡を通り、二十九日の朝、

輸送船ハッチ内。

マニラに入港した。日本船が十数隻、港口に沈み、帆柱だけ出している。海岸通りの航空荘、ベビューホテル等が見え、一年前の生活が懐しく思い出された。

船は岸壁に着いた。向い側の岸壁からは、二万屯級の御用船に米兵を満載して出港して行く。その内に大型トラックが沢山来た。下船が命ぜられ、そのトラックに分乗した。どこへ連れていかれることやら。

マニラ感想

トラックはマニラホテルの角を右に曲がって、海岸通りを南に走り出した。マニラ湾港の建物は、砲爆撃でひどく崩壊されている。昔船舶司令部のあった建物もどうやら建っている。マニラホテルは焼けただれている。インタリモリス城内の城壁は崩れ、リサァール広場には米軍の天幕、バラックが沢山建てられている。郵便局、国会議事堂等、立派な建物はみな完全に破壊されている。戦禍はかなりひどいものだ。市街戦が偲ばれた。市民は稀にしか見られない。マニラ生活を楽しんだベビューホテルの前を通った。七階七十二号室、石村司政官と清談をやった自室も、砲弾の為窓が崩れていて、あの白く美しかった建物は真黒に焼けただれていた。車は登田の方へ進む。米西戦争の時沈められたスペイン軍艦の残骸、歴史は繰り返すの感あり。寺内閣下の官宅だった所の前を通り、カラバン街道

カランバン街道の子供達。

に出た。沿道に土民が沢山いる。「バカ野郎」「ドロボー」「コラー」「コノヤロー」「人殺し」「イカオパッチョン」*等々、憎悪に満ちた表情で罵り、首を切るまねをしたり、石を投げ、木切れがとんでくる。パチンコさえ打ってくる。隣の人の頭に石が当り、血が出た。レイテも民情が悪いと思ったが、ここはそれ以上だ。

大東亜共栄圏の末路、日本人の猛省を要する時だ。いくら罵倒されても腹も立たない。カンルーバン製糖工場へ、高級車を走らせた日が思い出される。一年半の間に、こうも民情が変わるものかと思うと、恐ろしいようだ。

*タガログ語で、イカオ（おまえ）、パッチョン（殺す）の意。「こんちくしょう、ぶっ殺してやる」に近い言葉。

カランバン収容所

トラックにゆられる事二時間弱、バクド線を二重に張り巡らされたカランバンの第一収容所前に降された。門をくぐると、先にマニラ送りとなった将校連中の面々が見える。中谷部隊長、武田大尉、竹下少佐、黒川少尉等が迎えてくれた。スピーカーで色々な事が伝達されるのでよく徹底する。レイテより文化が大分進んでいるようだ。天幕が定められた。竹下少佐が寝台を持ってきてくれる。黒川少尉が水を持ってきてくれる。友達はよいもの

猿に水をかけて営倉入り。

だ。

事務所の横に鶏小屋の様なものがあり、バクド線が厳重に張られている。そして二人程人が寝ている。営倉だという。米人の猿をいじめた為に入れられたのだ。

その奥に丈高くバクド線を張り、米兵ガードがものものしく立っている。その中に、トタン張りの家がある。山下大将のごとく、死刑を宣告された人々が入れられているという。本間中将等の大物が朝夕散歩するのが見られるという。我々もえらい所へ連れてこられたものと、気持が悪い。

山田大尉が迎えに来たので、久々にレイテのグループに会い、船で食い切れなかったレイションで会食をやった。山下大将処刑の話を聞いた。このストッケードは船待キャンプだという。その隣に死刑になる人を置き、帰国者の名を彼等に聞こえよがしにスピーカーで放送する。気の毒なようだ。

山下大将の最期

二月二十三日の夜半に、この収容所から引き出され、向うに見えるマッキリン山山麓の刑場まで自動車で連れて行かれ、自動車を降りる時手を縛られ、絞首台で首に縄をかけられ、足を縛られた。すると、「そんなに足をきつく縛られたのでは、足が痛い」とことばを残し、刑が執行された。

最後のことばは、「自分は神に対し、恥ずるところなし」。

辞世、並びに獄中作

野山分け来むる兵士十余万還りなれよ国の柱と

今日もまた大地ふみしめ帰り行く我がつはものの姿たのもし

待てしばし勲残して逝きし戦友後なしたひて我も逝きなむ

満ちかけ晴と曇に変れども永久に冴え澄む大空の月（これが最後の歌）

獄中作　　巨杉

天日灼如地瘴癘　討㆑匪制㆑寇一春秋

殉国忠士幾百千　率然拝停戦大詔

謹承投㆑鉾血涙降　聖慮深遠徹㆓心腸㆒

長恨無限比島空　吾七生誓興㆓神州㆒

同　　巨杉

波乱曲折《スルモ》　天地《ハ》常《ナリ》　今挙《ゲテ》㆑嶮国《ヲ》歩《ハ》難行《ス》

雲霧《ハ》遮《モ》㆑光《ヲ》日《ハ》素日　神勅炳《トシテ》　万古不動

寄 山下将軍　　雨角斜山

異相囚徒在㆓獄中㆒　貌容魁偉具㆓英風㆒
夷兵怖称馬来虎　　正見斯人一世雄

寄 時人　　斜山

勝敗兵家不㆑能㆑窮　馬来猛虎空㆓比島㆒
時人莫㆑嘆総天命　　可㆑仰名将不滅功

本間中将は最後まで米軍を呪って、「今にお前達もこういう目に会う」といい、銃殺された。

英雄不死説

山下大将が死刑になってから一ヶ月もたたないのに、「山下大将は生きている」という説が出た。それは、「一応絞首刑にしたが、すぐ生き返らせて米国に連れて行き、対ソ作戦の準備をしている」というのである。いつの世にも、「英雄不死説」は現われるものと見える。義経、南洲、大塔宮等、悲劇の英雄はなかなか死なないものとみえる。

カランバン第二収容所

三月三十日、幕舎に中谷部隊長が訪ねて下さる。恐縮した。スピーカーで、「昨日レイテから来られた方は、装具を持って事務所前の広場に集まって下さい」という。「移動」、うまくいけば乗船、と集合。初めの五十名が身体検査をされ、被服を皆取り上げられた。いよいよ本格的乗船だと思う。すると、検査を止めてしまった。朝鮮字の新約聖書がくばられた。米国は時々間抜けた事をする。皆、煙草の巻紙にする。その内、重い荷を担がされて、ぞろぞろ先頭が歩き出した。隣の第二ストッケードへ行くらしい。途中に万、千という日本人PWの墓が並んでいる。いやな気がする。

果して第二ストッケード入りだ。天幕が決められた。ここの連中は皆、洗濯板の様に痩せて、あばらを出した、病人の様なPWばかりだ。中に馬鹿に栄養の良いのが混じっている。見れば、もう内地へ帰った筈のレイテの人達だ。そこに神屋氏が迎えに来てくれた。「何だ」「やあ、来ましたね」「一緒に帰れますかね」「あなたの来るのを、待っていました」と言う。いよいよ本当に帰れそうな気がする。

このストッケードは、蚊も蠅もいず良いが、ほこりが多くて困った。

四月一日、神屋氏の一行のみが内地行きと決定し、非常にがっかりする。このストッケードには日本人の（PW）MPがいて、治安の任にあたっている。午前、午後の体操、点

カランバン第二収容所、PW 体操。

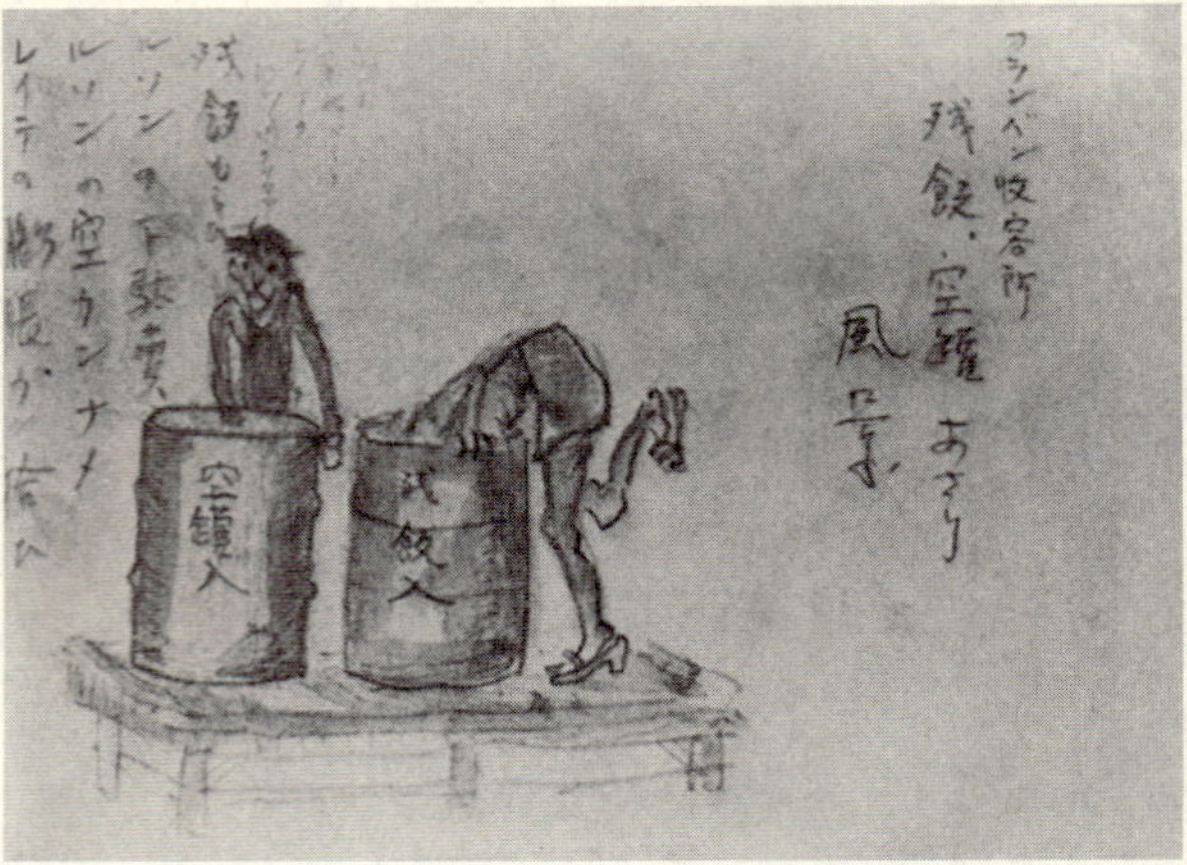

カランバン収容所。残飯、空缶あさりの風景。

呼、巡視、食器磨き等、いやになるほどやかましい。米人は馬鹿に威張っている。また、本部の役員もレイテと違って威力があるようだ。食事の時残飯をもらいに来る栄養失調者の群れ、残飯空缶をごみ捨て場にあさり、空缶にわずかに付いている汁や、肉片をなめている者が沢山いる。レイテでは見られん風景だ。幕舎へ、「煙草と下駄を交換してくれ」といって、おし売り商人のようなPWが来る。変な場所だ。

トマト農園

ここの外業は、柵外にあるトマト農園の使役だ。トマトの収穫、耕作、植付等だ。トマトを食べれば営倉に入れられると言われたが、新鮮野菜に飢えているので、皆で片端から食べた。半年も生野菜を食べていないのだから、猫に鰹節だ。久々に満腹する程、トマトを食べた。生命力を新たに得たような気がする。農場には、ロスバニオスの農科大学の比人教授がいた。農学者らしい良い人柄で、トマトを食べても見て見ぬ振りをしていた。この日体重を計ったら、一二五ポンドあった。

同窓会

神屋氏が帰ってから、誰も知合いがいないので淋しく思っていたら、農大出の人は今日夕食後、バスケットボールコートの所へ集まってくれという会報があったので、楽しみにして行った。昭和十四年卒の森田大尉、十六年の枇杷木中尉、十七年の林田中尉、十七年の山崎中尉の四人が来た。久々に学校の話に花を咲かせ、良き話相手を得て楽しかった。皆老けて見えるので、彼等より十年も先輩の自分の方が、返って後輩のような感がした。

講演会

ここでも講演会をやっているが、会場も一定せず、淋しいものだ。「子供の育て方、病気の話」を興味深く聞いた。子供の事が思い出され、帰心矢のごとし。

マニラに残った人々

昭和十九年に米空軍の来襲の最中、レイテ、ネグロス、セブ等を飛行機や機帆船で飛び歩かされたあげく、十一月コンソリ爆撃下のネグロスへ、「死ににやるようなものだが」と言われながら出されたが、自分はこうして生きている。当時安全といわれていたマニラに残った人々の消息を知りたく思っていたところ、図らずも水泳の帰り道で管理事業部農業部清水技師に会った。「あなた、生きていたのですか」と再会を喜ぶ。さっそく皆の消息を聞いた。

石村司政官（ベビューホテルの親友）

二十年六月十二日、バカバック北四千メートルの地点を通過中、道路上に鉄塊があったのを、あの太い脚で蹴飛ばしたところ、それが米軍の仕掛けた爆弾だったので、脚を飛ばされ、出血多量で死亡したという。惜しい人だ。帰国後の再会を楽しみにしていたのに。

辰井技師（醸造試験所研修員時代からの友人、ブタノール研究工場設立に来た一人）

十九年十二月二十五日、内地帰還命令を得、北サンフェルナンドに向かう。途中、自動車事故でぐずぐずしている内、敵がリンガエンに上陸したので、一月五日バキオに避難し、後に北部ルソンより内地へ行かんと徒歩で北上したが、たよる部隊も糧秣もないので苦労した。後マラリヤになり、衰弱して再び南下し、七月末、四アレッジ付近で野たれ死にしたらしいが、死屍を見た人はない。彼は口ぐせのように、出発の時娘が、「お父様、比島へ行くと死ぬから行ってはいけない」と言ったと言っていたが、本当に死んでしまった。

近藤技師（台湾嘉義の専売局酒精工場長だった人）

マウンテン州ホヨウ近くにて七月二十八日死亡、栄養失調と悪性マラリヤで発狂していたという。

末松技師（台湾中研にいた人）

マニラ市に残留、一月中旬に行方不明。

島崎技手（レイテに同行した人）
八月末四アレッジ近くでマラリヤで死亡。
小野技手（アルコール関係）
九月二日四アレッジにて死亡。（後にこの人は生還、通産省石岡酒精工場勤務と判明す）
山口技師（変人会会長）
バカバックにおいてマラリヤで発狂、行方不明となる。
森下技師（昭和農産代表）
キアンガンにて六月末、腸炎で死亡。（自決と後に判明す）

右のような訳で、アルコール関係の生き残りは、自分と福西技師、南洋興発の高橋氏だけ、変人会では近藤親興技師一人だ。

コンソリの爆撃の真中に飛び込んで行った自分が、かすりきず一つ、下痢一つせず助かり、安全と思われたマニラ組が全滅同様の状態、おかげで運命論者になりそうだ。

兵力、武器、糧秣を持たない文官が、山の中で想像以上の悲惨な目にあったのが、目に見えるようだ。文官ながら兵力を持ち得た幸運を、兵隊達に感謝したい気がする。

DDTの散布

カランバンには蚊も蠅もいない。衛生設備が良い為かと思ったら、それも勿論あるが、飛行機で新殺虫剤ＤＤＴを散布する為だという。昨日中型機が天幕すれすれに何回も何回も煙を吹きながら飛んでいたが、あれがＤＤＴの雨だという、米国の科学の実用化の偉力には、何時も感心させられる。

戦犯容疑者、戦犯者ストッケード

我々のいるストッケードの隣は、戦犯容疑者、戦犯者のいるストッケードだ。柵を二重にし、その間にバクド線を張りめぐらし、ジープに水冷式の機関銃を取り付け、二人の米兵が夜となく昼となく、三、四分置きに巡回している。それでも時々脱走者があるという。無理もない。山にはまだ日本兵が数千いるというのだから。

労働キャンプに転出

レイテから来た組は、健康者ばかりだから労働に使うという事になり、四月十五日に第十二労働キャンプに出ることになった。

これで内地帰還は当分あきらめざるを得なくなる。運命に逆らわず。

ナットクリヤー

総本部勤務の清水氏来り、貴兄はまたナットクリヤーになりましたという。レイテでクリヤーになった筈なのに、またかとがっかりする。どうせ悪い事はしていないのだから平気なるも、来年の正月頃でなければ帰国望みなしか。

第十二労働キャンプ

三月十五日、カランバンを出発、マニラ近郊の第十二労働キャンプへ行く事となった。途中例により、土民の罵倒を浴びながらマニラを通過したが、一向にトラックは止まる風がないので良く聞いてみれば、クラークまで行くという。クラークを過ぎ、大草原の真中、オードネルに夕方着いた。

クラーク付近は日本時代から治安の悪かった所だけに、土民の感情もひどく悪く、とうとう腰にしたたか石をぶつけられてしまった。眼に石をぶつけられ、入院した者もあった。それでも、土民の中には希に、煙草等投げ込んで無言の好意を示す者もあった。

新しい労働キャンプで、一週間程前に先発した連中が、天幕を建てて迎えてくれた。この所長はハアーメルという青年将校（中尉）で、今まで欧州で独乙のＰＷを扱っていたが、彼等はいかに処罰しても決して働こうとしなかったのに、日本人は良く働くのですっ

ルソン島第十二労働キャンプ。

PW が心のままに使えるのは、このシャワーの水と石鹸なり。

かり好感を持っていた。その為非常に感じが良かった。

我々の仕事は、ここに新たにできる、比島軍の兵営の建設だ。まだ工事が本格的でないので、毎日遊びの様なものだ。米兵も我々を信用し、ストッケードの四隅にある望楼のガード等ラジオを持ち込み、夜などぐっすり寝ている。夕方、我々がキャッチボールなどやって、球が柵外へ出ると、そのたびに高い櫓から降りて来て、球拾いをしてくれる。所長は相変わらず親切で、シャワー場、炊事場、その他へ自分で配線工事をやり、我々の生活環境を良くしてくれるよう努めてくれた。マニラから運ばれてくるセメント降し等すると、自分で自動車を運転して近くの川へ我々を連れて行き水浴させてくれた。途中、土民が石等ぶつけようものなら車を止め、徹底的に土民を懲らしてくれた。もうだれもが帰国はあきらめ、七月帰還説を楽しんでいた。ここへ来てからはとうとう幕舎長にさせられてしまった。

ここオードネルは、バタンから死の行軍をして、沢山の米比軍捕虜がここまでやって来て収容された所で、我々のストッケードの隣にはその時の彼等の墓標が沢山ある。

米国が真に平和を望むなら

投降以来、親切な米軍将校に会えば、もう戦争など決してすまいと思うが、不親切で、日本人は獣、二言目にはお前等は敗戦国民だ、PWだと言い、処罰処罰と言う奴に会うと、今に見てろ歴史は繰り返すのだぞというような感をいだき、皆露骨に口にも出して言う。「米国よ心あらば、偉大なる世界政策を建て、人類平和の為に悪質米人を彼等自身の手で処理しろ、米国の敵は日本人でも独乙人でもない、米国人中の悪質分子だ」。日本人を平和な民にする事は、マッカーサーが考える程、そんなに困難な仕事ではない、米人自身の反省あるのみだ。細野中佐が、「Wer stolz ist kann nicht gedeihen. 奢る者久しからず」という論文をマッカーサーに提出するといって、収容所で一生懸命書いていたが、思いは同じだ。

思想的に日本は弱かった

独系の米兵がいうのに、米国は徹底した個人主義なので、米国が戦争に負けたら個人の生活は不幸になるという一点において、全米人は鉄の如き団結を持っていた。日本は皇室中心主義ではあったが、個人の生活に対する信念が無いので、案外思想的に弱いところがあったのだという。

比人が日本軍を嫌うわけ

日本軍時代の比島を見ると、「東亜共栄圏の為」「東洋は東洋人で」「八紘一宇」等という、すばらしいスローガンを挙げていたが、人の国へ土足のまま威張りくさって入り込み、自動車、畑、食料、家、家畜等まで、どんどん徴発して行き、土民は兵隊に会えばお辞儀をする事を強要され、難しい日本語を無理に、おしつけてきた。

米軍時代になった比島を見れば、立派なバスが沢山アスファルトの国道を走り、土民は新しい服を着、食物は豊かに店頭を飾り、米兵はニコニコ顔で町を散歩している。家はどんどん新築されていく。米軍将兵はバラックに住み、食料は全部本国から取りよせ、現地物資は少量の野菜を自作しているだけだ。それにひきかえ、日本軍はちょっと立派な家があればすぐ軍で借り上げ、家主を追い出し、日本では長屋住いしかできないような将兵がそれに住み、大臣風を吹かせている。そして二言目にはビンタを行ない、まかり間違えば首まで取ってしまう。日本から物資が来んので、土民の食料その他を優先的に取る権利が当然あるように一兵の末に至るまで思い込んでいた。

これでは日本軍が好かれる理由は一つもないようだ。米人は比人を、「猿」「洋服を着た口をきく猿」「水牛」等と公然といっているのに、彼等の生活に直接触れないし、安物でも色々物を与えるので、比人はすっかり米人に惚れている形だ。殊に女は。もっとも、米人は男前で女に対して気前が良くて親切だから。

日の丸の飛行機、ゴミの如くに捨てらる

マニラ北飛行場、クラーク飛行場の辺を通ると、飛行場には四発や双発の飛行機がズラリと並んでいて、その周辺には日の丸の付いた飛行機の残骸が鉄屑のように無雑作に山と積み上げられている。日本人捕虜の手によって。我々が明日は来るか、明日は来るかと待っていた友軍機が。

比人の面会人

比人の細君や子供、恋人が千里を遠しとせず、ネグロスからレイテへ、セブからマニラへと、夫や父を訪ねて来る。カランバンでは、日曜、土曜に面会が許されるので、大勢のこれ等の人が沢山の土産物を持って訪ねて来て、一日の逢瀬を楽しんでいる。日本人は比島地区に二十年間立入禁止とか。正に人生悲劇だ。彼女等を見ていると、比人の情熱の強さに感心する。日本人にも彼等に慕われる人もあるかと思うと、うれしくもある。

比島における日本軍

比島作戦の初期には日本軍も堂々としていて、大東亜共栄理念も付け刃だったがある程度徹底していた。しかし後期には兵力ばかり沢山輸送されて来て、糧秣はさっぱり来んので土民の生活をおびやかす事になり、初めは買い上げ、次は強制買い上げ、徴発、強奪と変わっていき、土民の感情は極度に悪くなった。九月の空襲で、日本空軍の弱体を比人の眼前で遺憾無く暴露してからは、特にひどくなった。ゲリラは増える、土民はゲリラに協力する。討伐の犠牲は土民なので、比人と日本人の間には、ぬぐう事のできない不祥事が続出した。どうせ負けるのなら比人と友情のある間に別れたかった。

南十字星

南十字星、初めて見たのは台東で、防空演習の夜だった。比島に来てからは、マニラの海岸通りで、マンダラガンの山中で、殊に希望盆地でカンラオン山の上に見るこの星。サンカルロス収容所のバクド線越しに見るこの星。レイテ、カランバン、オードネル、この星の見える間は家族とは一緒になれないのか。この星を、サザンクルス（散々苦労す）とは、良くいったものだ。

南十字星。この星のみえない国に早く帰りたいものだ。

米国の缶詰

米国は世界一物資の豊かな国で、物資の過剰生産に悩んでいる。そして彼等はこの過剰物資のため、物価額が下落しないよう色々の処置が取られている。ケマーアージー運動（過剰農産物の処理）等も、その一つだ。小麦、コーヒー等、何でもどんどん燃してしまう。日本の二宮尊徳式の、「モッタイナイ」の経済観念とは大分違っている。

米国に缶詰工業が発達しているのは、彼等が簡易生活を欲して生活の合理化を行なっているので、食物の調理に要する時間を少なくする為だ。各家庭に缶詰が日用品として盛んに使われる。生産者の方では、生肉、生野菜と缶詰とは、同じ価額で市場に出るようにしている。日本の缶詰は一種の贅沢品として、特別の場合以外には使われない。為に、生産費も高く、大衆とは離れてしまっている。

米国の軍隊は、ほとんど缶詰だけで生きている。我々PWもやはり缶詰だけで一年以上も生活してきた。生物等は、ほとんど食べないのに、大して保健上の支障をきたさない。彼等の缶詰、特に野菜、果物、それにはヴィタミンCを保持するよう、細心の注意が払われている。そしてレイションには、レモン、ミカン、ブドウ等果物汁の粉末に、アスコロビン酸（ヴィタミンC）を加えた物を配食している。栄養化学の実用化にも感心した。

米軍は第一線では、このレイションだけで戦っている。日本軍が、敵前で無理して煙を出さんようにして飯盒炊事をしたのとは大分段が違っている。

米軍の食料には炭水化物が比較的少ないので、ヴィタミンBに対する考慮は、余り払われておらんようだ。それから食物の酸性、アルカリ性の問題も余り考えていないようだ。かなりの酸性食を平気でやっている。

婦人解放

十九年三月にマニラに来り、スペイン人、独乙人、スイス人等の住宅地を毎日散歩してみると、彼等の主婦は朝九時から十時までの間に市場や商店へ大きなバスケットを持って、一日の食料品の買い出しに行き、これを調理し、冷蔵庫に貯え、食前わずかな時間に加工加温等をして食事を済ませている。朝は配達されるパンと牛乳、それに缶詰、チーズ、バター、ハム、ソーセージ等の貯蔵のきく簡易食品で用を足している。為に、主婦の食事、調理に使われる時間は、極く少ないものである。それで読書をしたり、色々の文化的な事をする時間が充分にある。夕方など、食事が済むとほとんど同時に、一家揃って散歩したり、テニスをしたり、読書をしたり、ピアノを弾いたり、実に生活を楽しんでいる。これは別に上流家庭だけでなく、中下流の家庭でも同じだ。

日本の家庭を覗ってみると、どの家の女房も女中も、朝の暗い内から起きて飯を炊いたり、味噌汁を作ったり、夜は遅くまで手のかかる調理で不必要なまでに多い食器の片付けをしたりして、一日の大部分を台所で暮らし、主人や子供と一緒にいる時間もろくに無い。これでは本も読めず、文化的に向上する訳はない。英国あたりの婦人は世界情勢、スポーツ、科学、政治問題までを、新聞、ラジオ、本等により新知識を得て、夕食の時勤めから帰った主人に話して聞かせるという。これは、彼等が食生活を合理化して、台所に釘付けになっている時間を少なくしているからだ。

日本の女性の解放が叫ばれているが、食習慣の改善、台所からの解放が先ず行なわれねば、教養を豊かにする事も、生活を豊かにする事もできない。「婦人解放は台所から」と叫びたい。

新鮮野菜

九月一日投降以来、米軍から支給になる食品はどれを見ても酸性食ばかりで、極く少量のトマト、ホウレン草、人参、キャベツの缶詰があるだけで、全食を中性の方へ持って行くだけの量では、とてもない。酸性食の害毒は、本で見るほど顕著に現われないようだった。唯、歯が白くなり、歯石等のつき方が少なくなった様な気がするだけだ。しかし、「新鮮野菜を食べたい」という欲望はしきりに起こってきた。レイテの生活では、正式にはジャガイモが一ケ月宛三、四回給与されただけで、その他は外業先から非合法手段で得た人参一、ジャガイモ二十、キャベツ二、タマネギ五、ヤシの実二ケ位のもので、これを五、六人で分けて食べたのだから、一人当りの食べた量は知れたものだった。

ルソンへ来てからは、カランバンではトマト農場でトマトを、オードネルへ行ってからは、サンミゲルの農場から入るナス、西瓜、メロン、胡瓜、トウモロコシ等が、少量ながら入るので助かった。ハアメル所長がやめてからは糧秣はめっきり悪くなったので、タンコンやスベリヒユを取って時々食べていた。そして十月末、再びカランバンに帰ってからは、野田君からオクラを毎日もらって食べ、身体の具合が良くなった。何といっても、新鮮野菜だけは沢山食べたいものだが、米軍式のヴィタミンCだけで缶詰食専門でやっていても、なかなか本にある程の害毒は現われん事は事実のようだ。

米人気質

米軍の兵舎付近で作業をしている時、ＰＷがいくらさぼっていても、係のガード以外は例外なしに干渉しない。日本人だったら何とか言ってみるところでも、この点は感心もするし、助かりもする。また、米軍同士でも、一方では事務所で忙しそうに仕事をしているのに、隣室では非番の者が、朝からレコードをかけたり、バクチをやったり、キャッチボールをやったり、ビールを飲んだりして騒いでいる。遊ぶ方も働く方も、全然関係の無い様な面をして、少しも遠慮せずにいる。日本人にはできない事だ。人の事に口を出さん彼等の習性は、大いに見習うべきだ。

運の悪い高等文官

高等文官は捕虜になった当時は、将校と同じ待遇を受けたが、兵隊がどんどん帰り始め、将校はいつ帰るか分らんとなると、自分達は将校でないからと米軍に交渉して、兵隊の仲間に入れてもらった。すると兵隊の内地還送は中止となり、使役に使われる事となり、将校は使役に国際法で使えぬ事になっているので将校が帰される事になった。それで高文連中は兵隊と一緒に働かされたあげく、内地にもなかなか帰れん事になった。自ら播いた種とはいえ、不運なものだ。

人間の統御力

人間が人間を統御して行く事は困難な仕事だが、どんな人が、部下を良く統御していくか考えてみた。大学の教授、研究所の技師、役所、会社の幹部で部下を良く統御していく人は、例外なしに部下の面倒をよくみる人格者だ。言い換えれば、人格の力だ。自分が会社にいる時、軍隊の偉大な統御力は会社等とは違って、組織の力によるものの様に考え、組織の力を研究したいと思っていた。幸か不幸か軍の一員となって比島に来り、その内容を知った。すると、組織の力などというものは本当に取るに足らぬもので、軍隊でも一般社会と少しも変わらず、人の世話をみる人がやはり統御力のある人だという事が分かった。変態的社会のPWの世界でも、この事は同じだ。

県人会

ストッケード内で、各県人会が盛んに催される。県人会を主催する人には、職業軍人が多いようだ。復員後の就職口を探す種とする気でもないだろうが。

奴隷とPW

PWになる事は、奴隷になる事と大差ない事だと思っていたのに、初めは米軍も親切であり、労働もなかったので、それ程にも思わなくなった。然し近来のように、炎天下に一日中、ハバ〳〵ラスコ〳〵と土工仕事をさせられると、本当に奴隷になったような気がする、奴隷になったと思う頃から、仕事に陰日向ができ、ガードがおらねば出来るだけさぼる。ガードがいても、叱られない程度に出来るだけさぼる。要領専門にやるというようになってきた。日傭人夫の陰日向をする気分も良く分ってきたような気がする。

米人が日本の封建制度を攻撃し、人民解放を叫んでいるが、どうも現在のＰＷの奴隷制を体験すると、米国のお題目もあてにならんような気がする。人間に陰日向を作らすようでは、道徳も正しく行なわれるわけはない。

米軍将校暴力を振い笑い者となる

日本軍はすぐビンタを張り、二言目には暴力を振ったが、米兵は我々がかなり悪い事をしても、なかなか暴力を振わない。その点大いに敬服していた。

五月六日、大工の現場で我々の組は大いに働いて、他の組より早く家を建てたので、一同でトタン板を集めて来て日覆を作り、一服していた。いつもの様にサボルのなら、ちゃんと警戒しながら休むのだが、家を一軒建てた後なので、堂々と安心して休んでいた。するといきなり、頭上のトタン板の上で、「バチャン」と大きな音がした。戦場で迫に悩まされたのが習慣になっていたせいか、迫の弾が来たような錯覚にとらわれ、びっくりして思わず伏せてしまった。見ればキャーネル中尉が、我々がさぼっているものと思い、大きな石を投げつけたのだ。そして吾々の仲間の一人に拳銃をつきつけ、撲ったり、蹴ったりした。皆むかっとなるも奴隷の身、いかんともしがたく涙をのむ。

大工の現場。

今まで信頼していた米人の不信行為を見たような気がした。この将校は余程育ちの悪い男とみえ、その後もこういう事件を再三起して、皆の笑い者となっていた。

米人が鷹揚なのは、米国の満ち足りた生活から得た美徳なのだが。

勤労

奴隷根性かPW精神か、出来るだけさぼる事をモットーとすることも案外楽なものでない事を近来発見した。永い間の勤労精神から来る良心の為か、仕事に没頭している方がガードを警戒しながらさぼるより精神的に楽だ。

面白い仕事があれば、何も考えず、時間のたつのも忘れ、水を飲むのも忘れ、案外愉快に一日暮らす事が出来る。

米軍の乾燥食品

米軍は、アンズ、ナツメ、ブドウ、林檎、馬鈴薯、人参、キャベツ、タマネギ等の乾燥物を兵食として、沢山供給している。野菜類は皆、真空乾燥物で、日本のそれより品質もよく、ビタミンについても充分の考慮がなされている。

ナイロンと歯ブラシ

米軍から支給になった物の内で、一番感心したのはナイロン製の歯ブラシだ。一ケ年以上毎日使っても、少しも痛まない。毎日変わらん、心地よい感触を歯茎に与えている。ナイロンの耐水性を、良く利用したものだ。

花柳病

山の生活、PWの生活を通して、花柳病を持った人の大部分は再発し、山ではこれが原因で死んだ人も多かった。PWになってからも梅毒が現われ、毛が抜けたり眼が悪くなったり、気が狂ったり、処々に病状を呈する者が続出した。米軍から、サルバルサンをもらってこれらの人の治療を始めた。すねに傷もつ人が案外多いのに驚く。

ハアーメル所長 (Hummel)

四月十六日、カラバンへ我々を迎えに来てくれたのがハアーメル中尉だった。長身痩軀、感じの良い人だ。自らジィープを運転して我々のトラックの先導をしてくれた。昼頃小休止した時我々に小便をさせるやら水を飲ますやら、随分細かいところまで親切に気を配ってくれた。皆が腹が空いたといったら、自分も食べておらんから我慢しろといった。比人が途中例によって石をぶつけるので、これを近づけるのを嫌い、自ら銃を持って比人を遠ざけるのに専念していた。労働キャンプへ着いてからも、我々の福利のため自ら汗を流して働いてくれた。何ともいえぬ信頼感が湧いてきた。食糧も食べきれん程あった。我々の為にトタンぶきの家を一軒建てる計画をして、その材料のトタン入手が困難だったので、或る夜PWを十名程連れて自らトラックを動かし、比軍の材料置場へトタンを盗みに行き、歩哨に捕えられ、その責任で所長をやめさせられてしまった。惜しい人を失ったものだ。我々は送別相撲大会を催して彼を送った。

糧秣少なくなる

ハァーメル所長に替わって、次に、見るからに意地の悪そうなユダヤ鼻の中尉が所長になった。PWなどてんで問題にしてくれず、すべて冷淡だった。糧秣は急に減少してきた。仕事は激しくなる。気候は比島で一番暑い季節だ。朝食は小さなパン一切、昼は雑炊、夜は飯がほんの少し、これでは身体がもたん(一、八〇〇カロリー位)というのでサボタージュ気味になってきた。そこで代表が所長の所へ糧秣をふやしてくれるよう交渉に行った。すると彼の言うには、腹が空いているのはお前達だけではない、今は世界中が食糧難なの

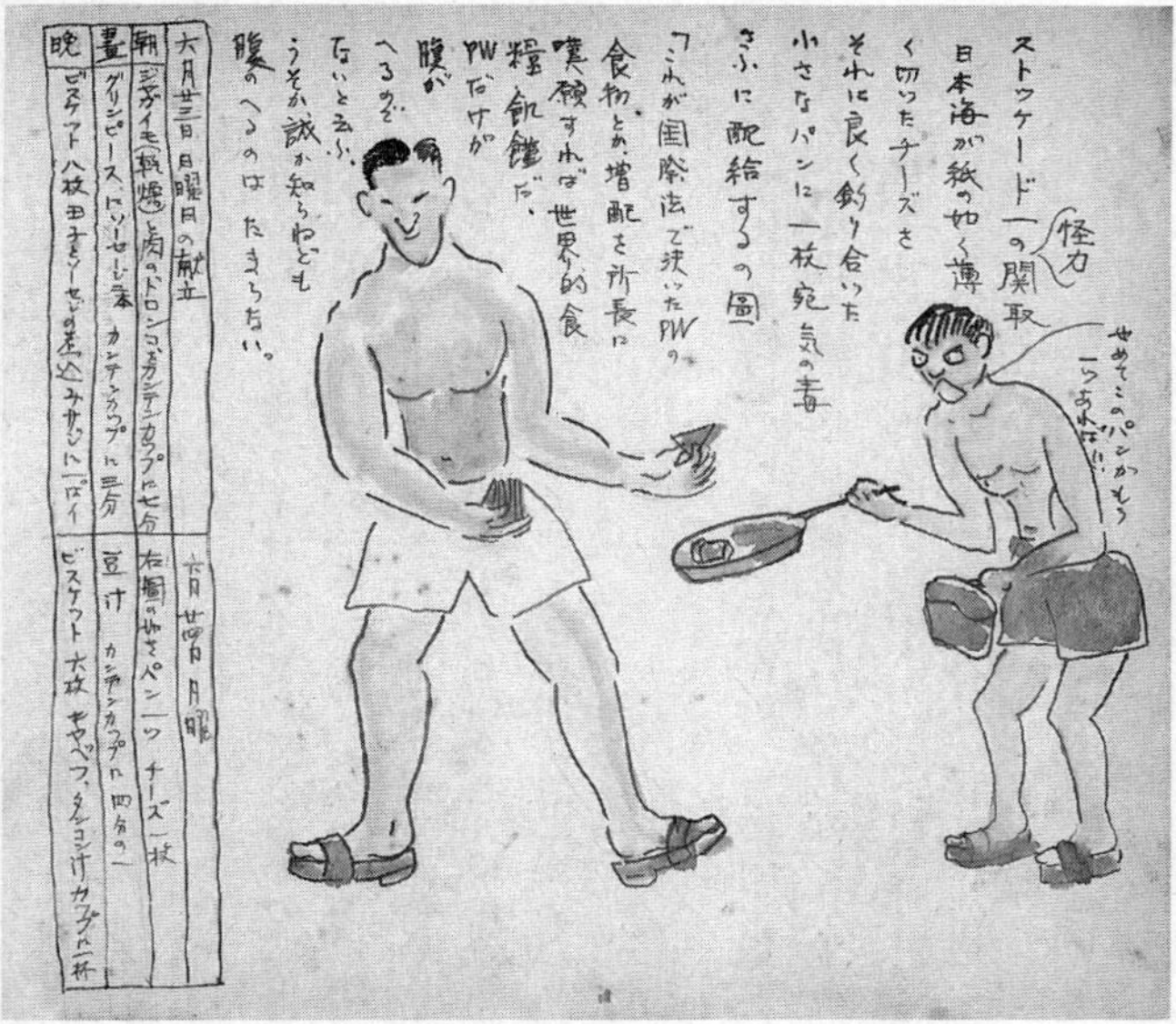

ストッケードーの怪力関取・日本海が紙の如く薄く切ったチーズと小さなパンを1枚ずつ、気の毒そうに配給するの図。

だと、世界中の食料統計等を出して種々説明した。

米軍は国際法によってPWには二千七百カロリーの食糧を与えている。君達がそれ以上欲しいならマッカーサーの許可を得ねばならんと言い切った。当時食物のカロリー表がないので我々の食糧のカロリー計算をやってみるわけにもゆかず、といって現状では絶対二千カロリーを越していることはない筈だがしかたがなかった。所長には食料を増してくれる親切も誠意もなかった。これでは身体が保てんというので、本格的サボタージュをやるという強硬派と、しばらく我慢するという老人組に分かれたが、結局うやむやのうちに皆不平ながら暮らしていった。肥った身体が急に衰えだした。

比律浜人

比人兵や比人労働者のいる所でPWが一緒に働くことがある。彼等は我々に煙草をくれたり、下手な日本語で話しかけたりして親しみを示すが、作業が済んで我々が自動車に乗り込んで走り出すと、急に、「バカヤロー、ドロボー」等悪口をいう、彼等にしてみれば日本人はやはり気持の悪い人種でもあり、我々への憎しみはかなり深いものがあるようだ。

反動

長い軍隊生活の反動か、PWは整列したり、号令で動くことが大嫌いでまるで烏合の衆だ。規則を守ることも大嫌いだ。PWを指導することはなかなか難しいことだ。明治維新に封建制度の反動で旧物打破と称し古い物はすべて捨ててしまった。其の無意識に捨てられた物の中には可成り良い物が沢山あった筈だ。軍国主義的なものの中にも良いものも少しはある筈だ。良し悪しの鑑別をしてから革新してもらいたいものだ。

食塩

山の生活では食塩を中心に友軍同士が命の取り合い迄やってきた。熱帯生活に於て体内の食塩が汗と共に多量に流れ去るので食塩補給はどうしてもせねばならない。労働科学研究所の発表では、夏期汗を多量に流す労働者は、一般食物の調理の食塩の他に一日十〜十五グラムの食塩を補給せねばいけないとあった。自分はこの研究にもとづき、台湾で工員に食塩補給して欠勤者を少なくした経験がある。

日本軍が今度の熱帯作戦で、この問題をどう取り扱ったか、上層部では多少考えていたかも知れないが、主計将校も軍医も兵もこれには無関心でいた。米軍は食塩を飲み易いようドロップとして、煙草と共にレイションの入れ組品として野戦で食べさせるようにしていた。あらゆる点で日本は負けていたようだ。学者の研究を少しも実用化しなかったことは残念だ。

日本軍の捕虜になった米人

日本軍に捕えられた米軍将兵の一部が、こん度は我々をPWとして扱うようになった。彼等は例外無しに一般米人より意地悪く、我々には手に負えない人種だ。一体日本人が家畜を飼うと其の家畜の気性がどうしても荒くなる。日本犬、日本馬、日本牛何れを見ても外国種に比し気が荒く喧嘩が好きだ。外国種の家畜を輸入してもすぐ荒くしてしまう。これでは米人捕虜の気が荒くなるのも無理はない。日本人は余程考えなければならない。

「転進」という言葉

アッツ島が玉砕し、キスカ島の兵力を後退させた時、「転進」という言葉が初めて新聞に出た。そしてその時、「転進」は退却でも敗戦でもないという事が大本営から盛んに弁明された。其の後ガダルカナル、ニューギニヤ戦線で盛んに転進が行なわれた。「日本軍に退却無し」という伝統を守るための言葉か、自己欺瞞か、ソ連の動向をおそれた外交手段か知らぬが、戦況不利の時は退却するのは兵隊の常でなければならんと思う。露西亜《ロシア》がナポレオンと戦い退却に退却を続け、それも清野法によってモスコーまで精鋭を引き付け、冬将軍の偉力をかりて最後の勝利を得た。又今度もスターリンはヒットラーの精兵に追われモスコーまで退却して、ここで彼を破っている。この場合予定の退却ということは言ったが、決して転進とは言わなかった。

日本軍は転進という言葉を使わなければ士気が阻喪し、国民の信用も保持出来なくなった事は事実だったが。我々がネグロスで戦った時も転進又転進の連続だった。「この陣地を死守」といったその日の内に転進だ。一戦も交えずこんなことが繰り返されるうちに、兵隊の頭には転進も退却も負け戦も全く同意語であることが解ってきた。一戦を交えれば敵に可成りの打撃を与え得る好条件に恵まれていても、戦意を失った日本軍はすぐ転進してしまった。

負け戦は負け戦として発表出来る国柄でありたかった。調子の良い事ばかり宣伝しておいて国民の緊張が足らんなどよくいえたものだ。もっとも今度の戦争は百年戦争だなどと宣伝されていたのだが、どう考えても本当のことを発表する可きだったと思う。外国をだますつもりの宣伝が自国民を欺き、自ら破滅の淵に落ちたというものだ。いずれにせよ、「転進」という言葉が出来てから日本は一回も勝たなかった。今度の戦争を代表する言葉の一つだ。

将校キャンプと兵隊キャンプ

ネグロス収容所時代は将校も兵も一緒に暮らし、レイテでは将校だけ、ルソンに来てからは兵隊だけと暮らした。ネグロス時代は同じ部隊が旧編成のままでPWとなったので、軍隊生活の組織はそのまま保たれ、将校は相変わらず威張っていた。レイテでは将校だけが集まったので将校も自分の事は自分でしなければならなかったし、便所掃除までさせられるので多少角が取れていったようだが、社会人としては全く零に近い人が多かった。実行力が無く陰険で気取り屋で、品性下劣な偽善の塊だった。兵隊だけのキャンプに暮らしてみると、前者に比べて思った事はどんどん言うし、実行力はあるし、明朗だった。ただ一般に程度の低いことは争えない。ここで色々の話を聞くが、兵隊達に言わせると将校の素質が低下したから負けたのだと頻りにいう。兵隊の中にも素質の悪いのが実に沢山いるが、将校の悪いことは、両ストッケードを生活してみて率直に認めざるを得なかった。

日清、日露の役の当時の様に将校と兵との間に教養武術、社会的地位に格差のあった時代は良かったが、今日では社会的地位、学識其の他総ての点に於て将校より勝れた人物が大勢兵として召集されている。それ等を教養も人間も出来ていない将校が指揮するのだから、組織の確立している間はまだしも、一度組織が崩れたら収拾がつかなくなるのは当然だ。兵隊達は寄るとさわると将校の悪口をいう。ただし人格の勝れた将校に対しては決して悪口をいわない。世の中は公平だ。

カルマタ

日本軍時代は比人には自動車の燃料など与えないので、マニラを中心にあらゆる街道はカルマタ（馬車）、牛車の行列で軍用自動車など通れん位だったのに、今日この頃はバス、トラックが沢山に走りカルマタをほとんど見なくなってしまった。

自動車

日本軍のトラックは事故が多く、路端で修理中のものや牽引されてゆくもの等を随所で見たが、米軍のトラックには故障が少ない。もっとも少し具合の悪い車はどんどん捨ててしまうので、到る所に古トラックが山の様に積んである。

米軍将校と日本将校

日本の将校は仕事はすべて下士官にやらせ、身の回りの事はすべて当番にやらせ一人で威張っていて、特別の料理を食べ、将校だけが人間だと思っていたが、米軍の将校を見ると自分の事は自分でして公私とも実にまめまめしくやる。移動行軍の時でも自分の荷物は自分で負って行く。日本の将校は重い私物をほとんど当番に負わせ、空身で歩いているのが多かった。又米軍の兵隊は公務以外の事では将校に遠慮しないようだ。

夜間作業

午後六時～一時、一時～八時まで夜間作業がある。主としてマニラから運ばれてくるセメント、材木おろしの作業だ。日本の小野田セメントを担がされるのは何か情けない気がした。ＰＷ係の下士官（ハワイ生まれ）がいつも我々を現場まで自動車で送ってくれた。夜中に労務係が、「夜間作業員集合」と、大声を出すと他の連中が目を覚ますから各幕舎を回って静かに集めろと注意する等、公衆道徳の点でも大分米さんは日本人より上だ。

建設

我々の労働キャンプの仕事は、このオードネルの原に比島独立軍第十二師団の兵舎の建設をする事だ。兵舎といっても十六呎×三十二呎の板張り、又はコンクリー張りの床を作り、その上に天幕を張り木骨を建てる程のもので、他に炊事場、シャワー等の組み立て式のトタン屋、地下排水暗渠工事、材料の積みおろし等だった。そして作業員は大工、コンクリー、雑工事等と分かれていた。コンクリーの仕事は一輪車が重くて、とても自分には

夜間作業に日本軍用の小野田セメントを担がされる。

扱えないし、雑工事は何をさせられるか分らんので、大工なら一日中炎天下でコツコツ働いてさえいれば良いというので、良い大工の専属者となり、一角に働いた。

米軍式の野戦建築は木を削るでなし、木の上下をいうでなし、どんどん釘でたたきつければ良い。本当のたたき大工だ。初めは七人一組で一日一軒建てるのは容易でなかったが、段々慣れてくると四人で一軒楽に建つようになった。人の家でも建設の喜びはある。何もなかった草野に、我々の建てた家が次から次へと出来あがり、あの丘に七〇〇、この原に五〇〇というようにオードネルの野も半年の間に兵舎が千以上も出来て、電気が点り、土民は近くに町を作り立派な兵営の市が出来た。

大工仕事は面白いし、一日一軒作れば後は文句がないので、気の合った者同士が組を作り歌を歌いながら、漫談をしながらトントンと働くので、一日の経つのも早い。仕事中は何も考えず米兵も何も言わないので気分良く働けた。

暴力政治

ＰＷには何んの報酬もないのを只同様に使うのだから、皆がそんなに思う様に働く訳がない。我々正常な社会で月給を出し、生活権を握っていても、人は思うように使えないのが本則なのだから、ＰＷがＰＷを使うなどそう簡単にできる訳がない。ところが、このス

大工の現場。

外業者集合。朝７時からこうしてPWの一日がはじまる。今日も一日頭からカンカン照りつけられると思うといやになる。

トッケードの幹部は暴力団的傾向の人が多かったので、まとまりの悪いPWを暴力をもって統御していった。

といっても初めはPW各人も無自覚で幹部に対し何んの理解もなく、勝手な事を言い、勝手な事をしていたのだが。つまり暴力団といっても初めから勢力があったわけでなく、ストッケードで相撲大会をやるとそれに出場する強そうな選手を親分が目を付け、それを炊事係へ入れて、一般の連中がひもじい時彼等にうんと食わせ体力を付けさせた。

しかるに炊事係の大部分を親分の御声掛りの相撲の選手が占め、炊事を完全に掌握し、次に強そうな連中を毎晩さそって、皆の食料の一部で特別料理を作らせこれを特配した。そんなわけで身体の良い連中は増々肥り、いやらしい連中はこの親分の所へ自然と集まっていった。為に暴力団（親分）の勢力は日増しに増強され、次いでは演芸部もその勢力下に治めてしまった。一般PWがこの暴力団の事、炊事、演芸等の事を少しでも悪口をいうと忽ちリンチされてしまった。

この力は一般作業にも及び、作業場でサボッた人、幹部の言う事を聞かなかった者も片端しからリンチされた。各幕舎には一人位ずつ暴力団の関係者がいるのでうっかりした事はしゃべれず、全くの暗黒暴力政治時代を現出した。彼等は米人におだてられるままに同胞を酷使して良い顔になっていた。

彼等の行なうリンチは、一人の男を夜連れ出し、これを十人以上の暴力団員が取り巻きバットでなぐる蹴る、実にむごたらしい事をする、痛さに耐え兼ね悲鳴をあげるのだが、毎晩の様にこの悲鳴とも唸りとも分らん声が聞こえて、気を失えば水を頭から浴びせ蘇生させてから又撲る、この為、骨折したり喀血したりして入院する者も出て来た。彼等に抵抗したり口答えをすれば、このリンチは更にむごいものとなった。或る者はこれが原因で内出血で死んだ。彼等の行動を止めに入ればその者もやられるので、同じ幕舎の者でもどうする事もできなかった。暴力団は完全にこのストッケードを支配してしまった。一般人は皆恐怖にかられ、発狂する者さえでてきた。

マニラ組

オードネルの仕事はたくさんあるので、マニラのストッケードから三百名程新たに追加された。この新来の勢力に対してこの暴力団が働きかけたが、マニラの指揮者はインテリでしっかりしていたので彼等の目の上のコブだった。事毎に対立があり、六月十三日大工の作業場の小さなケンカが元で、この夜マニラ組全員と暴力団の間に血の雨が降ろうとしたが、米軍のMPに探知され、ストッケード内に武装したMPが立哨までした。その内に両者に話がついて事なきを得たが、以後暴力団はこの新来勢力を切り崩す事に専念し、新来者の主だった者に御馳走政策で近付きとなり、マニラ組内の入墨組というか反インテリ組を完全に籠絡して彼等の客分とした。これでマニラ組の勢力も二分されてしまったので、その後は完全なる暴力政治となった。親分は子分を治める力も頭もないので、子分が勝手な事をやり暴力行為は目に余るものがあった。

帰国

七月中に帰国できるというので合同慰霊祭や最後の演芸会が開かれた。この嫌な雰囲気から一日も早くのがれられるというので皆大喜びだった。しかしこれは話だけで御流れとなった。米軍の言う事はあてにならない。

コレヒドルから新入者

八月六日。コレヒドル島からPWが三百名程新たに入ってきた。彼等は各地で事故を起こしたトラブルメーカーばかりで、懲罰の為コレヒドルにやらされたのだから相当な連中だというデマが飛び、今までの暴力団との一戦が予想された。彼等は短刀その他の武器を作り戦闘準備さえしていた。我々としては彼等の滅びるのを心待ちにしていたが流血は恐れていた。噂とは違って、コレヒドルから来たリーダーは寒川光太郎といって芥川賞を得

日時計。9 時と 3 時に実体と日かげの長さが等しくなる。これにより外業先で 10 時半、4 時半の帰幕時間の見当をつける。

慰霊祭。PW の制服を着用。一同ひさびさに整列。皆の横顔をみていると、いつの間にか PW の服が昔の日本軍の軍服に変わってくるような幻想にとらわれる。

た文化人で、話を聞けば別にトラブルメーカーの群れでなく安心した。彼等がここでどうなってゆくかが心配だった。

クーデター

コレヒドル組が来てからすぐ八月八日の正午、MPがたくさん来て名簿を出して、「この連中はすぐ装具をまとめて出発」と命ぜられた。三十名近い人員だ。今までの暴力団の主だった者全部が網羅されていた。寸分の余裕も与えず彼等は門外に整列させられた。彼等は自分の非業を知っているので処分されるものと色を失い、醜態だった。彼等には銃を持ったMPが付纏っている。その内装具検査が行なわれ、彼等の持物から上等な煙草、当然皆に分けねばならん品物、缶詰、薬等がたくさんでてきた。缶詰その他、PWに配られた物は全部我々に返された。常に正義を口にし、日本人の面目を言い、男を売り物とする彼等が、糧秣不足で悩んでいる我々の頭をはねていかに飽食し、悪い事をしていたかが皆の前でさらけ出された。小気味良いやら、気の毒やら。

それでこのストッケードの主な暴力勢力は一掃された。しかし本部にほとんど人が居なくなったのでPW行政は行き詰まり、新たにPWの組閣を行なわねばならなくなった。PWの選挙により幹部が再編成された。暴力的でない人物が登場し、ここで初めて民主主義のストッケードができた。皆救われたような気がし一陽来福の感があった。暴力団がいなくなるとすぐ、安心してか勝手な事を言い正当の指令にも服さん者が出てきた。何んと日本人とは情けない民族だ。暴力でなければ御しがたいのか。

文化活動

我々のストッケードを治めてゆく主役に副官（隊長は老人でロボット）山口良介氏が挙げられた。東京工業大学建築科出身で小説も絵もかく文化人だ。絶対平和主義でストッケードは運営された。コレヒドルから来た文化人寒川氏等いるので、今まで閉塞していた文化活動が急に盛んになった。句会、文芸会、絵や工芸品の展覧会、新聞、ニュースの発行等盛んに行った。

医務室入り

クーデターの後、医務室の沼本軍医が医務室に来てくれというので、薬剤師というか配薬係として行く事にした。これで一般作業には出んでも良いようになった。今まで医務室は沼本軍医と通訳一名、衛生兵三名の五人だけだったが、クーデターで衛生兵の一人は出され、あとの二人は演芸部に入った。我々と一緒にコレヒドルから来た千葉軍医と赤沢歯

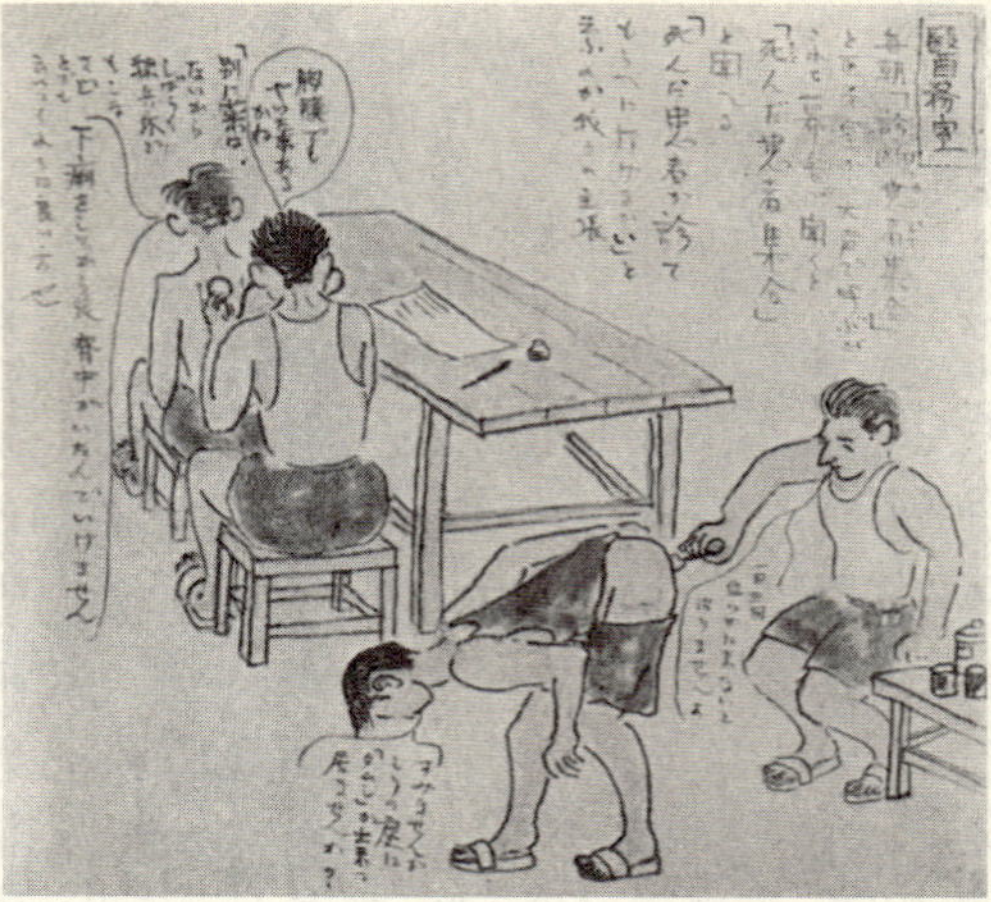

医務室。

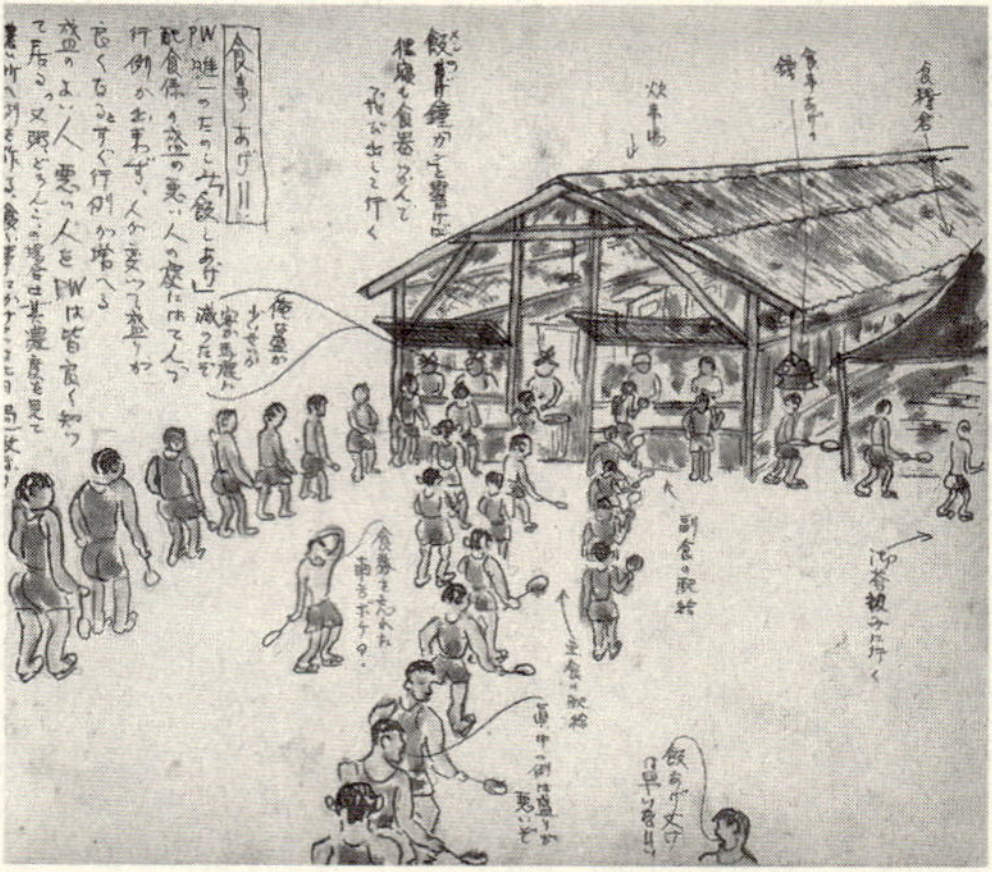

食事あげ。PW 唯一の楽しみ「飯あげ」。食う事にかけては皆過敏なり。

科医、衛生係に山本、高畑君が入り、新医務室の陣容は整った。ここの仕事も案外楽なものでなかった。米軍が豊富に、薬品、衛生材料をくれるし、急病人があればすぐ米軍の軍医が来て夜半でも入院させる程実に親切だ。最も、この米さん軍医は特別紳士で、家訓は、「人には親切をつくす事」にあるといっていた位の人だったが。梅毒患者には六〇六までくれた。彼が帰国してからは十二師団から意地の悪い軍医が来たが、工芸品を与えたら態度がすっかり変わっておとなしくなった。

工芸品

コレヒドルから来た人は弾やケース、飛行機の翼等を巧みに利用して、飛行機や腕輪や指輪を作ることを教えてくれたので、この仕事が大流行してどの幕舎にも四発やロッキードの一、二台は並べてあった。これは米人にとって絶好の土産となるので、彼等の煙草と交換され、PWも近来は高級煙草に不自由しなくなった。この作品を集めて二、三回展覧会をやった。米軍が遠くから見に来た。

カロリー計算

コレヒドルから来た千葉軍医が、内科診察要覧を持っていた。それに各食物のカロリー

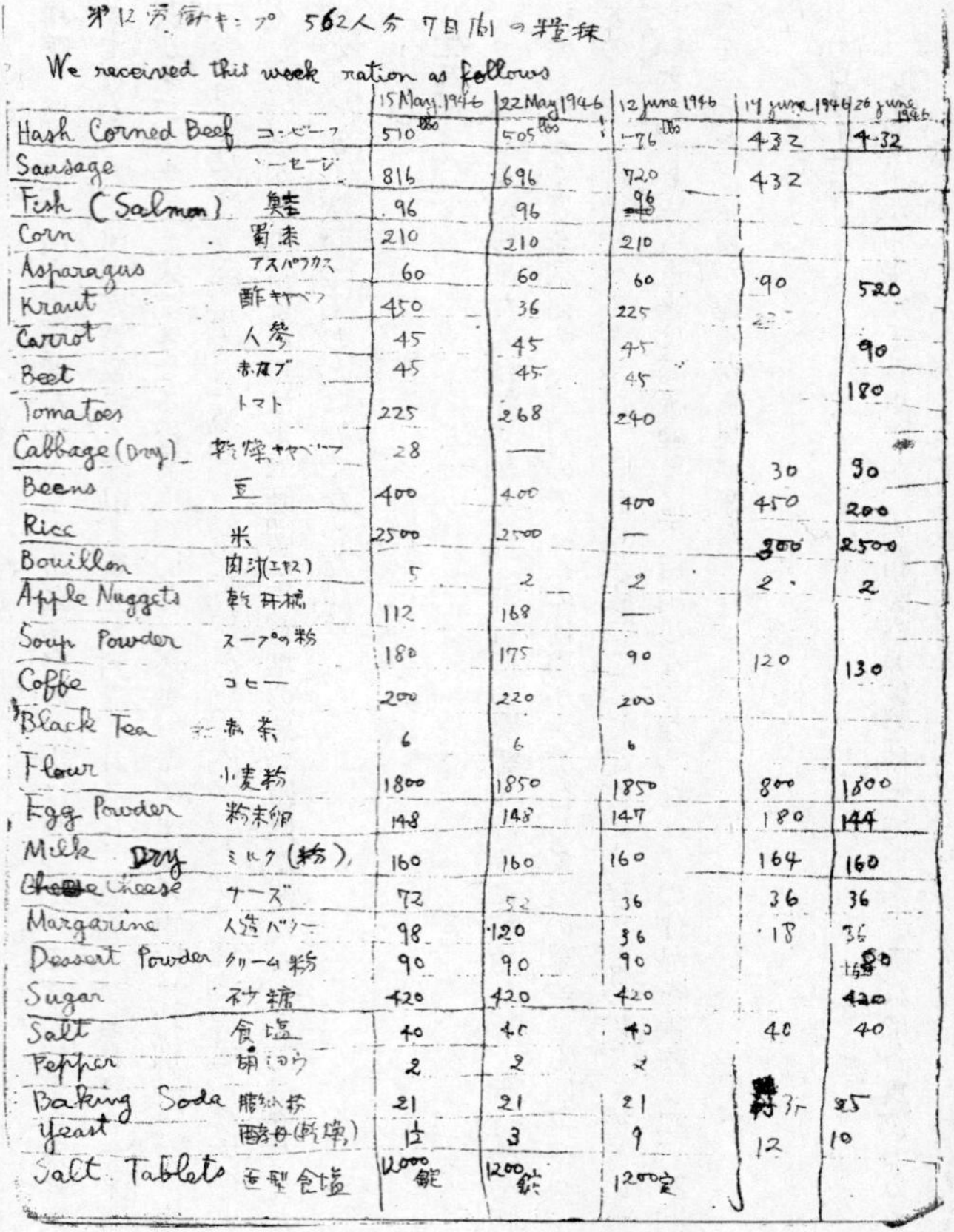

第12労働キャンプ 562人分 7日間の糧秣

We received this week ration as follows

		15 May. 1946	22 May 1946	12 June 1946	14 June 1946	26 June 1946
Hash Corned Beef	コンビーフ	510 lbs	505 lbs	476 lbs	432	432
Sausage	ソーセージ	816	696	720	432	
Fish (Salmon)	鮭	96	96	96		
Corn	蜀黍	210	210	210		
Asparagus	アスパラガス	60	60	60	90	520
Kraut	酢キャベツ	450	36	225		
Carrot	人参	45	45	45		90
Beet	赤カブ	45	45	45		180
Tomatoes	トマト	225	268	240		
Cabbage (Dry)	乾燥キャベツ	28	—		30	90
Beens	豆	400	400	400	450	200
Rice	米	2500	2500	—	900	2500
Bouillon	肉汁(エキス)	5	2	2	2	2
Apple Nuggets	乾林檎	112	168	—		
Soup Powder	スープの粉	180	175	90	120	130
Coffe	コヒー	200	220	200		
Black Tea	紅茶	6	6	6		
Flour	小麦粉	1800	1850	1850	800	1800
Egg Powder	粉末卵	148	148	147	180	144
Milk Dry	ミルク(粉)	160	160	160	164	160
~~Cheese~~ Cheese	チーズ	72	52	36	36	36
Margarine	人造バター	98	120	36	18	36
Dessert Powder	クリーム粉	90	90	90		80
Sugar	砂糖	420	420	420		420
Salt	食塩	40	40	40	40	40
Pepper	胡椒	2	2	2		
Baking Soda	膨張剤	21	21	21	35	25
Yeast	酵母(乾燥)	1½	3	9	12	10
Salt Tablets	錠型食塩	12000錠	1200錠	1200錠		

「第12労働キャンプ562人分7日間の糧秣表」より。

表が出ていたので、毎週の糧秣のカロリー計算をやってみた。近来の糧秣は非常に悪いので一、七〇〇〜一、九〇〇カロリーしかなかった。この数字を持って強硬に交渉したので多少は良くなったようだ。我々の一日の所要カロリーは安臥時二、〇〇〇、軽労二、三〇〇、重労二、八〇〇カロリーだがこれでは段々やせてゆくのも無理はない。糧秣の多い時は三、〇〇〇カロリー近く入っていたのに。

質疑応答

文化活動の一つとして掲示板を利用して質疑応答を自分が受け持った。毎日色々のことが質問された。石炭の成因、現在も出来つつあるか、石炭のカロリー測定法、食物のカロリー測定法、犬はなぜ片足をあげて小便するか、女はなぜしゃがんで小便するか、陰部はなぜ黒いか、陰嚢はなぜぶら下っているか、へそはなぜあるか、熱帯人は汗腺が少ないわけ、性交一回に何カロリーいるか、初夜の心得、ぼた餅とおはぎの違い、何故虫歯が出来るか、食物と腹持ちの関係、酸素と酵母、ペニシリン、飴の作り方等々色々の質問が出たが生理関係のものが多かった。

ホロ島の話

同じ幕舎にホロ島の生残者藤岡明義君（大阪商大出）がいた。ホロ島とはミンダナオの南の島（ニューギニアとの間）で、ここには飛行場があり七千名近い陸海兵と、土民にはモロ族がいた。兵は米軍上陸以来山に追いあげられたが、島が小さいのでその大半は敵の砲爆で倒され、残りはマラリヤと飢え死にと自殺とモロ族の襲撃で倒され、食糧がないので友軍同士その肉を食い合ったという。そして終戦後この島から生きて出たのがわずか七十名だけだったという。

ルソン島の話

我々はネグロスで、ルソンには山下兵団がいて相当に武器もあるだろうから、そうおめおめと負けんだろうと思っていた。ところがここへ来てルソンの話を聞くと、初めは大分やったようだが、あとは逃げただけだった事が分った。しかも山では食糧がないので友軍同士が殺し合い、敵より味方の方が危い位で、部下に殺された連隊長、隊長などざらにあり、友軍の肉が盛んに食われたという。ここに至るまでに土民からの略奪、その他あらゆる犯罪が行なわれた事は土民の感情を見ても明らかだ。

ミンダナオ

ここは全比島の内で一番食物に困った所で、友軍同士の撃ち合い、食い合いは常識的となっていた。行本君は友軍の手榴弾で足をやられ危く食べられるところだったという。敵も友軍も皆自分の命を取りにくると思っていたという。友軍の方が身近にいるだけに危険も多く始末に困ったという。

沖縄の話

コレヒドルから来たなかに、沖縄戦で捕えられた人が四十五人いた。沖縄も比島同様段違いの戦いで、手も足も出なかったという。しかも島民が軍と行動を共にした為、おびただしい死者を出し、島の小学生、中学生、女学生が勇敢に戦ったことは、白虎隊を思わせ悲惨だったという。又、沖縄にはスパイがたくさんいたともいう。沖縄の話を聞くにつけ本土作戦などやらずによかったと思った。

日本人の暴力性

ＰＷになってから日本人の暴力性がつくづく嫌になった。もっとも戦争とは民族的暴力に違いないが、これとて弱者いじめの事が多い。日清、日露は強者に対する戦いであった

日曜日の幕舎内。こういう中で、絵日記が描かれていった。

が、日支事変は正に弱者いじめだ。こんな戦いを長いことやっていたので、日本人の正義感は腐ってしまったのだ。俠客も旗本に対抗してきた時代は、弱きを助け強きを挫く正義感があって大衆の味方だったが、近来のやくざは強きを助け弱きを挫くだ。弱者を寄ってたかって痛めつけ得意になっている。大東亜戦の南方民族に対するのと同じだ。そして強敵米軍が来たら、ろくに戦いもせずこのざまだ。軍閥と暴力団傾向は全く同じものだった。日本人の大部分にこの傾向があるのだから嫌になってしまう。今のやくざには正義も俠気も何もない。これからの日本には彼等が毒虫としてしか作用せん事は確実だ。

帰国

十月二十三日、帰国者の名前が発表になった。七五七名中、三五七名が帰ることになった。幸いその選に入り、二十八日オードネルを自動車で出発し、タルラックの近くの駅から無蓋貨車に乗り、夕方カランバンに来た。途中、土民は昔の様に悪口を言わなかった。時とは総てを清算してくれるのか。子供が悪口を言ったら青年がたしなめていた。有難い気がした。カラバンは相変わらず大勢の人がいて水が不便だった。レイテ出発以来一緒だった野田君が炊事係だったので、毎食特別料理を作って持ってきてくれた。帰るまでに肥って帰れとの好意で感謝にたえない。毎日オクラや大根の漬物が食べられるので蘇生の思いだ。この戦争は、PWになってからもいつも誰かが食物を持ってきてくれたので他の人程ひもじい思いをした事がなかった。家で陰膳してくれているせいかもしれんと考えている。

内地からの便り

カラバンで内地から来た葉書があるというので見に行ったら、重彦兄と由紀子から来ていた。今まで帰りたい、帰りたいと思っていたが、いざ帰ると決まると家の事が心配で帰るのが恐ろしくなってきた。葉書では家はなくなったというが、家族全員無事でいる事がわかり非常に安心した。由紀子からの手紙は三月にレイテ宛に出された物だった。これを総本部の清水氏が送ってくれたので、計らずも見られた訳である。葉書に、「鏡を見ずにいるので自分の年を取ったのも分らず……」とあるのを寒川氏が見て、これは、「貞節を守っているという事をうまくいったものだ」とほめてくれた。文学者の観察は鋭いものと感心した。

寒川氏

毎夕食事が済むと、寒川氏と安田氏（医博）と伊藤氏（詩人）の四人で芝生で清談をするのを楽しみにしていた。軍閥の悪口、日本民族の情けないこと等、話は遅くまで続いた。
いよいよ十一月三十日乗船と決まった。

新たな投降者

本年の一月にコレヒドルで四五〇名の投降者が出たままと聞いていたが、十一月の初めに七十名程の日本軍が出て来てカラバンに収容された。二千名が七十名になってしまったという。山の生活がいかに不健康なものかがわかる。この連中は労働キャンプにも出されず、本年末には帰されるだろう。長く山にいて良い事をした。まだたくさんの日本兵が山にいるという。

橋爪君

暁星中学の同窓で農大でも一年間一緒にいた橋爪君に、十六年目にカラバン収容所でひょっこり会った。彼は白髪頭で四十歳位にはみえる。初め、彼が余りに老けているのと、彼には自分が余り若い為に御互いに人違いかと思っていたが、近づいてみると旧友だ。なつかしくて一晩語った。彼は海軍の上等兵曹としてマニラで電探関係の仕事をしていたという。暁星時代の友人、林慶坊、佐藤のチャボはどうしたことか。

ペニシリン

今度の戦争で米国医学が物にした傑作に、ペニシリンと人血清がある。ペニシリンを我々が初めて知ったのは、確か昭和十八年だったたと思う。ペニシリンは青カビからとる微量成分で、チャーチル首相の肺炎を一度で治療した薬だ。

青カビといえばミカンや靴によく生える普通のカビで、醸造の方では別にこれという用途はなかった。今にして思えば、我々が醸造試験所で醤油のカビの研究をしていた時、どんな型の醤油にはカビが生えぬかを、全国から集めた品評会用の醤油について試験したことがあった。大概の醤油にはカビが生えたが、中にはいつまでたってもカビの生えんのがあった。その醤油からは、青カビのコロニーがわずかに出たのだった。又、麴汁培養基保存中にもこの青カビのコロニーが出たものは、その後腐敗が進まん事実も認めていた。当時はこの現象を、ただ青カビが出た為に他の菌が生えにくくなったのだろうと大して気にもとめず、問題にもしなかった。これらの現象から、青カビが何か特別な物を出すのではないかと気付かなかったのは千慮の一失だった。

米軍ではこの新薬ペニシリンを盛んに使い、その効力を絶対的に信じている。手術も大した消毒もせず、ペニシリンを注射しておきさえすれば良いと考えている。医務室にいた時の治療例からみてもその効力は認められた。淋病、梅毒、あらゆる化膿性疾患、慢性タムシ、慢性水虫等に良く効く。米国ではペニシリンより更に強力な物質を発見したという。糸状菌利用の道が開かれたから、これからどんどん新薬が出ると思う。ペニシリン注射液の残余を放っておいたらそれに青カビが生えてきた。これは更に強力な菌種と思い、保存しておいた。

日本へ帰ってからの職業

自分は明治製糖と縁を切って出て来たので、帰国すれば天下の浪人だ。今後何をすべきか色々考えてきた。サラリーマンではとても暮らしてゆけそうもないし、何か事業でも興そうか。今後の日本が最も必要とする事で我々に出来そうな事というと範囲は大分狭められてくる。そこで考え付いた事が四つあった。第一は家畜飼料製造会社だ。方法は空中窒素を硫安として固定し、これを酵母に消化させ、蛋白質(人造肉)として飼料化する事だ。これは実行も簡単で、資金集めをして始めたいと思う。次は、海に無尽蔵といわれるプランクトンを集めて家畜の飼料とする事だ。着想は大は鯨、小は鰯に至るまで無数の海洋生物が餌としているプランクトンを、直接人間が集めて陸上生物の餌とするにある。このプランクトン採集法は目下研究中だ。第三は熱帯の海岸に群生しているマングローブ樹、これは海水中から真水を吸収して生活しているのだが、この海水から真水を分ち取る組織の研究をしたら、海水中の食塩を燃料なしに（少なくて）とれるわけであり、又あらゆる溶液から可溶性物質がとれるわけだ。これも大いに研究してみなければならん事だ。第四は、白蟻にある。白蟻は木材を食べて生きているが、それは彼の胃腸に木材を消化する力があるからだ。木材繊維を分解して糖分にするには、高圧で酸分解せねばならないのだが、白蟻はそんな事をせずに生活している。それは白蟻の消化器内に木材を分解し糖化するバクテリヤが棲んでいて、その菌の作用でできた糖分を白蟻が吸収するというのだが、この菌の生活史をよく研究してみたら木材を簡単に糖化する事が出来るのではないかと思われた。

バタンの日本兵

バタン半島の山中には野砲を持った日本軍数千がガナップ（比島独立党）と組んで今なお頑張っているが、米軍は別に討伐もせずに放ってあるという。

八幡船

自分は歴史で八幡船の事を興味深く学んだ。彼等の行動は何んといっても痛快だ。しかし文化性は少しもないのでいつの間にか消えてなくなった。今度の大東亜戦をみると何んだか大がかりな八幡船の様な気がしてならない。

独乙潜水艦

海軍の伊藤参謀に聞いた話だが独乙が降服した当時、独乙潜水艦隊の一部は、祖国は破れても我等は日本と共に最後まで戦うといって日本海軍の指揮下に入り、印度方面の米英艦船を盛んに沈めていたという。そして彼等が日本の基地に帰ってきた時、要求は何んでもいれてやるから遠慮なく言えといったら、まず広い所でバスケットボールがやりたいと言って、麦酒を楽しんで又出撃していったという。日本の潜水艦乗りならまず風呂に入るところだが。そうして彼等は敵の軍港の奥深く入り込んで戦果をあげ、勇敢な事を平気でやってのけたというが、日本の特攻隊式の必ず死ぬというやり方はどうしてもやらんし、出来ないと言った。彼等は生還の可能性が少しでもあればどんな危険な事でも平気でやるが、絶対に始めからだめな事はやらんという。

PWになってから進級

レイテ収容所では二十年十一月〜十二月頃将兵の階級を進級させていた。そして将兵は大まじめで上官に進級申告に来ていた。日本は敗けて、軍隊などとうになくなっていたのに面白いことだ。ルソンへ来てこの話をしたら実に珍しい話だと皆が笑った。

頭の切り換え

頭の切り換えはなかなかできるものではない。永い軍隊生活、それ以外の社会を知らぬ職業軍人、学校から直接軍人になった人々の頭はなかなか切り換えられない。彼等はどうなってゆくか、おそらく日系露人と同じ運命をたどるだろう。

PWおとなしくなる

帰国がいよいよ決まり、あと何日となると、今まで威張っていた連中が段々萎れてきた。彼等の心境を研究してみると、日本へ帰ってから生活してゆく自信がないからだ。今まで小さくなっていた社会的経験者、時代に合った職業、腕を持つ人だけが本当に明朗になり自信に満ちた喜びを味わっている。今までこれらの人にけんもほろろだった連中は急に頭を下げ出した。面白い様でもあり、気の毒でもある。

共産党

我々は戦災により、又国際的にみても完全なプロレタリアなのだが、新聞を通じてみる日本共産党にはどうしても好意が持てない。彼等は日本の国柄、国民性などを全く考えず、ただ小児病的な闘争ばかりやっている。日本共産党はそんな事ばかりやらず、もっと大きな問題をとり上げて進むべきだと思う。

生物学

生物学を知らぬ人間程みじめなものはない。軍閥は生物学を知らない為、国民に無理を強い、東洋の諸民族から締め出しを食ってしまったのだ。人間は生物である以上、どうしてもその制約を受け、人間だけが独立して特別な事をすることは出来ないのだ。

病院船

コレヒドルから来た人の中に病院船組というのがいた。彼等は広島連隊で、支那からシンガポールを歴戦、ニューギニアの孤島警備に渡っていたが、終戦数日前に病院船橘丸（東京大島通いの船）に全員が白衣を着てニセ病人となり、兵器弾薬を船底に隠し、ジャバ方面へ脱出を企て、途中米巡洋艦に捕えられてニセ病人とわかり全員マニラに送られたという。彼等は一度も米軍と戦っていないので、比島で散々打ち負かされた我々とは違い、日本軍のプライドを今だに持っていて、軍規を守り、全員が偽名を使い、団結力が強かった。

日本の敗因

日本の敗因、それは初めから無理な戦いをしたからだといえばそれにつきるが、それでもその内に含まれる諸要素を分析してみようと思う。

一、精兵主義の軍隊に精兵がいなかった事。然るに作戦その他で兵に要求される事は、総て精兵でなければできない仕事ばかりだった。武器も与えずに。米国は物量に物言わせ、未訓練兵でもできる作戦をやってきた。

二、物量、物資、資源、総て米国に比べ問題にならなかった。

三、日本の不合理性、米国の合理性。

四、将兵の素質低下（精兵は満州、支那事変と緒戦で大部分は死んでしまった）。

五、精神的に弱かった（一枚看板の大和魂も戦い不利となるとさっぱり威力なし）。

六、日本の学問は実用化せず、米国の学問は実用化する。

七、基礎科学の研究をしなかった事。

八、電波兵器の劣等（物理学貧弱）。

九、克己心の欠如。

十、反省力なき事。
十一、個人としての修養をしていない事。
十二、陸海軍の不協力。
十三、一人よがりで同情心が無い事。
十四、兵器の劣悪を自覚し、負け癖がついた事。
十五、バアーシー海峡の損害と、戦意喪失。
十六、思想的に徹底したものがなかった事。
十七、国民が戦いに厭きていた。
十八、日本文化の確立なき為。
十九、日本は人命を粗末にし、米国は大切にした。
二十、日本文化に普遍性なき為。
二十一、指導者に生物学的常識がなかった事。
順不同で重複している点もあるが、日本人には大東亜を治める力も文化もなかった事に結論する。

兵器転用

山の戦いで兵器はその本来の戦闘目的には使われず、生活の為の代用品となった。

防毒面┬吸収管内の活性炭――下痢止め
　　　├吸収管（ゴム）――焚き付け
　　　└袋――雑嚢
鉄カブト――籾つき、米つき臼
ゴボウ剣――芋掘り用農具
軍刀――薪割り、カマ
小銃――猟銃

日本人が米人に比べて優れている点

永いストッケード生活を通じ、日本人の欠点ばかり目に付きだした。総力戦で負けても米人より何か優れている点はないかと考えてみた。面、体格、皆だめだ。ただ、計算能力、暗算能力、手先の器用さは優れていて彼等の遠く及ばないところだ。他には勘が良いこともあるが、これだけで戦争に勝つのは無理だろう。日本の技術が優れていると言われていたが、これを検討してみると、製品の歩留《ぶど》まりを上げるとか、物を精製する技術に優れた

カブト虫のおばけのようなブルトーザー。我々はエンピと十字とモッコで飛行場や道路を作ったが、千人かかってやるところをこれ一台あれば一日位か半日か。

ものもあったようだが、米国では資源が豊富なので製品の歩留まりなど悪くても大勢に影響なく、為に米国技術者はその面に精力を使わず、新しい研究に力を入れていた。ただ技術の一断面をみると日本が優れていると思う事があるが、総体的にみれば彼等の方が優れている。日本人は、ただ一部分の優秀に酔って日本の技術は世界一だと思い上がっていただけなのだ。小利口者は大局を見誤るの例そのままだ。

産婦人科綺談

産婦人科の安田博士に例により清談を伺った。先生に診察を受けに来た婦人に子宮が二つ膣が二つあるのがいたという。そして右側の子宮に妊娠した時は子供が生まれ、左に受胎した時は子宮の発育が悪い為に流産したという。これをみた看護婦が、自分のもおかしいから診てくれというので診察するとやはり二つあったので、真中の壁を切って穴を一つにしてやったという。余り聞かん話だが世間には多いという。又、娘というものは腋臭《わきが》を非常に気にするが、腋臭の娘が結婚して離縁になるという事はめったにない事で、一度結婚すると夫君はその臭いが忘れられないらしい。

金持のPW

米人もかなり官物をごまかして売り飛ばし、女や酒を買っている。これを見ているPWもまねをしたり協力したりして分配にあずかっている。マニラから運んできた木材やセメントを、我々が夜間作業でおろしてやると、途中でおろさんでもよいという。聞いてみればこれを帰りに売り飛ばすという。

我々にとっては仕事は楽だし、こんなのにかぎって色々サービスする。あるストッケードでは自動車や部品を比人に売り飛ばし、タバコや酒、女まで買っていたという豪勢なのがいる。PW生活も一年以上になると自由自在だ。今後の日本人の生き方の一つの方向を暗示している様な気がする。

ミッドウェー海戦

大東亜戦第一回の躓きは、ミッドウェー急襲に始まっている。秘密にミッドウェーを襲撃しようとしたが敵に悟られ、先手を打たれて大敗したのだ。伊藤参謀の話によると、当時、呉に集結した艦隊にこの秘密命令が出され、出港した時、市民はこの事を知っていたという。又、この命令は或る料理屋の二階で文書により出され、その命令書は女中が階下の下士官の手に渡し、そこで謄写されたという。この間に漏れたわけでもあるまいが、真珠湾の成功に酔って、重大命令を料理屋の二階でするなどふざけていると、伊藤参謀は憤慨していた。待合政治最後の失敗の巻か。

親米英派

大東亜戦前、親米英派の人々は右翼に付けねらわれ、一切の発言も封ぜられてしまい、その身辺さえ危くなっていた。親米英派といわれる人々は米英を良く知っていて、戦いに勝ち目のない事を知っていたので、無謀の亡国的戦いを止めさせようとしただけだったが、時の勢いはどうにもならず、満州建国に成功した右翼軍閥に押し流され戦争になってしまった。右翼、さらに暴力勢力の一方的な物の考え方が日本を滅ぼしたといえる。海軍の山本大将、米内大将等は、日米戦は海軍では一カ年位しか戦う力がないと常に言い、戦いをさけてきた為、親米的腰抜け武士として暴力勢力に睨まれていた。ある日、英国大使館の招宴の帰りに暴漢に痰唾をかけられ、罵倒された事もあったという。近衛公は、今度の戦いは上々にいって満州事変直後の日本の姿でおさまり、普通にいって満州事変前、へたにいけば明治維新当時の姿となると常に言っていたというが、最悪の形でおさまったという事か。一方的な考え、単純な考え、これこそ最も恐るべきものだ。

終戦当時の海軍

終戦当時には海戦するどころか、一艘の軍艦を横須賀から佐世保まで回送する燃料もなかったという。こんな状態で本土作戦などやっても全く無駄死に同様だった。それでもなお戦わんとした馬鹿者がいたというからあきれてしまう。

山口部隊長

山口大佐はネグロスの警備隊長で硬骨の人だ。上官の機嫌など絶対にとらん人なので、同窓は中将、少将になっているのに、彼一人は大佐でいた。兵を可愛いがるので有名だったし、山口部隊といえば軍規の正しいのと戦争に強いので知られていた。ゲリラを捕えて部隊長のところへ連れてゆけば、とつ弁で東洋人の生きる道を説き、どんな大物でも逃がしてやるので、後には部下が勝手に処分していた位だ。戦闘時は常に真先に立ち、姿勢を絶対低くせず指揮していた。又、日本軍に協力した比人には下士官を専属の護衛につけたり、至れり尽くせりの事をした。こんな具合だったので比人からの信用も絶大だった。又、ネグロス島の各部隊にアルコール配給割り当て会議の折、鷲部隊を雀部隊（弱いので）だと罵倒して問題を起こした事もある（空軍のアルコール要求過大な為）。

レイテ作戦の始め、山口部隊にネグロスから引き揚げてレイテへ行く命令が福栄中将からきた。当時ネグロスから山口部隊が抜けたら、ネグロスの治安が乱れるのは火を見るより明らかだったので、彼はネグロスを動かなかった。その位信念の強い人であり、馬鹿な閣下の命令には決して服さず敬礼もしなかった。

二十年の一月、山口部隊長はラカロタ地方のゲリラ討伐をやり、その時清伍長がゲリラに狙撃され戦死したので、部隊長自身で部下の死体収容に行って狙撃され、左腕を負傷した事もある。

米軍上陸後も良く戦闘したが、山口部隊の正面は頑強なので敵も来ず、他の弱い部隊ばかりたたかれ山口部隊は戦線に孤立していた。

ジャングルに入ってからは、どこの部隊にも兵器を手入れする油がないので、銃は錆び放題で槓桿《こうかん》の動かないものがたくさんあったが、山口部隊の兵器だけは常に良く手入れされていた。我々が山でお会いすると、「軍隊がだらしないので皆さんに御迷惑をかけます」と常に謝罪しておられた。

投降後は、「マナ板の上の鯉だ」とゆうゆうとしておられ、ストッケードで他の部隊の将校が腹をへらしてガツガツしている時でも、部隊長だけには部下の兵隊がたくさんの食料をみついでいた。戦犯者としてマニラへ行かれる時もニコニコしながら部下に、皆は俺の命令で働いたのだから心配は不要だといってストッケードを去った。昨日（十一月二十二日）クリヤ*になって出てきた海軍将校の話によると、山口大佐は死刑者ばかりのストッケードのなかでも常にゆうゆうと下腹をなぜておられたという。そして裁判の時でも取り調べの時でも常に自分一人が責任を負い、他に迷惑がかからんように言うので判官も検事も弁護人もその人格に打たれ、何とか罪にならんように本気で努力しているという事だ。こういう立派な人は実に少なく、今まで大勢の人が裁判されたがわずか五指を屈するに足らんという事だ。

*cleared のことで、戦犯容疑解消を意味する。

マニラ裁判

マニラの戦犯裁判はなかなか厳正なものだと、かつて取り調べを受けた坪井司政官にも聞いていたが、二、三の悪質裁判関係者（日本人を特に憎んでいる人）の外は公正なものだという。マニラ裁判で死刑の判決があっても、書類をマッカーサーのところと米国に送ると、その三分の二は証拠不十分や様々の事情で却下になり、受刑する人は三分の一位のものだという。比国の新聞にはマニラ裁判の結果だけを出すので受刑者が多くみえるのだという。アメリカのやり方も、なかなか堂々としている。

山下大将

山下大将の裁判中、米人の裁判関係者が夫人を訪問したら、夫人は、「主人は大勢の部下を失っていますから生きては帰らないでしょう」と日本武人の妻として顔色一つ変えずに言ったという。彼等米人にはこの東洋的な気持が分らず、曲解して、本来命ごいをすべき妻が冷淡な態度をする位だから、山下大将は余程冷酷な人なのだろうと思い、それが裁判上にも不利に映ったという。そういえば、当時夫人を中心に、山下大将に絞首刑でなく切腹させてくれという運動が起こされたと記憶しているが、米人には増々不可解だっただろう。

二世のなやみ

二世は、自分達は米国人だと思って本当に日本と戦ってきたという。それなのに戦争が終ってみると、米国は二世を米国人として扱ってくれないという。そこに大きな彼等の悩みがあるのだ。二世の一人は米国の国内戦はこれからだとタンカをきった者がいたそうだ。

帰国者の心配

帰国者達には帰国後の心配事が多かった。幕舎内で口角泡を飛ばして議論するのを聞いていると、家が焼けたり家族が死んだのはしかたがないとあきらめているが、女房や婚約者達の留守中の貞操問題だけは一番の心配のようだ。婚約者の場合、そんなのはあっさり捨てるという者が多かった。妻帯者は姦通なら勿論別れてしまうというが、もし外人兵による強姦、家族を飢えから救う為の手段だったらどうするかという問題に、口ではあっさり縁を切るといっているが、内心ではそう簡単に決心がつかんようだ。特に子供の有る者にとってはそんな事を皆くよくよ心配している。

日本軍華やかなりし頃の占領地の女の生活を良く知り、しかも自分達のした行動を照らし合わせ、日本の生活難、外人、特に女好きの米人、支那人等の事を考えて悩みは深刻のようだ。自分も時々そんな事を考える事もあるが、うちのに限りそんな事は絶対ないと打ち消すが、戦争に負けたのだからなぁーという不安も湧いてくる。もしそんな事があったらどうするか、いくら考えても結論は出なかった。その時まかせさと思う事もある。その様な事をくよくよ考えるのは自分の主義でない、ただ信じて一筋に帰ろう。

代用品

男ばかりの一年に余る生活、あこがれはやはり女だ。演芸でも女形が出ないと承知しない。役者も一度女形になると、その日常生活は一変して総て女性的となった。下駄まで赤いのをはいている。歩き振り、お茶の飲み方、飯の食い方、話し振りまでが女らしくなってくる。これが又人気があって、ことに若い連中の間では夜泊まりに行く者さえある。変態的で嫌悪感がしてくる。

物量

今度の戦争は、日本は物量で負けた、物量さえあれば米兵等に絶対に負けなかったと大部分の人はいっている。確かにそうであったかもしれんが、物量、物量と簡単に言うが、物量は人間の精神と力によって作られるもので、物量の中には科学者の精神も、農民、職工をはじめ、その国民の全精神が含まれている事を見落している。こんな重大な事を見落しているのでは、物を作る事も勝つ事もとても出来ないだろう。

日本再建

多くの将校や兵隊達は、日本が機会を得て再武装し、再び戦って再興すると考えているようだ。原子科学時代にこの研究を許されない国民が、鉄の兵器でいくら武装しても何もならない。もう鉄の戦争は終っている。原子科学の時代だ。原子科学のないところに国際的な真の発言権はないのだ。もっとも原子科学の為に人類は滅びてしまうかもしれないが。

日本は何といっても国が狭いうえに人口が過剰だ。これをどうやって養ってゆくか、農業をするにも土地も肥料もない、重軽工業の原料もない。これ等を打開する原子科学は禁じられている。日本の前途は暗たんたるものだ。ある人は、日本は芸術と道徳に生きよと言っている。しかし、食のないところへ芸術も道徳も発達するわけがない。人口の整理(移民、産制をも含む)か、食料の合成があるだけだ。徳川三百年は産児制限によって保たれたとさえいうが、これからの日本にはこの問題が一番大きく響いてくるだろう。食物の合成は今のところ、確たる具体案がないので残念だ。

日本の産業

戦前の日本の工業で世界的なものといえば絹と紡績だ。絹は火山灰土質が桑の栽培に適するのと、気候、労働力に恵まれていた事と、絹の競争相手国にしばしば蚕の流行病がはやったりした為に日本の絹は世界的になったが、今度の戦いを通じて、ナイロン、人絹の発達、ブラジル等の養蚕、蚕の野飼い等が発達した為、日本の養蚕業も昔の様にはいかないと思う。

日本に紡績が発達したのは原料綿の産地に近く(米綿、印度綿、支那綿)、各地の綿を適当に混合する事により偉力があり、工賃が安く手先が器用で湿度が適していたことによ

雨はコンコール泣かせ。材料置場は泥田の如くぬかり、この中を材木をかついで運搬するのは、あまり良い仕事ではない。

る。しかし戦時中、紡績機械は不急産業として大部分スクラップとして供出されてしまった為、工場はほとんど無くなってしまった。戦前の能力まで工場を復興するには少なくとも三十年はかかるという。どれをみても日本の前途は多難だ。

日本の農業

農業の最大要素、土地は余りにも狭小で、肥料の三大要素の内、リンもカリも輸入によらねばならない。幸いにして日本の軽工業が成り立ち、これにより肥料を輸入して農業をやったと仮定する。しかし、日本の米は相当高価であり、農民以外の者は一銭でも安い米を食べようとする。印度、ビルマの過剰米は必ず輸入されるようになり、日本の米作農業は国家の偉大な保護がなければたってゆけぬ事になる。日本の農業を滅ぼそうとすれば、安い米をどんどん輸入させれば簡単な事で、今後の農業部門も又、多難だ。

蔣介石

支那事変以来、日本人の蔣介石を憎む感情は相当強かった。然し、今度の日本敗戦に対する彼の態度はどうだったか。「あだを恩で報いよ」、そして「支那からは戦犯者を成可く出さんように」と彼のやり方には全く打たれるものがある。あの支那の困難な時局を乗り切ったのは彼の政治的軍事的手腕だけによったものでなく、この人格こそ一大要素だった気がする。今まででも蔣介石のおかげで出世した軍人はたくさんいたけれど。

石原莞爾

国内の事は知らんが、PWの世論では石原莞爾中将は人気のある第一人者だ。彼の支那観、私生活、戦争の見通しに対し皆敬服している。

米兵の女好き

米兵は食い物が良いせいか精力のはけ口がないせいか知らないが女がとても好きだ。我々PWのガードなど、仕事場へ女が来ようものなら夢中になって遊ぼうとし、終いには乳繰り合いまで始める。女が来ると仕事の文句を言わんので大助かりだ。PWは、猫がじゃれる様な狂態をぽかんと口を開けて見ている。

比律浜の土人の男は自分の女が盗られはせんかと心配そうな顔付きでこれを見ている。こんな時に限って、彼等は日本人に友達があったなどお愛想を言い、煙草を出したりする。この国の男はスペイン人、米人、日本人と、何度も外国人に女を奪われているから慣れているといっては悪いが、修養をつんでいる。日本人にはとても我慢ができないだろう。我慢するより仕方がないが。

靴を食べた兵隊

ミンダナオの山中で食べ物に窮した時、まず図嚢の皮を煮て食べ、それに味をしめて靴を煮たり焼いたりして食べたという。チャップリンのゴールド・ラッシュに靴を食べる場面があったが、実際に食べられるそうだ。靴の底の釘を抜きながらかんでいる様が目に映るようだ。この靴を食い果してから人肉に移ったという。

沖縄の女学生

米軍に追われ、女学生三人と岩窟の内へ逃げ込んだ兵隊がある。すると穴の入口にもう米兵がいる。今はこれまでと、女学生三人は自殺を決意し、自ら足を縛って兵隊の拳銃を借り、次々見事に死んでいった。三人共死んだので兵隊も自決しようとした時、穴の入口から催涙弾を投げ込まれ、余りの苦しさに無我夢中で穴からはい出したところを米兵に捕ったという。そして比島に送られてきて、「とうとう死ねませんでした」と言うのが彼の口癖だった。

その他、女学生が物売りに化けて米軍戦線に入り、手榴弾を投げ付けてきたり、偵察したりして手柄をたてた者も多かったが、米軍の手先となりスパイに来る者も相当いたという。

沖縄戦の初めには、米軍が土地の女性を強姦した事も相当にあったというが、後には上手に治めていったという。

沖縄の青少年

沖縄の中、老年も良く軍と共に戦ったが、青少年は涙が出る程良く戦ったという。

沖縄戦

沖縄で戦った人の話によると、九州のすぐ近くにある島でこんな苦戦をしているのに、飛行機すらも救援に来んので日本はもうだめだと思ったという。

オードネルにいた米将校で、ニューギニア戦以来ずっと日本軍と戦った人がいて、その人の話によると、ニューギニアでの日本軍は頑強でいくら撃っても抵抗するので日本人は鬼かと思ったら、比島での日本軍は逃げてばかりいる。武士道等どこにあるかと思ったといった。山下将軍は作戦上大きな失策があったが、沖縄の牛島将軍の作戦は「ベリースマート」だったと、そして沖縄では一時苦戦であったが食物に困る事はなかったという。

終戦前沖縄で捕えられた人のうちで、宮崎県の海岸の事を知っている者は皆マニラに連れて行かれ、同海岸の事を色々聞かれたという。それは米軍の手で集められたたくさんの資料を確かめるだけで、それも無理には聞かず、イエスかノウかを答えれば良く、おどされる事は決してなかったが、土地の事情を日本人より良く知っているのに驚かされたという。

寒川族に高畑族

ＰＷ生活中、常に裸でいる人種と、かなり暑い日でも平気で長いズボンをはき袖の長い上衣を着ている人種とがあった。前者の代表に寒川氏が、後者の代表に高畑氏がいる。どうも前者の族の方が健康のようだ。後族にはマラリヤ保菌者、その他の病気のある人が多いようだ。

人間習性

人間の社会では、平時は金と名誉と女の三つを中心に総てが動いている。それらを得る為に人を押しのけて我先にとかぶり付いて行く。ただ、教養や色々の条件で体裁良くやるだけだ。それでも一家が破産したり主人公が死んだりすると、財産の分配等に忽ち本性を現わし争いが起こる。

戦争は、ことに負け戦となり食物がなくなると、食物を中心にこの闘争が露骨にあらわれて、他人は餓死しても自分だけは生き延びようとし、人を殺してまでも、そして終いには死人の肉を、敵の肉、友軍の肉、次いで戦友を殺してまで食うようになる。

平時にあっても、金も名誉も女も不要な人は人望のある偉い人である。偽善者や利口者やニセ政治家はこのまねをするだけだ。世渡りのじょうずな人はボロを出さずに、このこつを心得ている。戦時中に命も食物も不要な人は、大勢の兵を本当に率いる事ができる人だ。こういう人を上官に仰いだ兵隊は幸いだった。敗け戦で皆が飢えている時、部下に食物を分ち与える人、これは千人に一人いるかいないかだ。ＰＷになってからも食物を中心に人心が動き勢力が張られた。

どうにもならなくなった時、この一切れの芋を食わねば死ぬという時に、その芋を人に与えられる人、これが本当に信頼のできる偉い人だと思った。普通の人では抜けられぬこの境地に達し得た人が人の上に立つ人だ。この境地に少しでも近づきたいものだ。修養の目的はここにあるのではないのか。戦国の武将の偉い人には、この事を心得ていて実行した人が多かったようだが、現代の武将には皆無といってよい位だ。こういう人には自然と部下ができ、物質には不自由しないのが妙だ。だれかが「無一物中無尽蔵」といったが正に名言だと思う。この心境に至るには信仰以外に道はない気がする。人間とは弱いものだから。

女の問題

ＰＷの生活にはほとんど秘密がないので、何でも友と語り合う。ことに女の事については過去の経験をさらけ出してしまうので、随分変わった話やおもしろい話が聞かれる。女から女へと数え切れないたくさんの女を知っている者、何も知らぬ者、ただ一人しか知らぬ者、皆の話を総合すると、女の各々については様々の変化はあるが、漁りだしたら切りのないもので、漁る事は結局、幸いな事でもないということがわかって来た。できればただ一人の女だけで満足しているのが互いの為に幸福であるようだ。

陸軍、海軍

日本の陸海軍は事毎に対立的だった。それでもいざ戦争となると協力するので、仲の悪い夫婦の様だと評した人がいる。それは昼間はけんかばかりしていても不思議に子供だけはつくるからだという。大東亜戦で、陸海が本当に信頼し合って協力したのはマレイ作戦までで、その後は加速度的に離反していったという。後には陸軍にも海軍ができ（陸軍で軍艦、潜水艦まで作った)、海軍は騎兵までできるようになった。そして陸海の国内に於ける戦争資材の争奪戦は、米国との戦いより激しかったという。これも敗戦の大きな原因だ。

古賀連合艦隊司令長官の最後

古賀大将の死は作戦指導中の殉職と発表され、国民は不審に思っていた。この真相をストッケードで聞いた。

古賀大将は幕僚を連れ、飛行機で艦隊の入るところを視察中、飛行機に故障を生じ、比島のセブ島に不時着した。そこはゲリラの本拠だったので大将は自決し、幕僚は捕えられた。その後セブの警備隊長大西大佐の率いる討伐隊がこのゲリラを完全に包囲し、正に全滅しようとする時軍使が来て、古賀大将一行を引き渡すから包囲を解くよう交渉があった。司令部からは一行引き取り後、攻撃せよとの命令があったが、大西部隊長は古賀大将一行を受け取った後、独断で包囲を解いてしまった。これが殉職の真相だという。大西大佐は山口大佐と同じ様な人柄だった。(大西部隊の陣内少尉の話)

強姦をした兵隊の話

ネグロスの高原地帯に陣地を置いた連中には、随分と無茶な事をしたのがいたという。その時の話によると、ネグロスの海岸地帯は米軍上陸公算が大だったのと、爆撃を恐れた為に土民達は高原地帯にたくさん移住していた。そこへ日本軍が入り込んで行き、仕事も大した事がなかったので悪質な兵隊は憲兵のいないのを幸いに土人の女を片端しから強姦していったという。多い日には五人もやり、実に鬼畜の行為だった。道端に隠れていて、いきなり銃を突きつけて言う事をきかせるのだという。黙って言う事を聞く女もいるが、しっかりしたのは座り込んでじっとしているから変だと思ったら、大小便をして腰のあたりにそれを塗りたくっていたという。いかな鬼畜でもこの戦術には参ったという事だ。この鬼畜共にそれでもおもしろかったかと聞いたら、強姦などするものでないと後悔していた。

戦友の耳を食べさせられた人の話

二十一年の十一月末に新たに投降して来た連中が山にいた時、土民の家を襲った時に一人の兵が子供を切り殺したという。今度投降の途中に、武装解除されてからその部落を通ったら、子供を殺された親が主となった大勢の部落民に取り囲まれ、子供を殺した兵一人が引き出され、逆吊りにされ、生きたまま鼻を切られたり耳を削がれたりしてなぶり殺しにされたという。そして血のしたたる耳切れを蕃刀の先につけ、それを見ていた日本兵に食えと突き出したので、食わねば殺されると思いその兵隊は耳切れを飲み込んだという。

発狂

昨夜(十一月二十四日)隣の戦犯者ストッケードの独房から狂声が聞こえてきた。トタン板をたたいたり大騒ぎだ。このストッケードでは、仏教、キリスト教等の宗教活動が盛んだが、どうしても信仰生活に入れん人がいるという。内地へ帰る人と、死刑、無期になる人が隣り合わせにいるのだから発狂するのも無理ない気がする。

人を殺して平気でいられる場合

ストッケードで親しい交際をしていた人の内に最高学府を出た本当に文化人的な人がいた。この人はミンダナオ島で戦い、山では糧秣が全くなかったので友軍同士の殺し合いをやったという。ある日、友人達を殺しに来た友軍の兵の機先を制して、至近距離で射殺した事があると話してくれた。そしてその行為に対しては少しの後悔も良心の呵責もないといい切っていた。それはその友軍兵を自分が先にやらねば必ず自分が殺されているから、自己防衛上当然やむを得ない事だといった。自分は今度の戦争で一人も人を殺さなかったから殺人後の気持というものは解らないが、戦闘中敵を殺す事は常識で何でもない筈だ。そして友軍同士の殺し合いも止むをえんかもしれないが、前者とは少し違う様な気がする。後者は個人間の戦いであり前者は団体的な争いだ。前者の場合は倫理観（道徳）により都合良く解釈されるが、普通の殺人行為は悪い事と観念づけられているから良心の苛責があるわけで、自己防衛の為の殺人は良心の苛責がないというのは何だか変な気がする。この山の中の事件を、もし友人がキリストだったらどうしたかと考えてみると、この場合キリストは飢えた兵の為に自ら倒され、その肉を与え、悠久の宗教に生きたような気がする。そうすると良心の苛責、罪に対する悔い改めは、その人の道徳観の高い低いによる事がわかってくる。道徳感は戦争で人を殺しても良心の呵責に耐えるようにまで進まねばならん気がする。そうしてゆくには国家とか、民族とかいう単位をまず打破し、本当に人類の平和、理想郷に進んでゆかねばならないと思う。

国家主義から国際主義へ

今度の戦争を体験して、人間の本性というものを見極めたような気がした。色々考えを進めてゆく内に、国家主義ではどうしても日本人が救われないという結論を得た。そして我々は国際主義的高度な文化・道徳を持った人間になってゆかねばならんと思った。これ

が大東亜戦によって得た唯一の収穫だと思っている。（昭和二十一年十一月二十五日、カランバンにて）

生きた人間に蛆もわき蟻もたかる

戦地で負傷すると傷口に蛆がわくという事は昔から聞いていたが、今度の戦争で実際に見た。又、どこにも傷口がなくてものたれ死にする人が動けなくなると、まだ生きているのに口や鼻から蛆がたくさんはい出しているのを見た。蟻に食い殺された人も相当にいるわけだ。蟻も負傷して倒れていると、すぐにたかってくる。

その他、山ヒルに血を吸い取られて死んだ者もいる。佃伍長がマンダラガンへ一人で行った時、足をすべらせて谷間へ転落し、少しの間気絶して気が付くと、身体中に二百匹以上のヒルが付いていて血を吸っていたという。危うく生血を吸い取られ死ぬところだった。

犠牲

「一人の人間が完成されるにはたくさんの人間がその犠牲になる」と誰かが言ったが、本当に一人前になるまでにはたくさんの人と競争し他人を犠牲にする。又、いくつかの恋愛を通し、恋愛の犠牲者を出す事によって人間的な進歩も確かにあると思う。今度の戦争の犠牲国、日独伊の国家群からの転落、この大きな犠牲を通じ国際主義的な人類の完成へ進んでゆかなければ犠牲者達は浮かばれないわけだ。

米兵と日本兵

米兵と日本兵の教育程度を比較してみると、日本兵の方がはるかに上だ。日本兵には自分の名の書けん者はいないが、米兵にはたくさんいて、字が書けてもたどたどしいのが多い。おもしろいのは英語の発音も米兵によってはかなりでたらめのが多く、それで日本兵のインテリにその発音はまちがっていると言われ、憤慨して大議論となり、終いに米将校に判決してもらう事になり、将校はPWに軍配を上げた。

又、医務室によく遊びに来たムーンという米兵に生まれはどこかと聞くと、紙の上に四角をかきその隅に丸を付けここが自分の町だという。何の事かさっぱり解らなかったが、よく考えれば米国の州の境界は緯度経度で区別しているので絵に描くと四角になるわけだ。四角だけいきなり書かれたのでは訳が解らないし、太平洋がどちら側にあるかも知らなかった。

又、米兵に数学の問題、マッチの軸の考え物などさせると、なかなか解らずおもしろい。

教育の程度は一般に低いが公衆道徳や教養は高いようだ。

竹光

バアーシイ海峡で雷撃された者はほとんど武器を失っていた。ネグロスにいた吉田中尉（浅野物産の人、後に戦死）もその一人だった。軍刀を手に入れようとしたがなかなか手に入らんし、将校が刀無しで歩くわけにいかないので竹製の軍刀を作って驚かしていた。彼の軍刀は竹光でも抜けるからまだ良いが、抜けないのがたくさんあるということだった。兵隊には竹槍、将校には竹光、軍医は竹の子、日本は竹の国とはいいながらこれで決戦とはちとかわいそうだ。

木砲

サアマール島警備隊は海岸で椰子の木にコールタールを塗って疑砲をたくさん作り並べたという。正に黒船来たるだ。

計算能力

米人と日本人の個人の計算能力を比較してみると、日本人の方が良いように思うと、前にも書いたが、この戦争で両国の最高首脳部が敵国の国力工業力を計算し合った。米国は日本の力を大ざっぱに大きめに計算し、日本は米国の力を少な目に計算しそれにストライキ、その他天災まで希望的条件を入れて計算した。そしてその答は現実にあらわれてきているが、日本のは計算が細かすぎて大局を逸しているようだ。

ヒットラーの失策

ヒットラーの失策の一つとして対ユダヤ人政策があげられると思う。第一次大戦でユダヤ人の為に敗けたといって、今度は血の粛清やユダヤ人追放をやった為、世界一流の物理学者は米国に行ってしまった。米国は彼等を受け入れ原子爆弾を完成して世界制覇の一段階を進めた。純粋な者は一時は強いがたくさんの弱点ができてくる。

日本人は命を粗末にする

日本人は自分の命も粗末にするが、他人の命はなお粗末にする。

「バアーシイ海峡の輸送は三割比島に着けば成功ですよ」と軍首脳は平気な顔をしている。七割にあたる人間はたまったものでない。その他の作戦でも人員の損失は平気だ。米軍は敵の火力が全く無くなるまで火砲でたたき、誰もいなくなってから歩兵がやってくる、そしてこの時少しでも抵抗すれば逃げ帰り、又火砲を撃ってくる。この様に兵器が一つ破損するよりも、できるだけ人員損失がないようにしている。日本は余り人命を粗末にするので、終いには上の命令を聞いたら命はないと兵隊が気付いてしまった。生物本能を無視したやり方は永続するものでない。特攻隊員の中には、早く乗機が空襲で破壊されればよいと、密かに願う者も多かった。

辻君綺談

十九年の七月、当時はマニラには米が無くて日本軍も比人も困っていた。高等官食堂の飯にも芋がたくさんに混ぜられていた。ある夜イサックペラーを散歩したら、例によって辻君達に取り囲まれた。やせぎすの女が多い中にただ一人大兵肥満の大女がいた。「いくらか」と問えば、「百ペソ」と言う。当時普通の女は五十ペソ位だったので「高価ではないか」と言えば、彼女は自分の身体を指して「自分は身体が大きく肥っているから飯は皆の倍食べる。近頃は米が高いから、自分は高いのだ」と言った。比人らしい計算をしたものだ。

帰国

十一月三十日乗船と決定、二十九日には私物検査と労働賃金の支払い（小切手で十九弗半）、無罪の証明書等を貰った。三十日午前四時カランバンを出発、六時の汽車でマニラに向かった。マニラ市内を通過する時又もや石を投げられたり罵倒されたりした。子供と女がしつこかった。見苦しい女程悪どくやる。悪女の深情けみたいだ。マニラ港の岸壁から上陸用の舟艇に乗り、沖に停泊している一万二千トン病院船氷川丸に着いた。日本人看護婦が手を振って迎えてくれた。皆色が白く、肥っていてとても美しくみえた。縄ばしごをつたって乗船した。日本に残る大型商船は、この氷川丸と高砂丸、摂津丸の三艘だけだという。一万二千トンに二千五百だけが乗ったので楽なものだった。毎日湯に入れてくれ朝食はレイション、昼と夜は麦飯だった。タクワンや味噌汁を久々に食べたが、米国の食料に比べると何か情けなかった。

十二月一日マニラ出港、バタン、コレヒドールを感慨深くながめながら一路故国へ向かう。

十二月三日、人員が一名不足なので調べてみると、投身自殺者が一名あったのが解り、船は半日程引き返し死体を探したが、見つからなかった。戦争中はこのバアーシー海で何万という人が死んでも全く顧みる事がなかったのに、平和となれば一人の為にも一万トンの船を一日無駄に動かす。変な気がする。この自殺者は衛生兵で、転進の時に上官の命令

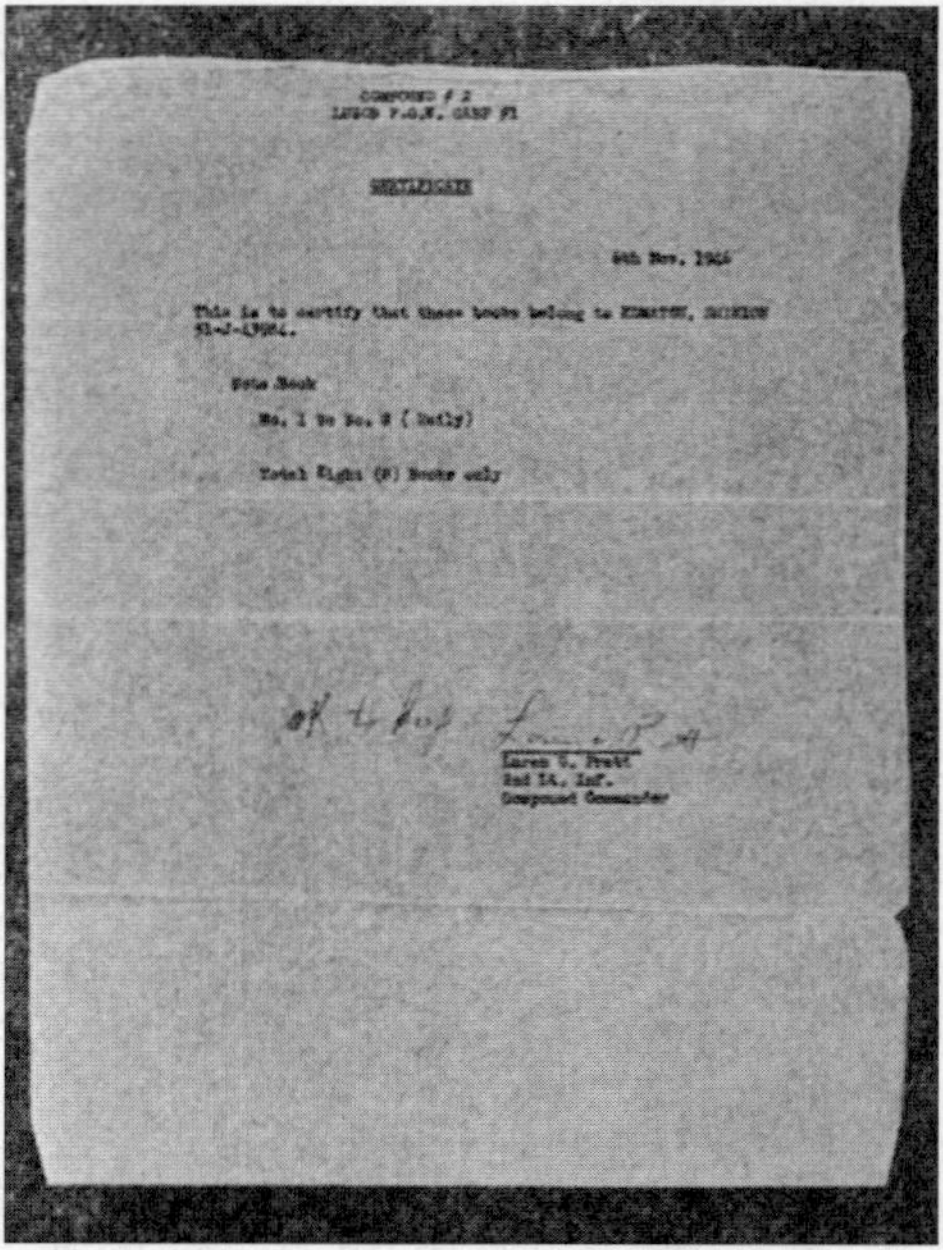

COMPOUND # 2
[illegible] P.O.W. CAMP #1

CERTIFICATE

[illegible] Nov. [illegible]

This is to certify that these books belong to [illegible]

Note Book

No. 1 to No. 8 (Daily)

Total Eight (8) Books only

[illegible]
2nd Lt., Inf.
Compound Commander

絵日記、及び記録の持出し許可証。

で注射によって大勢の病人を殺した事が原因で少し気が変になっていたという。バアーシー海峡を通る時、皆で戦死者の冥福を祈った。船の人々とも慣れ、寒川氏が看護婦に文学の話を、自分は微生物と台所の話を、病院長に頼まれてした。そのかわりという訳ではないが、看護婦にピアノを聞かせてもらったり、ソプラノを歌ってもらったりして楽しい船旅だった。ボーイ長も親切にしてくれるので一等船客のようだった。

八日の二時頃、名古屋の岸壁に着いたが、何の感激もない。九日上陸した。船から降りた所にたくさんの人が手に手に、尋ね人の名を大きく書いたのを持って我々を見ている。なかには「レイテ島○○○○」などと書いたのを持った細君らしい人がいた。レイテの人で生きている人などいないのにと思うと、涙がとめどなく流れてきた。私物検査と検疫注射を済ませ宿舎に入り、色々の手続きを済ませ、十一日、名古屋駅で一年二カ月ぶりで解放されて、街を歩いた。なんだか変な気がする。九時四十分の汽車で沼津に向かう。車中早稲田の学生が白米の握り飯と寿司をご馳走してくれた。温い人情にふれてうれしかった。久々に車窓から富士山が見えた。なんだか小さくなったような気がする。出発の時見た富士山はもっと偉大だったのに。四時二十分沼津に着いた。町はすっかり焼け、小さな家が建てられている。山が馬鹿に近くに見える。急いで千本の家に向かう。

完

『虜人日記』出版にあたって

小松由紀

夫、真一がフィリピンでの抑留生活から解放された昭和二十一年、帰国に際して骨壺に隠し、没収を避けて持ち帰った何冊かのノートがございました。三十代の前半の真一が戦地で目撃し、感じたままを綴ったこの記録は、戦後ずっと銀行の金庫に眠ったままになっておりました。

昭和四十八年一月、他界いたしました折、この記録を故人を偲んで知人の方々にお読みいただきたいと思い、一年有余をかけ遺族の手で編集、私家版『虜人日記』を出版いたしたのでございます。

真一は生前、戦争体験を家族の者には、ほとんど話をしてくれませんでしたので、この日記の編集を通してはじめて知った真一の体験や、生涯変わることのなかった人となりに、胸の詰る思いの連続でございました。

記録は、漂浪する椰子の実（第一巻）、密林の彷徨（第二巻）、虜人日記（第三・四巻）と題する四冊の日記と、画楽多日記、画楽多帖、横土寝記などと題した五冊の画集、計九冊のノートで構成されております。これらの表紙には米軍の梱包用のクラフト紙、中は夕イプ用紙が使われ、収容所でのカンバスベッドのカンバスをほぐした糸で、和綴の製本となっております。

絵は鉛筆のスケッチに、マーキュロやアデブリンなどをマッチの軸木に脱脂綿をまいてつくった筆で彩色されております。三十年を経た今なおその彩りの鮮やかさは変わっていないように思えます。

九冊のノートの他に、同じように収容所で作ったクラフト紙を表紙にした一冊の小さな手帖と、出征前に支給され、戦火をくぐり、密林の彷徨を共にした汗に滲んだ一冊の軍隊手帖(これには、出征以来のメモがこまかに書き込まれている)がございます。

筑摩版『虜人日記』は、これら四冊の日記のほとんど全てを収録し、画集から抜萃した絵を挿入、部分的に注釈を加えて編集していただきました。

私家版『虜人日記』は知人の手から手へと次々に読み拡げられて行くうちに、見ず知らずの方々から沢山の感想をお寄せいただきました。中でも山本書店店主・山本七平氏は、月刊誌『現代』『野性時代』等に〝虜人日記との対話〟を載せて下さったり、この筑摩版『虜人日記』には、数々の注釈やあとがきを書いていただくなど、一方ならぬお骨折をいただきました。氏ご自身もルソン島で終戦を迎えられ、真一と同じような捕虜生活を体験された方でございます。

なお、本書掲載の地図は、東京工大助教授判沢弘氏が、ネグロス島の関係者の方々のご協力のもとに調べられて、作成して下さったものでございます。氏も偶然のことから私家版をお読みになり、日記の終りの部分に出てくる――復員直後の真一が沼津に向う汽車の中で親切を受けた早稲田の学生、その人――それは氏ご自身のことではないかと思われたそうでございます。

さらに、編集にあたられることになった、筑摩書房の土器屋泰子氏は、以前十数年にわたって私共のお向いに住んでおられた方でしたので、真一の人柄についても特別良くご存知なだけに、きめのこまかいお心をくだいて下さいました。

その他にも、直接、間接に沢山の方々の心暖まるご助力をいただきましたことを、この場をおかりして、心より厚く御礼申しあげます。

文庫版へのあとがき

小松ヒロ

戦災で家財は全て焼失したはずなのに、戦地から届いた父の手紙を、母は宝物のように保存していた。軍が郵送できなくなるまでの、数ヶ月間のものである。

日本から用意していったと思われる和紙の便箋に、文章だけでなく比島生活のイラストも筆墨で描かれている。父が出したうち何通が、母の手元に届いたかは定かではない。赤茶けた紙に裏表びっしりと、家族への思いが切々と綴られている。死と背中合わせ、いつ死んでもおかしくない状況下で書かれたこれらの手紙は、婉曲な遺書のようにも思える。

昭和十九年マニラ到着二ヶ月後、帰国する人に託して送った手紙の一部を紹介させていただく。

前略、四月十四日付で内地へ飛行機で出張する平野技師にこの手紙をお願いすべく九日の日曜日筆をとる。

その後皆様御元気か。輝・紘坊も御前も、腹の内も健やかなことと思う。(中略)

決戦もいよいよ激しくなり、東京の空も益々危険が迫ってくるが、疎開する家はまだ決まりませんか？　用意だけは充分にしていて下さい。沼津がもし空襲されたら、庭のプールの防空壕は家が近すぎるから家の下敷きになったり、瓦が落ちてケガをする心配あり。やはりもっと家から離れた竹藪の中の方が安全と思う。兄さん達と良く相談して万一の時の処置にあやまり無き様に願います。

当地は直接の敵よりゲリラとか、これに踊らされる暴民が最も危険です。いつどんな事になるか判らぬが覚悟だけはしています。だが心配しても仕方が無いこと故、御地ではこちらの事は心配せぬよう。いらん心配をして腹の子に影響等あったのでは申訳がないことになるから。

富士山が見え桜の咲く国で、輝・紘の教育、充分にやって下さい。親と子が一緒に居て、子供の為に費やす時間を日本と比べると、比島では日本の一割にも満たず可哀想です。日本の美点を充分に発揮してください。

輝行は近頃どんなことをして遊んでいますか。紘行は縁側から落ちませんか。ガラス戸がはずれ易い様だったがケガの無い様に願います。（中略）

では皆様によろしく。「歯医者に行き御産前に治療を完了しておく事」

真一

由紀子殿

手紙では妻と子供達に思いの丈を伝えているが、戦後の父は無口で愛情表現はひかえめの、子供達とじっくり話し合うような親とはいえなかった。だから日記を読むまで、私にとっての父は、家族思いの趣味人ではあっても、思想的に特別に意識するような人ではなかった。

しかし私家版を編集することで、父の人柄と思想のつじつまが合い、初めて一個の人間としての父とつながり、尊敬できるまでに私の目を開いてくれた。また『虜人日記』は、思いもよらぬ方々との、たくさんの出会いを創り出してくれた。まさに父は『虜人日記』を遺言にして、私たちに精神的な遺産を残してくれたのだった。

母が他界して四年になるが、母に代わり、私家版、筑摩版、さらに今回の文庫版に至るまでの経緯を振りかえっておきたい。

私家版は友人知人に差し上げたものだが、廻りめぐって月刊『現代』の笠原編集長の手に渡った。氏は『虜人日記』が山本七平氏に強いインパクトを与えるに違いないと閃いたそうだ。笠原氏と共に山本氏をお訪ねしたおり、私家版の頁をめくる、驚きを隠せない氏の表情が印象的だった。二つ返事で『虜人日記』との対話を書いて下さることになったのである。

「もう一人の「異常体験者」の日記——あれから三十年、私を感動と共感の渦に巻き込んだ一冊の絵入り比島戦記と日本人」というタイトルと見出しで『虜人日記』を以下のように紹介された。

「戦争と軍隊に密接してその渦中にありながら、冷静な批判的な目で、しかも少しもジャーナリスティックにならず、すべてを淡々と簡潔、的確に記している。これが、本書のもつ最高の価値であり、おそらく唯一無二の記録であろうと思われる所以である。」

月刊『現代』にこの論説が載って以来、数社から出版したいという熱い申し出をいただいた。

「永く読み続けられるために、文庫になることを考慮して」という山本氏のアドバイスもあり、筑摩書房から出版させていただくことになった。

また後日、山本氏は角川書店の方を伴い、私の事務所を訪ねてくださり、月刊『野生時代』に『虜人日記』を基にした連載を書きたいと言われた。『虜人日記』の中で父が指摘した敗因二十一カ条をていねいに解説し、氏独自の論を展開されたのである。

この膨大な書評の形をとった日本人論によって、私たちは父の思想を理解し、この戦記の深い意味を知る上で、得がたい教えをいただいた。この山本氏の視点を、父もまた、私たちと一緒に楽しんだに違いないと思っている。この力作は氏の没後十三年経って、『日本はなぜ敗れるのか』と題して、ようやく今年の春出版されたのである。

もうひと方、東京工業大学元教授、半沢弘先生のことも触れておきたい。従弟の吉田尚弘氏（東京工業大学大学院教授）が学生時代、先生に私家版をご覧に入れたところ、社会思想史の教材にぜひ使いたいと、わざわざ我が家までお越しになった。その際、先生から「小松真一ほどの思想的に完成した人物を私は知らない」と評価をいただき光栄だった。

筑摩から初版が出た昭和五十年、全国の戦友や捕虜仲間の方々から、母宛にお便りが舞い込み、父と同様の経験をされた方々の戦記も送っていただくなど、さまざまな反響を呼んだ。また、米国議会図書館からも『虜人日記』の注文があった。

そして、この年の毎日出版文化賞を受賞することにもなった。極限状態で父が経験し見極めた日本人の本性は、戦後三十年、経済大国へと成長を遂げたあの豊かな時代になっても、少しも変っていなかったことが新鮮な驚きを与えたのであろう。

それから三十年がたち、「ちくま学芸文庫」としてよみがえった。この間、時代はさらなる大きな変化を遂げてきた。私もアメリカに住むようになり、日本との往来をしながら、日本を客観化できる視点を保って仕事をしてきた。バブル経済が破綻し構造不況が続く。テロの緊張が増し、高齢化が進み、異常事態が日常と化すこの閉塞感から抜け出るためにも、今こそ日本人の本性を正視する時なのだ。

『虜人日記』のもつ意味とは

山本七平

時間は記憶を風化さす。しかし同時にそれは記憶された対象を客体化させ、従ってその伝達は逆に容易になる。記憶自体はあくまでもその人だけのもので、他人はそれを共有することはできない。しかし、記憶を基にして構成した絵、物語り、あるいは文章は、それに接する人びとに、客体化され、それによって捨象・改変された記憶の一端を提示することはできる。だが、時間という捨象を経由して提示された記憶は、すでにその人の体験した事実ではない。では、時間の風化を受けない記憶を提示することは、不可能なのであろうか。

太平洋戦争については、すでに多くが語られた。公式の戦史もあれば、連隊史もある。体験記もあれば文学作品もある。しかし、ある一個人が、その戦闘の渦中にあって、見たまま、聞いたまま、体験したままを、その時点、その場所で、そのままに記した作品、いわば最も厳密な意味におけるルポルタージュは、私は、今まで読んだことがない。

考えてみればそれは当然のこと、少なくとも戦場の現実を知る者にとっては、そういう作品を要求する方が非常識、ということになるであろう。特に比島の末期におけるジャングル戦を体験した者にとっては、あの飢え・銃弾・寄生虫・マラリア・雨・疲労・無灯火・泥濘の中で、紙も鉛筆もない状態の人が、何かを書き得たであろうとは思えない。否、書くどころか、「読む」体力と気力さえ喪失していたのが実情であった。従って、その時点、その場所で記されたルポは、存在しないのが当然である。

そして、もし存在するなら、その人は、何か特別な理由で異常に安穏な状態にあり、従って、戦場を体験したといえないはずの人である。いわゆる勝ち戦《いく》さのときの従軍記者の記録がほぼこれに相当し、その内容は、戦闘が終って安全になった段階での、戦闘に関する伝聞の集録を記事に構成したもの、一言でいえば安全地帯での取材を基にした作品にすぎない。そしてこういう記述の特徴は、自己の「見」と、他から伝えられた「聞」と、自分の身体に直接にうけた体験とが、記述の中で明確に分れておらず、筆者の立つ位置が不明な点にある。そして「伝聞記」「聞き書き」というものは、現地の近くで聞いてそれを書こうと、内地で聞いてそれを書こうと、実質的には差はない。従ってそれらは、書かれた時点ですでに風化している。

前述のように、太平洋戦争については、すでに多くが語られた。しかし、体験者の真正の記憶ですらすでに風化し、時には不知不識のうちにであろうが、時代の要請に基づく歪曲すら見られ、その人の〝立場〟〝立場〟によって、一つのステレオタイプにはめこまれている。これは〝いわゆる連隊史〟と〝いわゆる左翼的立場の記録〟との、同一事件に対する事実の記述の差に、明確に現われている。といって、同時代・同地点の記録を採ろうとすれば、それは結局、前述の伝聞の収録、書かれた時点ですでに風化している作品に等しい。それがいかに信頼に価しないものであるかは『私の中の日本軍』の「南京百人斬り競争」の分析で記したから再説しないが、最近、またある事件に関する軍法会議の判決書を調べて、公式文書すら創作であって、信頼しうる資料たり得ない事実を発見した。

一体われわれは、なぜ、正確な記録を残し得ず、そのときどきの情勢の変化に応じて、平気で過去を再構成できるのであろうか。言うまでもなく、この再構成の背後には、意識的忘却と過去の消去があるはず。この忘却と消去、それと「過去の過ちをくりかえすな」という不思議な主張とは、一体、どこでどう結びついているのであろうか。

たとえば「戦争体験を忘れるな」という言葉がある。だがこの言葉を頭におきつつ、小塩節教授のエッセイ「ミュンヘンの裏町で」に出てくるダッハウの記録を読むと、この言葉自体がいかに無意味な言葉であるかを、またその言葉自体が記憶の風化の証明以外の何ものでもないことを、だれでも、思い知らされるであろう。それには、次のように記されている。

「この美しい町(ダッハウ)をはずれ、東の方へ二キロほど行った森のむこうの沼地のなかに、ナチがつくった強制収容所があるのです。今は芝生があおあおと美しく、白樺が花壇にかげをおとしている公園のような敷地のなかに、戦争中の収容所の火葬場がまだ建っています。

消毒室と準備室を通ると、三番目の部屋がガス室になっていて、うすぐらい室内は煉瓦の壁を白く塗ってあります。裸の人間をギュウギュウ詰めに（日本の国電のように！）すると、三〇〇人ほどはいったでしょう。

天井に小さなスプリンクラーのようなものがあります。そこからチクロンBガスを噴き出させたのです。立ったまま死んだ人を、隣室のドアをあけて、一体ずつもぎとるように引き倒し、金歯などはずして、大きなオーブンのような炉で重油をかけてゆっくり焼くと、屍体から石鹼用の脂と肥料になる灰がとれました。

なにもかもがいかにもドイツ的です。囚人一人につき、最低の食費や木靴代衣服代、毒ガス代に焼却用の重油代まで計算した書類には、逆に囚人から没収して国庫収益となる現金、金歯および強制労働による生産、屍体からとれる脂代と肥料代まで計算してあって、さしひき国にとってのプラス（黒字）は二〇〇〇マルクなり、などと書いてあります。

さらにドイツ的なのは、囚人の一人一人について書類が完備しているので、なるほどこダッハウをはじめ、アウシュヴィッツほか八十五もの収容所で、六百万人のユダヤ人が

『処理』されたという正確さがうなずけます……」

氏はここで、「これがドイツなのか」と総毛立つ。否、氏ならずとも、すべての人が総毛立つであろう。そして、その総毛立った人に、否、その人だけでなく、この「総毛立った」までの記事を読んでゾッとした人に対して、「戦争体験を忘れるな」とか「過ちをくりかえすな」とかいう言葉を投げかけることは、それ自体ナンセンスであろう。この、正確に残された遺跡と記録、およびそれに対する正確な記述は、それだけで完結しており、余分な言葉をよせつけない。そこには、絶対に「風化しない記憶」が、時間を度外視し、一つの、改変できない事実としての客体として、厳然と立っている。ここで、前述の設問に対して、時間の風化をうけない記憶を提供することは「不可能ではない」と人は答えうるのである。

ドイツ人は正確に記録を残した。殺人工場も残した。「処理」された人数の総計は正確に出ている。一方、日本軍はすべてを棄却した。中国の桂林で終戦を迎えたある連隊が終戦時に焼却した書類だけで、トラックに三台分あったという。またあらゆる虐殺事件の人数も、その人数が正確にわかっているものは一つもない。そしてその数は、その人の政治的立場や時代の要請で遠慮なく変化する。いわゆる南京大虐殺に関する記事を見ると、おどろくなかれゼロから四十万までである。これは一見、「ドイツ人は正確に冷静にすべてを行い、すべての記録を残した、従って、それを見ただけで〝総毛立つ〟から、それだけで十分だが、日本人はカーッとなって何かを行い、そのため元来正確な記録は少なくさらにそれを滅却してしまったから、『戦争体験を忘れるな』といったスローガンが必要なのだ」といった主張を正当化しそうに見える。だが、その考え方が誤りであり、その考え方が前記の状態を生み出したのである——滅却して消去しておいて、忘れるな、という——。というのは、前述のダッハウもそこにある記録も、それを見たのは小塩教授であって読者ではない。読者は、「記された事実」を知っただけである。従って、「記された事実」以外に何もないという点では、日本でもドイツでも差はない。そして、ドイツ人が正確で冷静ですべてを記録に残しているから〝総毛立つ〟のなら、カーッとなって、何が何やらわけがわからなくなり、満足な記録さえ残し得ない状態への正確な記述は、それ以上に〝総毛立つ〟はずであり、さらにそれをはじめから風化させ、時代の要請に応じて平気で再構成して「事実」と強弁する状態、そしてその状態をそのままにして「戦争体験を忘れるな」と平然といえる状態、それをそのままにつきつけられれば、人が、ダッハウ以上に〝総毛立っ〟ても不思議であるまい。そしてつきつけられたその記録自体は、小塩教授の記録の如くにそれ自体で完結しており、何のスローガンも附しえないはずである。そしてそれがある限り、「戦争体験を忘れるな」などという言葉は出てこない。

小松真一氏が本書を書かれたのは、オードネル収容所に移された、昭和二十一年の四月ごろかららしい。従って、その時点以後の記録は、まさに「その時」「その場」での記録である。それ以前は、氏の記憶だが、それは単なる記憶でなく、ジャングル内においてすら細々と記載された軍隊手帳と、タクロバン収容所で、米軍のパイプ・タバコの空箱で表装した小さな手帳の記録を基にしておられる。氏は、タクロバンに二十年十月十九日に移されているから、この『虜人日記』の基となった記録は、内地出発↓戦場↓収容所↓内地帰還まで、ほぼ一貫して、その時点、その場所という「現地性と同時性」を保持しつつ、続けられているのである。従って、オードネルはその中間の「まとめ」で、以後は、そのままの記述といえよう。

雨と汗がにじみ、ぼろぼろになったその軍隊手帳を見ると、その短い記述はまさに「その時」「その場」である。東京発からマニラ着までの細かい時間表から、本書に出てくるネグロス島でのジャングルへの撤退日時まで正確に記されている。写真でその一部を示したが、あの状態でこのように克明な記録をつづけ得たということは、私にとっては一つの驚異である。

また本書に出てくるジャングル内の食品についても、すでにこの軍隊手帳に、挿絵入りで正確な記録がある。

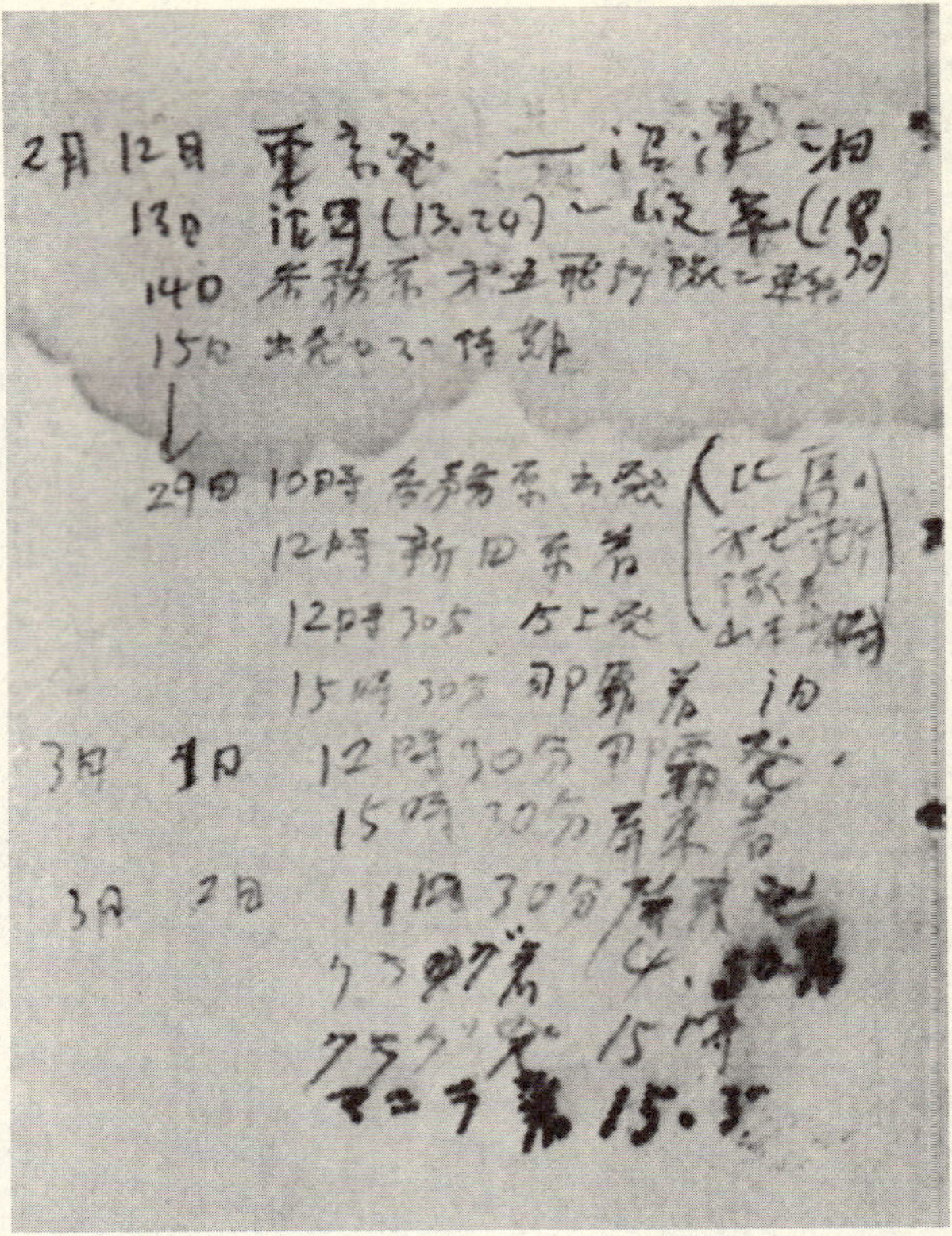
2月12日　東京発　―沼津泊
13日　沼津(13.20)～岐阜(18.30)
14日　各務原　第五飛行隊に連絡
15日　出発まで待期
↓
29日　10時　各務原出発
12時　新田原着
12時30分　同上発
15時30分　那覇着　泊
(比島　第七飛行隊　山本…)
3月　1日　12時30分　那覇発
15時30分　屏東着
3月　2日　11時30分　屏東発
クラーク着　14.
クラーク発　15時
マニラ着　15.35

この、たゆまざる観察と記録は、単に、氏は戦闘に直接に参加しなかったから、という言葉で評し去るわけにはいくまい。ジャングル内の情況は、すでに戦闘員・非戦闘員の区別がないからである。一体、なぜ氏に、これらの記録を記すことが可能だったのであろう。それはこの手帳の内容が、自ずと語っていると思う。というのは、この手帳には、ヤシとコプラとそれから油脂類について、またブタノール工場の精溜塔について、科学者らしい正確な観察と専門的な記録が数多く見られるからである。そしてそれらと前記の図版のような記述がいりまじったこの軍隊手帳は、氏が科学者の目の持主であり、あらゆる現象をそのままに観察して、そのままに数式と記号で書き込む科学者の目で、正確に対象を把え、そのままに記していることを示している。

正確は冷酷の意味ではない。不正確でありながら、故意に冷酷さを気取ることによって自己の不正確を隠そうとしている記述が余りに多く、それが正確と冷酷との関係を、世人に誤解させている。だがそれが誤りであることを示しているのが、タクロバンで書きはじめられた氏の手帳であろう。

軍隊手帳が写実的なら、この方の手帳は抒情的といいえようか。氏はこれをずっと所持されたらしく、カランバンに移されてからの記述も、その末尾の方にある。内容は河童の戯画、お子さんの絵、周囲の人びとの言行やその人たちの和歌・俳句など、時間の合間に集録したり、また自ら執筆されたりしたものであろう。また別の筆蹟で、短い別れの言葉を記しているのは、先に帰国した人であろうか、それとも戦犯としてマニラに移送された人であろうか。それらのすべては、最も困難な環境にありながらなお変らぬ、氏のあたたかい人柄を示して余すところがない。その一端は、「敗因二十一か条」の草稿、マラリアの治療法の覚え書、等々の間に収録されている「やせとがる裸身の兵の蛙はぐ」「餓死したる兵の屍にわく蛆の生きはびこれる酷《むご》たらしきや」「狂兵は柵にすがりて空ごとを吾に語りて悲しかりける」等々歌や句にも示されている。

軍隊手帳とこの小さなノートを見ていくと、小松氏が対象を見る目は、その環境がどのように激変しようと、一貫して変っていないことがわかる。そしてこの一貫して変らない視点から、氏は、その時点、その場所で、見たことを見たままに、聞いたことを聞いたままに記しているのである。以上のことは、この記述が、前述の小塩教授の記述と同じ意味で、それ以上に、「その時点」「その場所」に密着していることを物語っているであろう。

もちろん、「その時点」「その場所」に密着しただけで、人が何かを書きうるわけではない。人に何かを書かすのは思想である。その点、この本ほど本来的に思想的な本は珍しいであろう。もちろんこのことは、本書に、西欧の著名思想家の引用・翻案・解説があるという意味ではない。著者が見、聞き、かつ記し、その終りに近い章で「今度の戦争を体験して、人間の本性というものを見極めたような気がした」と記すまでに至ったその「見極め」の過程が一つの思想である。何かに副応するように、だれかの見方に合うように、何らかのイデオロギーに合うように、といった一種の邪心が全くなく、ただ人を見ている著者の目は、透き通して深淵をものぞき見るような形で、あらゆる面の人間の本性を読者に見せる。その描写は、注意深く読んだ読者には、時にはダッハウ以上の、〃総毛立つ〃ものがあったはずである。

ジャングルのような異常状態は一先ず措く。だがもしわれわれが今、日々の最低生活を保証され、しかも全員平等で貧富の差なく、苦しい日々の労働からも解放され、しかも無干渉で、好むがままに自由に自治組織をつくれといわれたら、どんな社会ができるであろうか。理想的な平和な対話の社会ができるのであろうか。その答はすでに出ている。オードネル労働キャンプの、暴力とそれにまつわる問題を思い起こされればよい。私は、カランバン第四収容所でほぼ同じ体験をした。そのため、この小松氏の記述がこの収容所のことかと錯覚したほどであった。多くの収容所内の、アメリカの指示でつくられた〃民主的自治〃がしだいしだいに一握りの暴力団の手に移っていく。それをだれも何ともなしえない。だがそこにいるのはみな、恐るべきジャングル戦を生き抜いてきた〃歴戦の勇士〃のはず、一握りの暴力団に手も足も出なくなる人びとではないはずなのである。しかし現実には、完全なる暴力団支配となり、人びとはその暴力支配下で息をひそめて生活するようになる。アメリカ軍はそれを探知し、暴力団を一掃する。人びとは解放されてほっとする。だが次の瞬間、暴力支配の下ではあれほど完備していた秩序が、完全に崩壊するのである。「……暴力団がいなくなるとすぐ、安心してか勝手な事を言い正当の指令にも服さん者が出てきた。何んと日本人とは情けない民族だ。暴力でなければ御しがたいのか。」

この指摘は、今日もなお、われわれが抱えている問題である。「暴力がなければ秩序がない」これは過去においては軍隊内の私的制裁にも通ずる問題だが、現在のわれわれが直面している問題でもあり、そして収容所の運命は、われわれの運命の予表でないという保証はない。これはある点では、ダッハウとは違った意味で、慄然として然るべき指摘であろう。なぜそうなるのか。暴力とは一つの思想だからである。氏はこの思想の支配を「日本文化の確立なきため」（日本の敗因二十一か条）と見ている。

そして、高等教育をうけた者たちだけなら、そうはならなかったであろう、という遁辞も成り立たない。秩序が、結局、文化とその文化を継承し体得した人格への人望に基づくこと、これがいわゆる学歴や階級に関係ないことの指摘は実に多い。「……レイテでは将校だけが集まったので将校も自分の事は自分でしなければならなかったし、……多少角が取れていったようだが、社会人としては全く零に近い人が多かった。実行力が無く陰険で気取り屋で、品性下劣な偽善の塊だった。兵隊だけのキャンプに暮らしてみると、前者に比べて思った事はどんどん言うし、実行力はあるし、明朗だった。ただ一般に程度の低いことは争えない。……兵隊の中にも素質の悪いのが実に沢山いるが、将校の悪いことは、両ストッケードを生活してみて率直に認めざるを得なかった。……兵隊達は寄るとさわると将校の悪口をいう。ただし人格の勝れた将校に対しては決して悪口をいわない。世の中は公平だ。」こういった指摘は、引用すれば際限がないほどだが、おそらくこれは、未だにわれわれが克服していない問題であろう。

なぜ、そうなるのか。太平洋戦争という苦しい体験は、なぜ、われわれが共有し、将来への基盤と転化しうる経験になりえなかったのか。

理由はおそらく、だれも、「見なかった」ためであろう。小塩教授がダッハウを見るような見方で見なかったのだ。体験を背後に押しやり、これから目をそむけ、はじめから風化している記憶を故意に変質させ、それによって事実と自己とを遮断し、その方へ行かず、それから足早やに立ち去りながら、「戦争体験を忘れるな」とあらぬ方向に向って言いつづけることによって、過去となれあってきた。それは本書に記されている将校——ということは殆どが幹部候補生のインテリ——にふさわしい生き方であった。

それで三十年が過ぎた。その間本書は、銀行の金庫の中で眠っていたわけである。私はそれに一つの摂理を感ずる。戦後の、過去と全く遮断できたと錯覚していた時代も、高度成長時代の、あの過去の問題はすべて解決ずみと錯覚していた「うぬぼれ時代」も、共に、本書にふさわしい時代ではなかったであろう。戦争の体験者も非体験者も、共に、本書を読みうるには戦後三十年の歳月が必要だったのかもしれぬ。体験者にとっては、客体化されたが風化した体験をもう一度そのまま自分の目で見直す追体験として、そして非体験者には、風化されて客体化されることによって伝達された戦争への認識を一つの事実として確認し——いわばダッハウを見て——そこを通過するために。

（一九七五年筑摩書房より刊行の『虜人日記』より再録）

本書は一九七五年六月三十日、小社より刊行されたものである。ここに「ちくま学芸文庫」として再刊するに際し、一九七四年刊行の私家版『虜人日記』と対校し、不明な箇所は適宜著者自筆の原典と照合し、若干句読点と送り仮名を補い、一部表記を正した。なお、本書には、いくつかの表記の不統一や、今日の人権意識に照らすと差別的語句とされるものがあるが、日記という性格と、これが極めて過酷な状況下で記されたことを勘案し、また、本書の歴史的・資料的価値を考慮して、そのままとした。読者の御寛恕を願いたい。

津島家の人びと　秋山耿太郎・福島義雄

津軽の大地主の栄華をしのばせる斜陽館。太宰治を生んだ家がたどった明治・大正・昭和の盛衰を、丹念な取材で浮き彫りにする。（長部日出雄）

百首通見　安東次男

百人一首の歌を評釈しながら、百人秀歌を選んだ藤原定家晩年の歌心を探る。簡潔な歌意、新説を含む語釈、斬新な文法解釈。作者略伝を付す。

完本 風狂始末　安東次男

極めて緻密な考証と、研ぎ澄まされた想像力を駆使して、スリリングに読み解く芭蕉連句の世界。著者の主著、ライフワーク。（粟津則雄）

江藤淳コレクション（分売不可・全4巻）　江藤淳　福田和也編

人生と言葉を鮮やかに捉え、存在の核に肉薄した江藤淳。戦後日本を代表する文芸評論家の全容を提示する愛弟子による文庫オリジナル。

芭蕉全句（上）　加藤楸邨

芭蕉は、なぜその句を発想するにいたったのか。俳人楸邨のライフワーク、芭蕉研究・評釈書の名著。上巻は最初期から貞享四年までを収録。

芭蕉全句（中）　加藤楸邨

「野ざらし紀行」を経て、「笈の小文」「更科紀行」「奥の細道」へといたる、盛期芭蕉の名句の数々を評釈。中巻は貞享五年から元禄三年まで。

芭蕉全句（下）　加藤楸邨

人間的生活への安住と芸道への執着の相剋に悩みながら「軽み」へと至る、円熟期芭蕉の到達点を示す。元禄四年から、その歿年七年まで。（川名大）

日本文学史序説（上）　加藤周一

日本文学の特徴、その歴史的発展や固有の構造を浮き上がらせて、万葉の時代から源氏・今昔・能・狂言を経て、江戸時代の徂徠や俳諧まで。

日本文学史序説（下）　加藤周一

従来の文壇史やジャンル史などの枠組みを超えて、幅広い視座に立ち、江戸町人の時代から、国学や蘭学を経て、維新・明治、現代の大江まで。

現代俳句(上)　川名大

昭和初期から現代までの俳人一二六名の代表句を選び、その意味を初めて一般読者の前に開く類例のない試み。ホトトギス派、新興俳句などを収録。

現代俳句(下)　川名大

「人間探求派」「馬酔木」「天狼」「雲母」「石楠」、それぞれの系譜の俳人、戦後生まれの俳人たち、文人俳句の流れを収録し、全句索引を付す。

雨月物語　上田秋成　高田衛／稲田篤信校注

上田秋成の独創的な幻想世界「浅茅が宿」「蛇性の婬」など九編を、本文、語釈、現代語訳、評を付しておくる〝日本の古典〟シリーズの一冊。

日本霊異記(分売不可・全3巻)　多田一臣校注

貴賤、職業、男女を問わず、二百余人の人物が織りなす仏教説話集。奈良時代の僧景戒の撰述になる原文を、語注、現代語訳、補説を加えておくる。

書物の近代　紅野謙介

書物にフェティッシュを求める漱石、リアリズムに徹し書物の個性を無化した藤村。モノ―書物に顕現するもう一つの近代文学史。(川口晴美)

西欧世界と日本(分売不可・全3巻)　G・B・サンソム　金井圓／多田実／芳賀徹／平川祐弘訳

日本は西洋文明の東漸にどう対応したか。地中海文明とアジアとの接触からキリシタン時代にまで及ぶ、東西文明交渉史の壮大なパノラマ。全三冊。

梁塵秘抄　西郷信綱

遊びをせんとや生れけむ――歌い舞いつつ諸国をめぐる「遊女」が伝えた今様の世界を、みずみずしい切り口で今によみがえらせる名著。(鈴木日出男)

古事記注釈　第一巻(全8巻)　西郷信綱

古事記研究史上に燦然と輝く不朽の名著を全八巻で文庫化。本巻には著者の序「古事記を読む」と、「太安万呂の序」から「黄泉の国、禊」までを収録。

古事記注釈　第二巻　西郷信綱

片々たる一語のなかに、古代の宇宙が影を落し、古代人の生活が息づいている――本巻には「須佐之男命と天照大神」から「大蛇退治」までを収録。

古事記注釈 第三巻　西郷信綱

試練による数度の死と復活。大国主神とは果たして何者か。そして国譲りの秘める意味は。本巻には「大国主神」から「国譲り（続）」までを収録。

江戸の想像力　田中優子

平賀源内と上田秋成という異質な個性を軸に、江戸18世紀の異文化受容の屈折したありようとダイナミックな近世の〈運動〉を描く。（松田修）

図説 太宰治　日本近代文学館編

「二十世紀旗手」として時代を駆け抜けた作家・太宰。新公開資料を含む多数の写真、草稿、証言からその文学と人生の実像に迫る。（安藤宏）

源氏五十四帖題詠　塚本邦雄

『源氏物語』全巻を読解し、それぞれの巻を題詠として、前衛歌人塚本邦雄が創作短歌五四首を詠み、各巻を適切に要約し解説。（島内景二）

新編 悪場所の発想　廣末保

独自の宇宙を形成した悪場所にはどのような想像力が満ちていたか。多様な作品と空間を往還しつつ、伝承的想像力の論理を捉える。（高田衛）

日夏耿之介文集　日夏耿之介

学匠詩人・文人日夏耿之介の「出身地・幼少年期」「身辺文具」「詩・俳趣味」「作家趣味」「書籍趣味」などをめぐる滋味掬すべき珠玉の随筆集成。（井村君江）

甘美な人生　福田和也

およそ倫理や人間主義にかけ離れた酸鼻と放蕩の中にのみ立ち現れる文芸の可能性を浮かび上がらせる挑戦的な文芸評論集。（久世光彦）

日本人の目玉　福田和也

「批評の目玉は、見つめる対象を、叩き、壊す」。近現代の精神史を書き換え、文士たちの眼力を探り、日本人の思考と感性に迫る破天荒な力業。（柳美里）

定家明月記私抄　堀田善衞

美の使徒藤原定家の厖大な日記『明月記』を読みとき、大乱世の相貌と詩人の実像を生き生きと描く名著。本篇は定家一九歳から四八歳までの記。

定家明月記私抄 続篇　堀田善衞

壮年期から、承久の乱を経て八〇歳の死まで。乱世を生きぬき宮廷文化最後の花を開いた藤原定家の人と時代を浮彫りにする。（井上ひさし）

都市空間のなかの文学　前田愛

鷗外や漱石などの文学作品と上海・東京などの都市空間——この二つのテクストの相関を鮮やかに捉えた近代文学研究の金字塔。（小森陽一）

増補 文学テクスト入門　前田愛

漱石、鷗外、芥川などのテクストに新たな読みの可能性を発見し、〈読書のユートピア〉へと読者を誘なう、オリジナルな入門書。（小森陽一）

宮沢賢治　吉本隆明

生涯を決定した法華経の理念は、独特な自然の把握や倫理に変換された無償の資質といかに融合したのか？ 作品への深い読みが賢治像を画定する。

ヘルメスの音楽　浅田彰

ヘルメスの名のもとに、音楽や絵画をめぐりながら、〈意味〉や〈情念〉の罠をくぐり抜け、外へと軽やかに〈逃走〉する、二〇世紀末の思考の実験。

ヴェニスの商人の資本論　岩井克人

〈資本主義〉のシステムやその根底にある〈貨幣〉の逆説とは何か。その怪物めいた謎をめぐって、明晰な論理と軽妙な洒脱さで展開する諸考察。

資本主義を語る　岩井克人

人類の歴史とともにあった資本主義的なるもの、結局は資本主義を認めざるをえなかったマルクスの逆説。人と貨幣をめぐるスリリングな論考。

排除の構造　今村仁司

理性の中の暴力をめぐって、第三項排除効果論を展開した現代日本の第一線の思想家による根源的な問いに満ちた冒険的思考の書。（鷲田清一）

現代思想の系譜学　今村仁司

一九世紀ドイツを震源とした形而上学批判の立場を継承するポスト構造主義に焦点をあて、現代思想の見取図を描き出す独創的試み。（篠原資明）

大衆の反逆
オルテガ・イ・ガセット
神吉敬三訳

二〇世紀の初頭、《大衆》という現象の出現とその功罪を論じながら、自ら進んで困難に立ち向かう《真の貴族》という概念を対置した警世の書。

聖なるものの社会学
ロジェ・カイヨワ
内藤莞爾訳

世俗化の極致に誕生した20世紀の新しい〈聖〉。映画、賭博、カリスマ指導者、戦争などに内在する聖なるもののありようから現代社会を考察する。

啓蒙主義の哲学（上）
エルンスト・カッシーラー
中野好之訳

理性と科学を「人間の最高の力」とみなし近代を準備した啓蒙主義。「浅薄な過去の思想」との従来評価を覆し、再評価を打ち立てた古典的名著。

啓蒙主義の哲学（下）
エルンスト・カッシーラー
中野好之訳

啓蒙主義を貫く思想原理とは何か。自然観、人間観から宗教、国家、芸術まで、その統一的結びつきを鋭い批判的洞察で解明する。（鷲見洋一）

死にいたる病
S・キルケゴール
桝田啓三郎訳

死にいたる病とは絶望であり、絶望を深く自覚し神の前に自己をすてる。実存的な思索の深まりをデンマーク語原著から訳出し、詳細な注を付す。

初期ギリシア自然哲学者断片集
（分売不可・全3巻）
日下部吉信編訳

〝存在の故郷〟、初期ギリシア自然哲学の世界から最も重要な一五人を選び、その生涯、学説、著作を明快な訳文で紹介し、本来の姿で甦らせる。

ニーチェと悪循環
ピエール・クロソウスキー
兼子正勝訳

永劫回帰の啓示がニーチェに与えたものは、同一性の下に潜在する無数の強度の解放である。二十一世紀にあざやかに蘇る、逸脱のニーチェ論。

ハイデッガー『存在と時間』註解
マイケル・ゲルヴェン
長谷川西涯訳

難解をもって知られる『存在と時間』全八三節の思考を、初学者にも一歩一歩追体験させ、高度な内容を読者に確信させ納得させる唯一の註解書。

色彩論
ゲーテ
木村直司訳

数学的・機械論的近代自然科学と一線を画し、自然の中に「精神」を読みとろうとする特異で巨大な自然観を示した思想家・ゲーテの不朽の業績。

ちくま学芸文庫

虜人日記《りょじんにっき》

二〇〇四年十一月十日　第一刷発行
二〇〇五年 八 月十日　第二刷発行

著　者　小松真一（こまつ・しんいち）
発行者　菊池明郎
発行所　株式会社 筑摩書房
東京都台東区蔵前二―五―三　〒一一一―八七五五
振替〇〇一六〇―八―四一二三
装幀者　安野光雅
印刷所　株式会社精興社
製本所　株式会社積信堂

乱丁・落丁本の場合は、左記宛に御送付下さい。
送料小社負担でお取り替えいたします。
ご注文・お問い合わせも左記へお願いします。
筑摩書房サービスセンター
埼玉県さいたま市北区櫛引町二―六〇四　〒三三一―八五〇七
電話番号　〇四八―六五一―〇〇五三

ISBN4-480-08883-0 C0195